"……플라티나는
역시 『첫째 마왕』은
되지 못할 것 같군."

작게 웃고서
크리스스는 라티나와 눈을 맞췄다.

—그것은
따뜻하고 행복한
시간이었다.

다정한 손이 보라색 머리카락을 쓰다듬었다.
말해 주길 원했던 상냥한 말이 그녀에게 향했다.
그렇게 스마라그디는 이기적인 말이 허락되지 않을 터인
자신의 나약한 소리를 부정하지 않고 받아들여 주었다.
기쁨과 약간의 죄악감에 모브는 어릴 적에도 하지 못했을 만큼
크게 흐느껴 울었다.

우리 딸을 위해서라면, 나는 마왕도 쓰러뜨릴 수 있을지 몰라.

6

For my daughter,
I might defeat
even the archenemy.

저자 CHIROLU
일러스트 Kei
옮긴이 송재희

For my daughter,
I might defeat even the archenemy.

Contents

상냥함을 핑계 삼아 보지 않는다는 선택도 있었다.

데일뿐만 아니라 크리소스도 무척 상냥하고 자상했다. 아무것도 몰라도 된다, 무사히 돌아온 것만으로도 족하다고 웃어 주었다.

그것도 틀림없이 본심이리라.

그래도 라티나는 『모르는 채 있는 것』을 선택할 수 없었다.

†

"플라티나…… 플라티나."

누군가 자신을 부른 것을 뒤늦게 깨달았다. 고개를 들자 옆에 앉은 크리소스가 걱정스럽게 자신을 보고 있었다.

"크리소스……?"

"역시 아직 아직은 무리인가. 오늘은 여기까지 할 테니 느긋하게 쉬도록."

크리소스의 말을 이해한 라티나는 어느새 데일과 로제, 실비아와 함께 진행 중이던 회의가 중단되었음을 알아차렸다. 졸지는 않았지만 멍하니 의식을 반쯤 놓고 있었던 모양이다.

라티나는 허둥지둥 웃는 얼굴을 만들고서 의도적으로 밝은 목소리를 냈다.

"나는 신경 쓰지 말고 얘기를 이어가. 괜찮으니까."

"안 돼."

"그럴 리가 없잖아."

라티나의 제안은 동시에 나온 두 사람의 목소리에 기각당했다.

크리소스는 한숨 섞인 시선을 데일에게 보냈고, 그것을 받은 데일은 이해했다는 듯이 자리에서 일어났다.

"데일."

"지금 당장 얘기를 끝내야 하는 건 아니야. 그렇지?"

"그 말이 맞다."

타박하는 라티나의 말도, 과보호가 두 사람으로 늘어난 지금은 통할 리가 없었다. 두 사람은 아까까지 서로를 죽이려던 사이일 텐데 뭔가 묘하게 호흡이 맞았다.

데일은 크리소스와 라티나가 앉은 긴 의자까지 걸어와 라티나를 가볍게 안아 올렸다. 저항하기도 전에 당연하다는 듯이 품속에 꼭 끌어안겨져서 라티나는 옴짝달싹할 수 없었다.

로제와 헤르미네의 시선을 의식한 라티나는 수치심에 귀까지 빨갛게 물들이며 가냘픈 저항의 목소리를 냈다.

"괜찮아. 정말로 괜찮으니까, 적어도 내려 줘, 데일. 혼자 걸을 수 있어."

"안 돼."

단호하게 거절하고 데일은 성큼성큼 방을 나갔다. 이 자리에서 가장 신분이 높은 크리소스가 허용한 행동이기에 로제 일행은 참견하지 않았다.

꼬리를 휙휙 흔드는 빈트와 하겔 부자도 그 뒤를 따랐다. 최공(最恐)의 용사와 환수라는 호위가 붙어 있으니 라티나에게는 만일의 사태도 일어나지 않을 것이라고 생각하며, 크리소스는 한숨을 쉬고 긴 의자의 등받이에 몸을 기댔다.

데일은 조금 전에 걸어온 길을 반대로 되짚어 시원한 바람이 부는 별궁으로 돌아갔다.

난처한 얼굴과 부끄러워하는 얼굴의 중간 같은 표정인 라티나를 때때로 엿보았다. 그녀는 이제 데일에게 「괜찮아」라는, 조금도 설득력 없는 저항을 이어가길 포기하고 얌전히 그의 품에 안겨 있었다.

"옷, 갈아입을래?"

"응……."

별궁 안에 있는 침대 위에 라티나를 내린 데일이 물어보자 그녀는 졸린 목소리로 대답했다. 그녀의 머리카락에 고정된 섬세한 머리 장식은 어디에 고정쇠가 있는지도 알 수 없었다. 데일이 당황하고 있으니 크리소스의 명령을 받은 듯한 시녀가 빠른 걸음으로 방 안에 들어왔다.

데일은 솔직히 말하자면 라티나에게서 한시도 떨어지고 싶지 않았다.

그래도 지금은 실랑이를 벌이고 있을 때가 아니라고 생각을 고치고서 시녀에게 그녀를 맡기고 방을 나갔다. 빈트는 당연하다는 얼굴로 침대 밑에 드러누워 있었다. 마이페이스이기는 하지만 빈트의『충견』기질은 데일도 잘 알고 있었다. 알지도 못하는 강인한 병사보다도 훨씬 안심하고 그녀를 맡길 수 있는『호위』였다.

밖에서는 하겔이 엎드린 채 눈을 감고 있었다. 데일의 기척을 느끼고 슬쩍 눈을 떠 그를 보았다.

"……목적은 무사히 달성했군."

조용한 하겔의 목소리를 듣고, 데일은 줄곧 달리고 있었던 자신이 이제 멈춰 서도 된다는 것을 깨달았다.

"……그래."

"지금부터 어쩔 생각인가."

하겔은 데일이 한눈팔지도 않고 달려온 모습을 처음부터 보았다.『그』의 목소리에도 끝났다는 안도가 드러나 있었다.

"한동안은 여기서 느긋하게 있을 거야. 라티나는 아직 움직일 수 있는 상태가 아니니까. 라티나를 무리시키면 **또** 크리소스랑 죽고 죽이는 싸움을 벌이게 될 테고 말이지."

그렇게 대답한 데일의 목소리에는 어두움도 험악함도 없었다.

그것을 헤아린 하겔은 만족스럽게 눈을 감고서 다시 엎드렸다.

"그런가."

데일은 일부러 하겔에게서 시선을 돌렸다. 그리고 아무렇지도 않게 한마디를 꺼냈다.

"……어울려 줘서, 고맙다."

이러니저러니 해도 『그』와는 오랫동안 함께했다. 무뚝뚝해진 목소리에 담긴 감정이 무엇인지는 알아차려 줄 터였다.

하겔은 그저 꼬리를 한 번 크게 흔들어 대답했다.

그 정도의 무뚝뚝함이 고마웠다.

데일은 시선을 돌린 채, 흐르는 용수가 햇빛을 반사하여 반짝거리는 것을 보았다. 물 흐르는 소리에 귀를 기울일 수 있을 만큼 마음이 평온한 것이 얼마 만일까.

퇴실한 시녀와 교대하여 데일은 다시 별궁 안으로 들어가 라티나 옆으로 걸어갔다.

침대 위에 누운 라티나는 어쩐지 기운 빠지는 그녀다운 묘한 숨소리를 내며 잠들어 있었다. 안색도 나쁘지는 않았다. 호흡도 흐트러지지 않았다. 그렇게 하나하나 불안 요소를 제거해 가며 잠든 그녀를 지켜보는 것에 마음을 쏟았다.

"라티나."

대답은 바라지 않았다. 잠든 그녀를 방해할 생각은 없었다.

그래도 이렇게 이름을 부를 수 있다는 것에 마음이 가득 차올랐다.

데일은 부드럽게 미소 지으며 라티나의 모습이 잘 보이는 위치에 앉고서, 천천히 흐르는 시간에 몸을 맡길 수 있는 행복에 잠겼다.

오랫동안 쭉 잠들어 있던 라티나의 몸은 체력이 몹시 떨어져 있었다. 그럼에도 신체 능력에 중대한 장애가 나타나지 않은 것은 명

색이나마 마왕이 『신』의 말석에 자리한 존재이기 때문이었다.

지금까지처럼 대부분 의식이 없는 상태에서는 벗어나 있었다. 그래도 라티나는 어쩔 수 없이 요양해야만 했다. 쉽게 지치는 몸은 무리가 통하지 않아 빈번히 휴식이 필요했다. 결과적으로 지금까지와 큰 차이 없이 별궁에서 낮이나 밤이나 몽롱한 생활을 보내게 되었다.

정무 중에 짬을 내어 얼굴을 내미는 크리소스도, 변함없이 웃어 주는 실비아도, 현재 라반드국과 바실리오가 어떤 조정을 하고 있는지 이야기해 주는 일은 없었다.

어려운 일은 생각하지 말고 느긋하게 안정을 취하면 된다는 언니와 친구의 마음도 훤히 보여서 라티나도 자세한 이야기를 캐물을 수는 없었다.

하지만 라티나는 원래 일중독 소녀였다.

아무런 업무도 부여받지 못하고 그저 잠만 자는 상태는 라티나에게 굉장히 초조한 일이었다.

그래도 필요한 일이라며 고집부리지 않고 받아들였다. 라티나는 지금 자신이 고집부릴 수 있을 만큼 만족스럽게 움직일 수 없다는 것도 이해하고 있었다.

그날 밤도 꿈속에 있던 라티나는 침대 위에서 꼼지락거렸다. 슬쩍 눈을 떴을 때, 캄캄한 밤중에 바람에 흔들리며 희미하게 달빛을 반사하는 사를 보았다. 자신이 자고 있었음을 이해하고 반대로 몸을 뒤척였다.

"응……."

뒤척이자 검은 인영이 보였다.

"데일……?"

그 상대를 향해 라티나는 확인할 필요도 없이 이름을 불렀다.

"응? 왜 그래? 라티나. 깼어?"

다정한 목소리는 라티나가 추측한 사람의 것이었고, 그는 어둠 속인데도 망설임 없이 옆에 마련된 램프에 불을 붙였다. 은은한 불빛이 비추는 실내에서 데일은 상냥하게 미소 짓고 있었다.

"어두워……?"

"밤이니까."

그렇게 말하고 웃은 데일은 라티나의 상체를 일으키고 등에 베개를 받쳐 앉혔다. 램프 옆에 준비해 두었던 유리 세공 병을 들어 근처에 있는 잔에 물을 채우고 라티나의 입술에 댔다.

마치 감기 걸린 어린아이를 대하는 듯한 행위에 라티나는 어슴푸레함에도 알 수 있을 만큼 뺨을 빨갛게 물들였다.

"데일…… 내가 할 수 있어."

"자, 그런 말 말고 일단 마셔. 목이 잠겨 있어."

상냥하게, 과할 정도로 바지런히 보살피는 데일은 항상 곁에 있었다.

라티나가 어둠 속에 있는 사람 모습에 놀라지 않고 그것이 누구인지 헤아릴 수 있는 것도, 이것이 최근 일상이기 때문이었다.

꿀꺽꿀꺽 잔을 비우고 자신의 목이 바짝 말라 있었음을 깨달았다. 가까이 다가왔기에 알 수 있는 데일의 표정에서 그늘은 보이지 않았지만, 라티나는 눈썹을 찡그리고 불안한 목소리를 냈다.

"……나보다도…… 데일이 쓰러지기라도 하면 큰일이야. 나는 괜찮으니까 제대로 쉬어."

라티나가 눈을 뜨면 밤낮을 불문하고 언제나 데일은 옆에 있었다.

언제 식사하고 잠을 자는지 알 수 없었다. 데일이 어떻게 지내는지 볼 수 없다 보니 무리하고 있는 게 아닐까 하는 걱정이 솟아나고 말았다.

그녀의 그 말을 듣고 데일은 미소 짓고서 어린아이에게 하듯 그녀의 머리를 쓰다듬었다.

"나도 제대로 쉬고 있어. 걱정하지 마."

"하지만……."

"그보다 라티나를 보고 있고 싶은 게 본심이야. ……내가 쓰러지기라도 하면 다른 녀석에게 라티나를 맡겨야 하잖아? 그런 짓을 할 리가 없지."

걱정해 주는 라티나는 정말로 착하구나 하고 데일은 해죽 웃으며 그녀의 머리를 계속 쓰다듬었다.

『딸바보』로 돌아간 것처럼 애지중지 꿀단지 모드였다.

데일은 마족이 되면서 수면이나 식사를 거의 하지 않아도 활동을 유지할 수 있게 된 상태였다. 사흘 밤낮 검을 휘두르며 계속 싸우는 것조차 여유롭게 소화 가능한, 규격을 벗어난 체력을 가지고 있었다.

데일은 그런 높은 스펙을 라티나를 계속 지켜본다는 유감스러운 방향으로 쓸데없이 활용하고 있었다. 문자 그대로 불면불휴하며 그녀 옆에서 시중을 들었다. 지금 데일은 라티나가 자는 광경에서조차 치유를 받을 수 있었다. 그녀를 보고 있기만 해도 지루하지 않다고 단언하는 데일은 이미 말기라고 할 수밖에 없는 상태가 되어 있었다.

긴긴 살벌한 기간을 극복한 반동은 『크다』기보다 『심한』^{시리어스} 후유증을 남겼다.

그리고 그렇게 상식을 어딘가에 놓고 온 듯한 존재로 데일이 변한 것을, 『마왕』인 라티나는 아직 몰랐다.

조금씩 일어나 있을 수 있게 되면서, 무리하지는 못해도 자는 시간보다 깨어 있는 시간이 길어진 라티나는 별궁에서 벗어나 산책하게 되었다. 호기심 왕성한 라티나지만 밖에 나가는 것은 허락되지 않았기에 신전 내부로 한정된 산책이었다. 그것도 반드시 시녀가 뒤따라서 라티나에게는 상당히 불편했다.

하지만 그 무렵이 되자 데일은 아주 잠시 라티나 곁을 떠나는 일이 늘었다.

크리소스와 함께 라티나에게 들려줄 수 없는 뒷공작 — 새로운 『재앙의 마왕』이 나타났을 때, 그것이 『여덟째 마왕』인 라티나를 위협할 가능성이 된다면 일치단결하여 철저히 때려잡는다는 약정 등이었다. 결코 역사의 표면에는 드러나지 않은 곳에서 『최공의 용사』

와 『첫째 마왕』의 협정은 맺어졌다 — 에 관해 이야기하기 위해서였고, 앞으로 바실리오가 교류하게 될 라반드국에 관한 정보를 제공하기 위해서이기도 했다.

라반드국의 귀족인 로제는 결코 자국에 손해가 될 말은 하지 않았다. 그녀는 외교 전문가는 아니었지만 사려 깊게 자신의 입장을 이해하고 있었다. 크리소스도 로제의 입장을 이해했다. 개인적으로 로제에게 품은 호감과 공적인 입장으로서의 감정은 확실하게 구분하고 있었다.

그에 반해 데일은 라반드국의 귀족이 아니었다. 그리고 심정적으로 라티나의 언니인 크리소스가 불이익을 받지 않기를 원했다. 그 결과, 부정적인 면도 포함한 라반드국의 내정을 크리소스에게 전하게 되었다.

데일이 그렇게 크리소스에게 가 있는 사이에 라티나는 시녀를 심부름꾼으로 보내 로제를 불렀다.

별궁 안에는 최소한의 가구만이 놓여 있었다. 라티나는 방 대부분을 차지한 침대에 다소곳이 앉아 로제를 맞이했다. 평소에는 데일이 있는 위치인 침대 옆 의자를 로제에게 권했다.

"오늘은 데일 님이 안 계시네요."

미소 짓는 로제의 말에서도 현재 데일이 그럼에도 대부분의 시간을 라티나 곁에서 보내고 있음을 엿볼 수 있었다.

"지금은 크리소스랑 같이 있을 거예요."

대답하면서 라티나는 똑바로 로제를 보았다.

고개 숙이고 싶은 심정을 힘껏 억눌렀다.

사실은 좀 더 빨리 이렇게 해야 했었다. 그래도, 아무것도 몰라도 된다고 해 주는 데일과 크리소스의 말에 안주해 버렸다. 어린아이의 응석을 받아 주는 『딸바보』와 『시스콤』과는 다른 로제라면 듣기 괴로운 말도 해 줄 것이라는 확신이 라티나에게는 있었다.

그런데도 뒤로 미룬 것은 자기 보신을 위해서였으리라. 라티나는 옥죄는 듯한 통증을 느끼고 심장 위에 손을 얹었다.

"로제 님, 무슨 일이 일어났던 건가요? 제가…… 제가 데일 곁을 떠난 뒤로…… 무슨 일이 벌어지고 만 거죠?"

라티나는 자신이 잠들어 있는 동안 일어났던 일을 어렴풋이 알아차리기 시작한 상태였다. 그것은 동시에 자신이 『저질러 버린 일』을 깨닫는 것이기도 해서, 그녀는 그것을 계속 눈치채지 못한 척할 수 없게 되었다.

"……데일 님은 뭐라고 하셨나요?"

"데일은 아무것도 얘기해 주지 않아요……. 걱정하지 않아도 된다고…… 괜찮다고……. 하지만 그럴 리가 없다는 것 정도는 저도 알아요."

라티나는 그렇게 말하고 양손을 꽉 움켜쥐었다.

"가르쳐 주세요. 무슨 일이 일어나 버렸는지."

로제는 라티나를 말없이 지그시 바라보았다. 몇십 초 침묵한 후에 로제는 조용한 어조로 말을 꺼냈다.

"라티나 양이 생각하는 것만큼 저는 많이 알지 못해요. 아저씨나 그레고르 님이라면 더 많이 아시겠지만, 제가 아는 건 시정의 소문과 큰 차이가 없어요."

사적인 시간이기에 에르디슈테트 공작을 『아저씨』라고 친근하게 부른 로제는 우선 그렇게 운을 띄웠다.

로제도 데일과 크리소스가 라티나에게 의도적으로 정세를 전하지 않는 것 같다고 의심하기는 했다.

하지만 지금 로제는 라티나의 『보호자』인 데일과, 언니이며 바실리오의 국가 원수인 크리소스의 뜻에 반하는 일은 하기 어려운 입장이었다.

그렇기에 조용히 지켜보고 있었다.

그러나 명확하게 금지당한 것도 아닌 이상, 가르쳐 달라고 하는 라티나에게 이야기하지 않을 이유도 없었다.

"그래도 괜찮은가요?"

"네."

라티나의 대답을 들은 로제는 이번에는 무엇부터 이야기해야 할지 생각을 정리하기 위해 침묵했다.

"라티나 양이 데일 님 곁을 떠난 자세한 시기를 저는 몰라요. 제가 최초로 그 일을 알게 된 건 데일 님이 행방불명됐다고 그레고르 님께 들었을 때였어요."

"예?"

"아저씨는 그다지 자세한 사정을 가르쳐 주지 않으셨지만, 그레고르 님께서 데일 님을 걱정하셨기에 저도 그걸 알게 됐답니다."

"데일…… 행방불명이라니…… 무슨 일을?"

"그때 데일 님께서 무슨 일을 하셨는지는 몰라요. 하지만 그 후 『넷째 마왕』 토벌을 위해 아저씨가 데일 님을 다시 불러들이셨을 때, 데일 님은 하겔이라고 부르는 천상랑 성체를 데리고 계셨다고 해요."

"『넷째 마왕』……?"

라티나의 떨리는 목소리를 듣고 로제는 말을 보충했다.

"바실리오에서는 『재앙의 마왕』이라고 불리는 것 같더군요. 그 마왕들이 갑자기 활발하게 활동하기 시작했어요. 라반드국도 『넷째 마왕』의 습격을 받아 큰 피해를 보았죠."

새파래져서 로제의 말을 들은 라티나는 한 가지 의문에 제정신으로 돌아왔다.

"어째서…… 어째서 데일이, 마왕 토벌을 위해 불린 거죠? 아무리 데일이 우수한 모험가라고 해도……."

"……라티나 양?"

라티나의 모습에 로제는 깜짝 놀란 얼굴을 했다. 그리고 라티나가 『왜 모르는지』 생각에 잠겼다.

즉각 이유가 생각나지는 않았으나, 데일이 의도적으로 숨기고 있던 사실 중 하나라는 것은 헤아릴 수 있었다.

"데일 님은 일곱 색깔 신에게 여러 가호를 받으신 분. 마왕에게 대적하는 존재로서 마왕을 물리치는 힘을 가지신 분이에요."

"……예?"

"데일 님은『용사』라고 불리는 분이니까요."

"……어? 어?"

어리둥절한 얼굴로 로제의 말을 들은 라티나는 한 박자 늦게 그 의미를 이해하고서 땀을 줄줄 흘리며 허둥거렸다. 안절부절못하며 이리저리 시선을 옮기는 모습은 혼란스러워 보였다.

"데일……『용사』인가요?"

"예."

"『마왕』…… 쓰러뜨릴 수 있는 거네요……."

"간단한 일은 아니겠지만, 데일 님이 계시면 가능성이 없지는 않 게 되죠. 그래서 데일 님과 함께 그레고르 님 일행은 마왕과 마족 을 토벌하러 다니셨던 거예요."

"『넷째 마왕』도…… 데일이?"

"네."

데일이 이룬『위업』은 그뿐만이 아니었다.

『재앙의 마왕』은 세계 각국에서 위험시하는 존재였다.

여러 나라가 연합하여 일으킨『일곱째 마왕』토벌 군대에 데일이 『요정 공주』의 깃발을 들고 참전하여, 환수를 데리고 백금색 갑옷을 입고서『백금의 용사』로서 맹렬한 기세의 활약과 함께 이름을 떨친 것. 지금 그 명성은 전 세계에 퍼져 있음을 로제는 이야기했다.

그리고『보라의 무녀』의 협력으로 데일이『둘째 마왕』을 죽였음을 들은 라티나는 침대 위에 쓰러졌다.

라티나는『옥좌가 있는 공간』이 참혹하게 변한 이유가 데일임을 확신했다.

'데일일 것 같긴, 했지만…… 역시 데일이었어…….'

그리고 그것은 동시에 마왕이 자신의 권속의 가장 중요한 능력을 알게 된 순간이었다.

처음 알게 된 정보에 혼란의 극치에 몰린 라티나는 한동안 침대 위에 쓰러진 채였다.

눈앞이 빙글빙글 도는 가운데, 어떻게든 상체를 일으켰다.

걱정스러운 얼굴인 로제를 향해 라티나는 솔직하게 사죄의 말을 꺼냈다.

"실례했어요, 로제 님…… 깜짝 놀라서……."

"아무래도 정말로 데일 님은 자신이 『용사』의 능력을 가지고 계시다는 걸 라티나 양에게 알려 주시지 않았나 보네요……. 데일 님이 아저씨 밑에서 하시는 『일』은 마왕과 그 권속에 관한 일이라 당연히 라티나 양은 알고 계실 줄 알았어요."

"저는 데일의 일에 관해서는 물어보지 않으려고 했거든요……. 나라의 높으신 분께 받는 중요한 일이니까, 다른 사람에게 누설해선 안 되는 기밀 사항이 포함되어 있을지도 모른다고 생각해서……."

라티나는 데일의 계약주가 라반드국 재상 에르디슈테트 공작이라는 것도, 데일이 병으로 쓰러져서 왕도에 가기로 했을 때까지 몰랐다.

라티나가 그레고르의 신원을 알게 된 것도 그때로, 그녀는 직전에 만났을 때 그레고르가 한 자기소개를 아무런 의문도 가지지 않고서 받아들이고 있었다.

라티나의 이 사고방식도 유년기에 바실리오의 최고위 신관 — 이 나라에서 『보라의 신』의 신관은 치세에 관여하는 행정관 역할도 맡고 있었다 — 인 엄마 모브와, 교육자로서 많은 젊은 신관들의 상담 역할을 맡으며 큰 발언력도 가지고 있던 아빠 스마라그디가 그 입장상 알게 된 정보 관리에 매우 엄격했던 모습을 보며 영향받은 것이었다.

『평범한 마을 처녀』와는 근본적으로 사고방식이 조금 달랐다.

"데일……『재앙의 마왕』…… 쓰러뜨려 버린 거군요……."

"데일 님의 위업은 전 세계적으로 유명해졌어요. 『둘째 마왕』 건은 현재 아저씨와 바실리오만 알고 있지만, 데일 님이 중심이 되어 『넷째 마왕』과 『일곱째 마왕』을 토벌한 건 타국에도 널리 알려져 있으니까요."

"데일…… 무사해서 다행이야……."

중얼거리며 라티나는 자신이 『섭리의 마왕』에게 소멸^{죽임}당하지 않고 봉인당하는 것에 그치면서 자신의 『가호』가 데일에게 남아 있던 게 아닐까 하는 생각에 이르렀다.

『신』이 사람에게 주는 기적의 힘을 『가호』라고 부른다면, 『마왕이라는 하위 신』이 자신의 권속에게 맡기는 힘 또한 『가호』라고 부를 수 있을지도 모른다.

라티나가 데일에게 맡긴 것은 기도와 비슷한 것이었다.

그가 무사하길 바라는 마음. 자신이 지닌 모든 힘을 써서라도 그가 모든 것에서 보호받기를 늘 원했던 라티나의 마음을 맡긴 것이었다.

『마왕』이 자신의 신하에게 주는 것과는 차원이 다른 규모의 힘을 담은 결과, 데일이 규격을 벗어난 『마족』으로 변했다는 것까지는 생각하지 못한 채, 라티나는 자신의 힘이 조금이나마 그를 도왔다면 다행이라고 살며시 숨을 내쉬었다.

'하지만 그 『옥좌』의 모습은…… 데일, 『재앙』 이외의 마왕도……?'

데일이 『용사』라면 『마왕』인 자신을 해한 것이 용사의 힘이 아님을 바로 알아차렸으리라. 『용사』 이외에 『마왕』을 해할 수 있는 존재가 다른 마왕이라는 사실은 라티나 자신이 그에게 알려 준 것이었다.

'내 봉인이 느슨해진 건 『용사』의 힘으로 봉인이 흔들려서……?'

흐릿한 기억을 되돌아보면 라티나가 의식을 되찾았을 때, 이미 세 『옥좌』가 부서져 있었다. 반수에 가까운 마왕이 토벌당하면서 봉인의 효력이 저하되었으리라.

원래부터 『여덟째 마왕을 봉인한다』는 공통된 목적으로 급하게 짠 봉인식이었다. 『용사이며 마족』이라는 변칙적한 존재의 영향을 적잖이 받게 된 것이다.

라티나는 이것저것 생각하며 떠오른 사항을 입에 담았다.

"『재앙의 마왕』은 갑자기 활발하게 움직이기 시작한 건가요?"

그런 라티나의 모습에 로제는 싫어하는 기색을 조금도 보이지 않으며 온화하게 라티나가 구하는 답을 말했다.

"예."

"이유는, 아시나요?"

"아니요. 하지만 원래 『재앙의 마왕』은 자기 마음대로 굴며 주위에 해를 끼치는 존재. 어린아이의 투정 같은 행동에 이유를 붙일 수 없다는 것이 많은 분들의 해석이죠."

"……"

로제의 말을 들어도 라티나의 표정은 밝아지지 않았다.

'내 탓인 걸까……. 그게 아니라면 데일과 크리소스가 그렇게나 내게 알려 주기 싫어할 리 없는걸…….'

상냥한 사람들이 자신을 소중히 여겨 주고 있음을 알기에, 라티나는 자신이 떠올린 그 생각에 가슴이 죄어들었다.

"『재앙의 마왕』에 의한…… 희생자는…… 잔뜩, 나왔겠죠……."

'그뿐만이 아니야……. 『재앙』 이외의 마왕들도, 나 때문에…… 아무 짓도 안 했는데……나 때문에…….'

지독한 안색이 된 라티나를 보고 로제는 살며시 그 등을 쓸어내렸다. 움찔 놀란 라티나는 울기 직전의 아이 같은 표정을 하고 있었다.

로제는 라티나의 손을 조심스럽게 감싸 쥐었다.

따뜻한 로제의 마음까지 손의 온기와 함께 천천히 전해지는 것 같았다. 자상한 남색 눈동자가 가까운 거리에서 라티나를 보고 있었다.

"저는 왜 그렇게까지 라티나 양이 자신을 책망하는지 몰라요. 얘기해 주시겠어요?"

살짝 입을 열었다가 라티나는 다시 입을 다물고 좌우로 고개를 흔들었다.

라티나의 그 반응도 예상했던 바기에 로제는 희미하게 쓴웃음 짓고서 라티나의 손을 잡은 손에 힘을 담았다.

"제게 얘기할 수 없는 일이라면 데일 님이나 첫째 마왕 폐하께 말씀드려 보면 어떨까요? 두 분은 분명 라티나 양이 의지해 오기를 바라고 계실 거예요."

"로제 님⋯⋯."

잠긴 목소리가 나옴과 동시에 라티나는 굵은 눈물방울을 흘렸다.

라티나는 그 후, 아무것도 묻지 않는 로제의 상냥함에 기대어 흐느껴 울 뿐이었다.

'나⋯⋯ 분명⋯⋯ 『예언』대로, 많은 사람을 불행하게 만든 거야⋯⋯.'

역시 자신은 죄인이었다고, 죄인이 되기에 적합한 존재였다고, 라티나는 숨도 쉴 수 없을 만큼 자책에 짓눌릴 것 같았다.

그렇게 생각했기에 라티나는 어떤 의미에서 자신을 규탄해 주는 존재를 간절히 원했던 것일지도 모른다.

어린아이처럼 흐느끼던 라티나는 자신을 몹시 고요한 시점에서 보고 있는 존재를 알아차렸다.

공포와도 닮은 감촉에 온몸을 바르르 떨며 눈물로 번진 시야를 시선의 근원으로 돌렸다.

"헤르미네 씨……."

잠겨 버린 작은 목소리에는 자신이 생각했던 것보다도 두려움이 담겨 있었다.

시녀 한 명 없이 바실리오를 찾아온 로제는 동성인 헤르미네에게 그에 준하는 일을 맡기고 있었다. 로제는 그다지 높은 집안 출신도 아니기에 일상적인 일은 스스로 할 수 있었지만, 공적인 사절이 아니라고는 해도 『라반드국』의 대표자로 타국에 체재하는 영애로서의 체면도 있었다. 동시에 호위이기도 한 헤르미네는 필연적으로 로제 곁에서 시중을 들게 되었다.

그렇기에 현재 라티나의 방인 이 별궁 구석에 헤르미네가 조용히 대기하고 있는 것은 비난할 이유가 되지 못했다.

하지만 헤르미네에게, 그야말로 아무것도 못 하는 어린아이처럼 우는 모습을 보였음을 깨닫고 라티나는 뺨을 붉게 물들였다.

현재 라티나는 정신적으로도 체력적으로도 약해져 있지만, 그래도 거북한 인물의 냉정한 모습에 본래의 높은 긍지를 되찾았다.

반사적으로 뺨에 흐른 눈물을 양손으로 쓱쓱 닦았다.

이 사람 앞에서는 한심한 모습을 보이고 싶지 않다고, 지기 싫은 마음이 고개를 들었다.

헤르미네는 그런 라티나의 모습도 몹시 냉정한 시선으로 응시하고 있었다.

라티나는 그녀가 거북했다.

여유로운 연상의 여성. 완전하게 어른이 되지 못한 자신에게 없는 것을 잔뜩 가지고 있는 아름다운 사람.

그녀 앞에 있으면 라티나는 자신에게 부족한 것이 눈앞에 들이대지는 듯한 기분이 들었다.

아무리 자신도 알고 있는 것이라지만, 자신의 그런 부분과 마주하면 마음이 무거워졌다.

그리고 무엇보다도 그녀는 자신이 모르는 데일에 관해 알고 있는 사람이었다.

그녀에게만큼은, 지고 싶지 않았다.

그 마음 하나로 얼굴을 든 라티나에게 헤르미네는 어딘가 매정한 인상을 주는 미소를 보냈다.

그런 두 사람 사이에 흐르는 분위기는 로제도 바로 눈치챘다. 모습이 바뀐 라티나가 필요 이상으로 헤르미네의 시선을 신경 쓰는 것은, 감정을 겉으로 드러내는 라티나의 솔직한 기질도 어우러져 매우 알기 쉬웠다.

그러나 로제는 아무 말 없이 이 상황을 지켜보기로 했다.

조금 전까지 자책에 짓눌릴 듯했던 라티나가 더는 고개 숙이지도 않고, 눈물에 젖은 회색 눈으로 헤르미네의 시선을 정면으로 받아내고 있었다. 이유가 뭐든 간에 라티나가 그렇게 기운을 되찾은 모습을 보여 주는 것이 중요했다.

"……상당히 컸다고 생각했는데 아직도 조그만 꼬마 아가씨인 모양이야."

이윽고 헤르미네가 꺼낸 말에 라티나는 눈썹을 찡그렸지만 부정하지는 않았다.

"바실리오의 왕매(王妹) 전하에게 이런 식으로 말하다니…… 하고 질책해도 상관없어."

"……이 나라에서 저는 아무런 권력도 권한도 없어요. 『황금의 왕』의 의향을 업신여기지만 않는다면 저 개인에게는 무슨 말을 해도 상관없어요."

라티나는 크리소스가 자신을 누구보다도 소중히 여긴다는 것을 알고 있었다. 그리고 이 나라의 『왕』인 크리소스의 의향은 존중해야 한다는 것도 라티나는 이해하고 있었다.

하지만 동시에 자신에게는 아무런 권한도 없다고 스스로를 다잡고 있는 라티나는 크리소스의 권세를 자신이 과하게 누리는 것이 옳다고는 생각하지 않았다.

라티나는 그렇기에 지금, 헤르미네의 말이 아무리 자신을 『아프게』 하더라도 크리소스의 이름을 꺼내 도망치려고는 하지 않았다.

라티나의 대답에 헤르미네는 엷게 미소 지었다.

그 표정만으로는 그녀가 라티나를 어떻게 생각하고 있는지 알 수 없었다.

"『넷째 마왕』의 침식으로 라반드국 남부 지역은 큰 피해를 받았어. 부흥시키려면 국력은 크게 깎이게 되지. 국경을 마주한 타국은 이것을 기회 삼아 불온한 움직임을 보이고 있는 것 같아."

헤르미네의 말은 라티나가 『듣고 싶은 이야기』일 터였다. 그래도 일어나 버린 일을 듣는 것은 생각보다 더 괴로웠다.

"『일곱째 마왕』 때문에 라반드국 동쪽에 있는 소국 몇 개가 멸망했다고 해. 많은 희생자가 나왔다고 가볍게 말할 수도 없는 참상이지."

"……."

파래진 얼굴로 관절이 하얗게 변할 만큼 손을 세게 움켜쥔 라티나를 헤르미네는 보았다. 표정은 여전히 엷은 미소였다.

"그렇다고 해서 네가 울 이유도 없잖아? 아니면 『울 만한 이유』가 있는 걸까?"

"……윽."

라티나는 호흡하는 것만으로도 괴로운 통증을 느꼈다. 반론하지 못하는 자기 자신을 보고 헤르미네의 말을 자신도 인정하고 있음을 자각했다.

"『이유』가 있더라도, 그건 그것대로 우는 것밖에 못 하다니……『꼬마 아가씨』니 어쩔 수 없으려나."

헤르미네의 미소가 명백한 조소로 변했다.

라티나는 고개 숙이려는 자신을 질타하여 분명하게 얼굴을 들었다.

"……저는."

괴롭게 잠긴 목소리지만, 라티나는 헤르미네에게서 시선을 돌리지 않았다.

"확실히 미숙해요. 아무것도 못 하는 것도…… 사실이에요."

아주 조금 헤르미네는 그 파란 눈을 크게 떴다.

"미숙하고 우는 것밖에 못 하는 건 사실이에요……. 그래도, 그래도……."

차오르는 눈물을 쓱 닦고 라티나는 점점 목소리에 힘을 실었다.

"제대로, 생각할 거예요. 자신이 저질러 버린 일. 어떻게 해야 했는지…… 그리고, 앞으로 자신이 뭘 할 수 있는지를."

더는 고개 숙이지 않고 확실한 의지의 빛을 담아 헤르미네를 보면서 라티나는 단호하게 말했다.

그런 라티나의 모습에 헤르미네는 작게 웃고 도발하듯 대답했다.

"그래? 어디 한번 해 봐, 『꼬마 아가씨』."

끊어진 대화와 두 사람 사이에 흐르는 분위기를 간파하고 로제는 이 자리에서 물러나기로 했다. 로제의 호위인 헤르미네는 멋대로 퇴실할 수 없고, 기력을 되찾은 듯이 보이는 라티나도 자신의 마음을 되돌아볼 시간이 필요하리라고 판단했다.

"그럼 라티나 양. 저는 제 방으로 돌아갈게요. 한동안은 바실리오에 체재하게 될 테니 곤란한 일이 있으면 사양 말고 말씀해 주세요."

"네…… 고맙습니다, 로제 님."

부드럽게 미소 지은 로제에게 대답하는 라티나도 표정에 상당히 생기가 돌아와 있었다. 그렇기에 로제는 다정한 표정을 지으며 별궁을 뒤로했다.

로제가 다시 입을 연 것은 별궁에서 꽤 멀어진 뒤였다.

로제는 등 뒤에 있는 인물을 돌아보고 책망을 담은 목소리를 냈다.

"너무 심술궂은 짓은 하지 마세요."

헤르미네는 로제의 말에 미소 짓더니 살짝 어깨를 으쓱여 보였다.

"조금 심술부리고 싶었거든."

"라티나 양이 『어린』 건, 나이를 생각해 봐도 아직 당연해요."

"그러네."

쿡쿡 웃고서 헤르미네는 약간 먼 곳을 보는 표정을 지었다.

"하지만 생각보다 『아이의 성장』은 빠르구나. 전에 만났을 때는 무슨 일에나 발톱을 세우는 새끼 고양이 같은 아가씨였는데."

헤르미네는 자신의 모든 언동에 「작지 않은걸!」 하고 반발하던 어린 소녀를 떠올렸다. 객관적인 시점이 아니라 자신의 주관으로만 사물을 보는, 모든 면에서 나이에 걸맞은 어린 소녀였다.

"분명하게 자신의 『미숙함』을 인정할 수 있을 정도로는 어른이 됐다는 거네."

헤르미네는 그렇게 말하고 미소 지었다. 로제는 한숨을 쉬고 자신보다도 아득히 긴 시간을 살아온 여성을 응시했다.

로제는 데일이나 크리소스처럼 라티나를 과하게 예뻐할 생각은 없다. 그래도 로제에게 라티나는 자신을 잘 따르는 귀여운 『여동생』 같은 존재였다. 일방적으로 몰아붙여지는 모습은 그다지 재미있는 광경이 아니었다.

"심술부리시는 것도 『어른답지』 못하다고 생각합니다만."

"그러네. 나도 아직 멀었어."

쿡쿡 웃는 헤르미네는 로제의 말에도 동요하지 않고서 미소 지을 뿐이었다.

"데일의 그런 얼굴을 보고 말아서, 무심코 심술부리고 싶어진 거야."

거기서 헤르미네가 꺼낸 말에는 지금까지와는 조금 다른 감정이 담겨 있었기에 로제는 반론할 마음을 잃고 그녀를 보았다.

"정말로 궁지에 몰렸던 것 같아, **그 애**. 그런 모습을 본 건 오랜만이라…… 무심코, 말이지……. 나도 아직 멀었구나."

로제와 동행하여 바실리오에 오게 되기 직전, 헤르미네는 에르디슈테트 공작가에서 데일을 보았다.

트레이드 마크인 검은 마수 코트를 벗고서 반짝이는 반신 갑옷을 입고 『백금의 용사』라고 칭송하는 목소리에 응하는 데일은 외관상으로는 아무런 부담도 없어 보였다. 새로 얻은 이명에 어울리는, 빛나는 영웅 같은 표정으로 주위에 부응해 보이고 있었다.

하지만 헤르미네의 눈에는 『소년』 시절 데일의 모습이 덧씌워졌다.

『용사』로서 짊어진 역할에, 『사람』을 죽인 감촉에, 고민하고 괴로워하던 『소년』 시절의 모습을 거기서 보았다.

그때 헤르미네는 데일이 『무엇』 때문에 궁지에 몰려 있는지는 알 수 없었지만, 바실리오에서 재회하고 확신했다.

라티나를 끌어안고 의존에 가까운 모습으로 애정을 쏟는 모습.

이제 다시는 잃고 싶지 않다고, 잃어버리게 되면 자신은 자신으로 있을 수 없게 된다고— 필사적으로 매달리는 그 모습은 자세한 사정 따위 모르더라도 데일이 망가지려던 이유가 『그녀』(라티나)임을 헤아리기에 충분하고도 남을 광경이었다.

옛 친구로서 살짝 심술부리고 싶어진 것이다.

라티나가 무엇에 한탄하고 슬퍼한 것인지는 모르고, 알 필요도 없다고 생각한다. 라티나가 무엇을 저질러 버렸는지도, 그 결과 왜 데일이 그렇게나 괴로워했는지도 모른다.

그러니 설교할 생각은 없고 논법으로 몰아붙일 생각도 없다. 어디까지나 자신의 주관과 감정에 의거한 『심술』이었다.

네가 한 일 때문에 데일이 그렇게나 괴로워했다고— 헤르미네 나름의 소소한 앙갚음이었다.

『아주 싫어하는』 상대에게 자신의 미숙함과 잘못을 인정하는 것은 그 긍지 높은 소녀에게 힘든 일이었으리라.

하지만 그것을 인정할 수 있었던 것은 평가해 주어야 했다. 『꼬마 아가씨』라는 인식을 고치기까지 앞으로 한 걸음이라고 할까.

헤르미네는 그렇게 생각하고 다시 한번 중얼거렸다.

"정말로, 『아이의 성장』은 빠르구나."

한편 헤르미네와 로제를 보낸 후 라티나는 한동안 침대 위에서 무릎을 껴안고 있었다. 털썩 누워 대굴대굴 몸을 뒤척였다. 의복이 흐트러지는 것도 신경 쓰지 않고, 뒤척이면서 옷자락이 아슬아슬한 위치까지 올라가 다리가 훤히 드러나게 된 것조차도 그대로 두었다.

"……흐아."

한숨이 흘러나왔다.

누구도 듣는 사람이 없기에 자기 자신을 훈계하듯 중얼거렸다.

"……실패뿐이야. 나…… 성장하지 못했구나……."

헤르미네에게는 그렇게 말했지만, 실제로 라티나는 어떻게 하면 좋을지 알 수 없었다.

결과적으로 크리소스가 도와줘서 자신은 살았으나, 다른 마왕들에게 『적』으로 인식된 『여덟째 마왕』은 그때 없어져 버렸어도 이상하지 않았다.

숨고 도망쳐도 끝까지 도망칠 수는 없었을 터였다. 그래도 도망친다면 자신을 발견할 때까지 마왕들은 그야말로 모든 것을 초토화하더라도 자신을 찾아낼 것이라고 생각했다.

다른 마왕이 자신을 『적』으로 노리고 있다고 데일에게 털어놓았다면 그는 스스로를 희생해서라도 자신을 지키려고 했으리라. 데일이 자신을 그렇게 생각해 주는 것과 마찬가지로 자신도 그를 지키고 싶었다. 『희생』 따위 하지 않길 원했다.

데일뿐만이 아니었다. 자신이 사는 크로이츠도 마왕들의 표적이 되었으리라. 친구들도 마을 사람들도, 오랫동안 자신을 길러 준 상냥한 추억으로 가득한 거리도, 전부 라티나에게 지키고 싶은 것이었다.

어렸던 그 날에 모든 것을 잃은 자신이 얻게 된 모든 것. 모든 것을 부정당하고 추방된 자신을 받아들여 주고 사랑해 준 모든 것. 한 번 모든 것을 잃어버린 과거가 있기에 라티나는 다시 『잃어버리는』 것이 무엇보다도 무서웠다.

그리고 크리소스.

함께 태어나 함께 있었던 소중한 자신의 반쪽. 모든 것을 나누고 태어났으며 유일하게 같은 피가 흐르는 단 한 명의 자매.^{가족}

많은 소중한 존재들과 보잘것없는 자신 한 명의 목숨.

저울질할 수 있을 리 없었다. 소중한 사람들을 지킬 수 있다면 자신의 목숨 따위 아깝지는 않았다.

"하지만…… 나도 그럴지 몰라……. 데일이, 그렇다고 해서, 간단히 포기한 적 따위 없었지……."

무리하지 않길 원했다.

그리고 모험가로서 일류라고 불리는 데일이 모든 마왕을 적으로 돌리는 무모한 짓을 실행에 옮길 줄은 몰랐다.

하지만 가능성이 전혀 없다고 생각하지 않은 것도 사실이었다. 『데일이라면 저질러 버릴지도 모른다.』 그렇게 생각했기에 아무런 사정도 모르면서 자신은 『옥좌의 공간의 참상』이 데일 소행이라고 직감적으로 느꼈으니까.

"어떻게 하면 좋았던 걸까……."

자신만 없어지면 상황은 『원래』대로 돌아간다고 생각했다.

『재앙의 마왕』이 이곳저곳을 유린하리라고 생각하지 않았다.

아무런 죄도 없는 『재앙』 이외의 마왕을 데일이 상처 입히리라고 생각하지 않았다.

"……그걸 생각하지 못한 게, 나의 가장 큰 『죄』였던 걸까……."

너무나도 빠르게 변화한 상황에 그저 흘러갔던 자기 자신을 돌아보고 라티나는 힘없이 베개에 뺨을 눌렀다.

아무래도 라티나는 그대로 깜빡 잠든 모양이었다.

"라티나?"

자신을 부르는 목소리에 라티나는 눈을 떴다. 걱정스러워하는 데일의 얼굴이 바로 옆에 있었다.

"왜 그래?"

다정한 목소리에 불안이 담겨 있어서 라티나는 그 이유를 생각했다.

데일은 손바닥으로 그녀의 뺨을 폭 감쌌다. 손끝이 눈꼬리 부근을 달래듯 쓰다듬었다. 거기서 라티나는 자신이 운 흔적도 그대로 둔 채 잠들어 버렸음을 떠올렸다.

"괜찮……."

대답하려다가 입을 다물었다.

생각해 보기는 했지만 『답』은 아직 나오지 않았다. 그래도, 이제 고개 숙이고 울기만 하지는 않을 거라고 정한 것도 사실이었다.

"……생각하고 있었어. 나는, 잔뜩 틀리고 말았구나."

"라티나?"

"데일도 잔뜩 상처 입혔어. 잔뜩 괴롭게 했어. 미안하다는 말만으로는 도저히, 너무나 부족하지만…… 나는 어떻게 해야 했는지, 고민하기를 그만두면 안 된다고 생각했어."

라티나의 말에 살짝 쓰게 웃은 데일은 그대로 상냥하게 그녀의 뺨과 머리를 쓰다듬었다.

자애가 담긴 자상한 시선도, 상냥한 애무도, 정말 좋아하는 그의 동작이지만 거기서 라티나는 퍼뜩 놀라 회색 눈을 크게 떴다.

'……내가 틀린 건…… 잊어버린 건 그것뿐만이 아니었어.'

문득 떠오른 것은 그런 생각이었다.

『틀렸다.』

훨씬 예전의 자신은 알고 있었던 것. 『어린아이』였을 무렵의 자신은 언제나 생각하고 있었을 텐데, 어느새 잊어버린 것.

'나는…….'

데일이 「결혼하자」고 말해 줘서, 어릴 때부터 품었던 마음이 이루어져서 꿈만 같아서 들떠 버린 자신은 어느새 잊어버린 것이다.

자신이 되고 싶었던 것은 데일에게 「귀엽다」고 일방적으로 예쁨받는 존재가 아니었다. 그래서는 『귀여운 우리 딸』이었을 때와 똑같았다. 그것만으로는, 자신이 되고 싶었던 『성인 여성』에는 부족했다.

'나는 데일 옆에 있을 수 있는 어른이 되고 싶었어……. 데일을 지탱할 수 있는 존재가 되고 싶었어…….'

지금 자신은 데일에게 일방적으로 예쁨받고 있을 뿐이었다. 행복하다며 그것에 만족하고 있던 자신은 『되고 싶었던 자신』의 모습조차 잃어버리고 있었다.

『꼬마 아가씨』라고 불릴 만도 했다. 자신은 그렇게 불릴 만큼 『어린아이』였던 것이다.

"……역시 나는, 잔뜩 틀렸구나……."

"그런가?"

"그래. 나는 틀리기만 해……. 그러니 데일도 안 될 때는 확실하게 안 된다고 말해 줘……. 이렇게 해 달라고 데일의 생각을 분명하게 말해 줘……."

바실리오에서 깨어난 자신에게 데일이 피를 토하는 듯한 목소리로 했던 말을 떠올렸다.

너무나도 괴로워 보여서 가슴이 찢어질 것 같았던 데일의 말. 「지킬 수 있게 해 줘.」 그것은 라티나 자신에게도 마찬가지였고, 그렇기에 어떻게 해야 할지 알 수 없게 됐던 그의 본심이었다.

"나는 틀리고 말았지만…… 데일을 지키고 싶었던 건, 진짜야."

"……그래. 그렇지…… 라티나라면 그럴 거라는 건…… 나도 이해했어."

곤란한 얼굴로 긍정하는 말을 꺼낸 데일의 양손을 라티나는 살며시 만졌다.

"데일이 그렇게 언제나 다정하니까…… 나는 데일한테 잔뜩 어리광 부리고 있었어. 데일이라면 분명 내가 하는 일을 전부 용서해 줄 거라고……. 그게 데일을 괴롭게 하더라도…… 이해해 줄 거라고 생각했어."

"어리광 부려 주는 건…… 좋지만 말이지."

데일도 이성과 사고 일부에서는 라티나가 취한 행동 전부를 부정할 수는 없었다.

위협의 대명사인 『마왕』이라는 존재를 전부 적으로 돌린 라티나가 누군가를 희생하지 않고 상황을 정리하길 바랐을 때, 자기 자신

43

을 희생하자고 생각하는 것은 있을 법한 행동이었다.

실제로 자신도 『이 상황을 인정하는 것』이 가장 희생을 만들지 않는 결론이라고 자각도 하고 있었다.

도저히 인정할 수 없어서, 모든 것을 힘으로 쓸어버리더라도 발버둥 치자고 정하고 말았지만.

그런 생각을 하고 쓰게 웃은 데일을 라타나는 가만히 들여다보았다.

자신이 해 온 피로 점철된 잔학한 행위조차 들킬 것 같아서 데일은 조금 불안한 기분이 들었다.

"만약…… 다시 똑같은 일이 생긴다면, 나는 또 똑같은 선택을 해 버릴지도 몰라……."

"그건…… 곤란한데……."

"데일이 그런 것처럼, 나도 데일을 지키고 싶은 것은 진심이니까…… 하지만."

라타나는 거기서 말을 끊고 데일의 손을 덮은 손에 힘을 주었다.

"분명하게, 데일과 얘기할 테니까. 어떻게 하고 싶은지, 어떻게 해야 할지, 데일과 함께 생각할 거야."

"……응."

"나는 데일과 함께 있고 싶어. ……나는 일방적으로 보호받는 존재가 아니라, 데일도 지킬 수 있는 존재가 되고 싶었어. 그러니까 앞으로 분명하게 데일 옆에 있을 수 있도록…… 다음부터는 데일의 마음도 확실하게 듣고, 데일과 함께 생각하고 싶어."

라타나의 말을 다 듣고서 데일은 쓰게 웃었다.

그것은 지금까지 짓고 있던 것과는 조금 다른 의미를 담은 『쓴웃음』이었다.

"반성해야 하는 건…… 나도 마찬가지야."

"데일?"

"나도, 라티나랑 분명하게 얘기했어야 할 게, 잔뜩 있으니까……."

데일은 품속에 안은 사랑스러운 소녀를, 눈부시다는 착각을 느끼며 보았다.

"나는 라티나에게 프러포즈했어. 힘든 일도 함께 나눠야 부부잖아."

"……응."

"그러니 만약 다음이 있다면…… 나한테 숨기지 말아 줘. 라티나가 힘들다고 생각하는 것도 어떻게든 해 줄 테니까."

"응."

"그러네, 내가 힘들 때는…… 그때는 라티나를 의지해도 될까? 이렇게 말은 했어도, 나로서는 멋있는 척하고 싶은 부분이긴 한데……."

"그때는 내가 데일 몫까지 노력할게. 항상 도움받기만 하니까…… 확실하게 돌려줄 수 있는 내가 되고 싶어."

그녀의 대답에 데일은 살며시 웃었다.

어릴 때부터 줄곧 그녀는 옆에 있어 주는 것만으로도 그의 버팀목이며 구원이었다.

그래도 분명 그녀는 『그것만』으로는 부족하다고 대답할 것이다.

"……혹시 자매가 더 있어?"

"그건, 없어."

"너희 가족 이야기…… 듣고 싶어. 크리소스를 숨기느라 말할 수 없었던 거지?"

"크리소스한테 들었어?"

"응."

데일이 대답하자 라티나는 조금 괴로워하는 표정을 지었다.

"얘기하지 못해서 미안해. 하지만 나한테 크리소스는 데일과는 다른 의미에서 누구보다도 소중한 존재야."

"단 한 명뿐인 자매니 말이지."

마인족은 본래 동료 의식이 강하고 식구를 소중히 여기는 종족이었다.

유일한 자매이며 유일하게 남은 혈연. 라티나와 크리소스가 서로를 깊이 생각하는 것은 데일도 잘 알고 있었다.

"숨기는 건 이제 없어?"

"……부끄러운, 비밀은, 있어."

"그건 부부여도 숨겨 두는 게 좋을지도……."

"데일은?"

"응?"

"데일은…… 나한테 숨기는 거, 있어?"

"아……."

데일은 무심코 반사적으로 말을 흐리려다가 생각을 고쳤다.

그녀에게 강요해 놓고서 자신만 넘어가는 것은 역시 너무 자기중심적이라고 반성했다.

그녀는 이제 자신에게 보호받을 뿐인 어린아이가 아니었다.

그리고 자신은 그녀를 그런 존재로 대하자고 정했을 터였다.

"나, 실은 『용사』야."

그래서 데일은 너무나도 새삼스러운 정보를 라티나에게 고백했다.

그것을 듣고 라티나는 한동안 말없이 데일의 얼굴을 보았다. 로제에게 듣기는 했지만 역시 놀람은 컸다.

"저기, 라티나?"

"응?"

"괜찮아?"

"깜짝 놀랐어……."

데일이 말을 걸어서 겨우 정신을 차린 라티나는 푸슈 하는 소리를 낼 기세로 어깨에서 힘을 쭉 뺐다.

"데일이 『용사』라는 거, 로제 님한테도 들었어……."

"그래?"

듣고 보니 딱히 입을 막지도 않았기에 그럴 수도 있겠다고 데일은 다시금 생각했다. 오히려 지금 이 순간까지 라티나에게 알려지지 않은 쪽이 놀라운 일이었다.

"로제 님한테는 물어볼 수 없었지만…… 마족이 된 거, 괜찮은 거야?"

"그건 나보다도 라티나가 알 수 있는 정보 아닐까?"

데일도 곤혹스러워할 수밖에 없었다. 라티나는 일단 데일에게
『마왕』[주인]인 존재였다.

라티나는 직접 『마왕은 세계의 근간 일부를 알 수 있다』고 말했
을 터였다.

"어? ……아. 그러고 보니, 그러네……."

『마왕』으로서 받은 은혜를 쓰지 않고 있던 라티나는 자신에게 그
런 능력이 있다는 것을 깜빡했다.

"뭐…… 네가 『여덟째 마왕』이고…… 마왕을 물리치는 『용사』라는
존재와 상반되지 않으니까 성립됐을 거라는 말은 들었지만 말이지."

"그런가……."

그렇구나 하고 고개를 끄덕이는 라티나에게는 역시 『마왕』다움이
라고는 조금도 없었다.

"역시 나는 좀 더 야무져져야겠어."

그렇게 단호히 대답한 라티나의 모습을 보고 반사적으로 「라티나
는 지금 이대로 있어도 돼.」 하고 말할 뻔한 데일은 어떻게든 그 말
을 삼켰다.

데일은 「매우 진지한 얼굴로 고개를 끄덕이는 라티나는 귀엽구
나.」 하고 생각해 버렸다. 그것은 이제 일종의 조건 반사였다.

하지만 어른이 되기 위해 반성하고자 하는 그녀를 자신도 그에
맞게 대하기로 하고서, 그것을 완전히 철회하는 발언은 역시 아니
라고 멈추는 데 성공했다.

성장할 필요가 있는 것은 어느 쪽인가, 내심 땀이 났다.

"데일?"

"아니…… 정말로 라티나는 많이 컸구나 싶어서."

"……?"

자신의 미숙함을 통감한 직후에 그런 말을 듣고 라티나는 살짝 고개를 갸웃했다.

"나도, 제대로 해야겠지."

"데일은 이미 충분히 어른이지 않아?"

"음……."

라티나를 대등한 반려로 대하는 것이나, 자신의 유일한 『마왕^{주인}』으로 보는 것은 제쳐 놓고, 데일은 역시 그녀가 의지할 수 있는 자신으로 있고 싶었다.

그것은 남자로서의 긍지라 양보할 수 없는 부분이었다.

하지만 모처럼 이렇게 다시 함께 있을 수 있게 되었다.

"앞으로는 제대로 해 나가자."

"응."

실패를 거듭해도 언젠가 「그런 일이 있었지.」 하고 둘이서 이야기할 수 있게 되면 된다.

그렇게 생각하여 데일은 라티나의 손을 잡았고 두 사람은 서로의 손을 맞잡았다.

✝

　라티나는 데일과 그렇게 이야기를 나누었지만 저녁 식사 후, 크리소스의 방을 홀로 방문했다.

　어릴 적에 함께 지내던 방은 아니었다.

　왕의 권위가 느껴지는 고급스러운 방이기는 했다. 하지만 시녀나 호위가 옆방에 늘 대기하고 있는, 완벽한 프라이버시라는 것이 존재하지 않는 답답한 공간이었다.

　"크리소스가 앞에 있는데 『서방대륙어』를 쓰고 있다니…… 뭔가 이상한 느낌이야."

　"다른 사람에게 그다지 들려주고 싶지 않은 이야기 아닌가? 뜨문뜨문 이해할 수 있는 자도 있으나 전부를 이해하는 자는 적어. 비밀 이야기에는 적당하지."

　약간 장난스러운 표정을 지은 크리소스는 라티나가 끓인 차를 눈을 가늘게 좁히고서 입에 머금었다.

　원래대로라면 차를 준비하는 것은 시녀가 해야 할 일이었다. 하지만 두 사람만의 시간을 만들고 싶었던 라티나는 실비아가 나눠 준 라반드국의 차를 이유로 시녀를 물리는 데 성공했다. 바실리오와 라반드국은 다기도 찻잎 다루는 법도 달랐다.

　라티나가 할 이야기가 있어서 일부러 자신을 찾아왔다는 것을 헤아린 크리소스는 특별히 그것을 제지하지 않았다.

　"라반드국과 국교가 시작되면 이 나라 사람에게 언어를 가르쳐

야겠지만 말이야."

"다른 종족은 적성이 없으면 마인족의 말을 발음할 수 없으니까……."

마법을 다룰 수 있는지 없는지의 판정 기준은 『주문언어』라고도 불리는 그 말의 발음 여부였다. 종족적으로 모든 사람이 적성을 가진 마인족은 모국어로도 사용하는 말이지만, 다른 종족에게는 적성이 없으면 근본적으로 다룰 수 없는 언어였다.

하지만 다른 인족의 말에는 그런 제약이 없었다. 단순히 배우면 사용할 수 있었다.

"……그래서, 무슨 일이지? 플라티나."

"데일한테는 물어볼 수 없었어……."

툭 중얼거린 라티나는 자신이 들고 있는 다기 안을 지그시 바라보았다. 연갈색 수면에 비친 침울한 얼굴의 자신이 이쪽을 보고 있었다.

"크리소스는, 알고 있었어? 데일이…… 『용사』라는 거."

"……."

크리소스는 잠시 침묵했지만, 쌍둥이 동생에게 거짓말할 생각은 들지 않았는지 이내 긍정했다.

"플라티나를 봉인한 후…… 즉각 『마왕』을 죽이는 존재가 나타났다. 그것이 누구의 소행인지는 알 수 없었지만…… 실비아의 이야기를 듣고 바로 알았지."

"실비아가……."

"플라티나 옆에 『용사』가 있었다. 그것이, 원래대로라면 말도 안 되는 기세로 마왕을 섬멸하고 있었어. 그대와의 관계를 듣고 그대가 그 『용사』를 권속으로 삼지 않았을까…… 하고 추측할 수 있었지."

"그렇구나……."

"플라티나가 짐 곁으로 돌아오지 않겠다고 한 이유가 그놈이라는 것도 말이야."

살짝 볼을 부풀리고 뾰로통해진 크리소스는 역시 라티나와 많이 비슷했다.

라티나는 크리소스의 그 동작에 아주 조금 표정을 풀었다가 다시 시선을 밑으로 내렸다.

"역시…… 『마왕』을…… **쓰러뜨린** 건 데일이야?"

『죽였다』는 단어를 꺼내길 망설인 라티나는 말을 흐렸다.

크리소스는 동생의 모습을 보고 내심 한숨을 쉬고서 태연한 음성으로 대답했다.

"그렇지."

"『옥좌』의 상태…… 그 모습에서 알 수 있듯이…… 데일은 다른 마왕을, 전부……?"

"……이제 와서 부정해도 별수 없겠지."

동생의 총명함에 거짓말할 생각도 들지 않아서 크리소스는 대답했다.

라티나의 표정이 괴롭게 변했다.

"그건…… 내 탓인 거네."

주위의 이야기를 듣고 예측했던 일이기는 했지만 크리소스는 동생의 모습을 보고 다시금 생각했다. 라티나는 다정하고 솔직한 어린 시절의 성질을 남긴 채 성장했다. 그것은 안도와 행복을 주는 사실이었다.

이 나라에서 추방당하고 부친을 잃은 라티나가 그래도 건강하게 안락한 곳에서 나이를 먹을 수 있었다는 증거라고 여겨졌기 때문이다.

"「……그 남자에게는 감사해야겠지.」"

"어?"

"아니, 아무것도 아니다."

크리소스가 꺼낸 작은 중얼거림은 라티나에게 들리지 않았던 모양이다. 그 사실에 크리소스는 안도했다. 그 유감스러운 용사에게 자신이 후한 발언을 했다는 것은, 동생이 소중하기에 누구에게도 들켜서는 안 되는 일이었다.

"……플라티나는 역시 『첫째 마왕』은 되지 못할 것 같군."

"크리소스?"

작게 웃고서 크리소스는 라티나와 눈을 맞췄다.

"마음 아파할 것 없다, 플라티나."

"그치만……."

『재앙』이라고 불리는 마왕 이외의 자들은 죽을 만한 잘못 따위 하지 않았다. 부조리하게 살해당하고, 그 마왕이 수호하던 권속과 백성들도 불행하게 만들었다.

그것에 마음 아파할 것 없다는 말을 들어도— 하는 마음속 독백이 얼굴에 훤히 드러난 라티나를 보고 크리소스는 다시 작게 웃었다.

"그대라는 『마왕』…… 하위라고는 하나 『신』을 해하려 했다. 그것을 『죄』라 하지 않으면 뭐라고 부르지?"

"하지만……."

"그로 인해 일어난 일은 이른바 『신벌』…… 『마왕』 배제가 **허락된** 것은 대적하는 존재인 『용사』**뿐**이니까."

그것은 상위 존재이며 세계 그 자체이기도 한 『일곱 색깔 신』이 정한 섭리였다.

크리소스는 희미하게 웃고서 동생의 머리를 쓰다듬었다. 어리광쟁이인 쌍둥이 동생을 부모를 흉내 내 달래던 어린 시절과 똑같은 동작이었다. 그런 동작이 쉽사리 나오는 자신에게 살짝 놀람과 동시에 안도했다.

바뀌어 버린 줄 알았던 자신 안에도 어린 시절과 똑같은 부분이 확실하게 남아 있다고, 낯간지러운 기분이 들었다.

"마왕이 마왕을 해하는 것은 가능해. 같은 위치의 존재니 말이지. 하지만 그것은 『허락되지 않은』 일. 상응하는 보복을 받아야 할 일이다."

유일하게 「마왕」 중에서 다른 마왕에게 간섭하는 것이 허락된 존재는 『여덟째 마왕』인 라티나뿐이었다. 『마왕을 억제하는』 성질 속에서 발생하는 존재이니 당연한 일이었다.

일찍이 『둘째 마왕』이 『첫째 마왕』을 죽인 것처럼 마왕이 다른 마왕을 없앨 수는 있었다. 하지만 그것은 동시에 『세계』에는 변칙적인 사태이기도 했다.

제거하면 동시에 제거당할 가능성도 커진다.

그것을 크리소스에게 가르쳐 준 사람은 희대의 신관이라고 불리며 마인족의 역사 속에서도 유례없는 힘을 가지고 있던 『보라』—신의 색깔을 이름으로 가진 여성이었다.

이야기를 들었던 당시에는 자세한 의미를 알 수 없었다.

지금 돌이켜 보고 마침내 그 뜻을 헤아릴 수 있었다.

"그러니 이른바 인과응보. 그대가 괴로워할 필요는 없어. 이건 당연한 결과이니 말이지."

그렇게 말하면서도 크리소스는 라티나가 그렇게까지 간단히 떨쳐 내리라고는 생각하지 않았다.

크리소스는 『첫째 마왕』의 관점에서 다른 마왕이 찬동할 수밖에 없었다는 것을 아주 잘 알고 있었다.

하지만 라티나의 유일한 언니로서는 소중한 자신의 동생에게 손 댄 이상, 보복당하는 것이 당연하다고도 생각하고 말았다.

입장이 어떻든 간에 『보복당하는』 것은 어쩔 수 없는 상황이었다.

『둘째 마왕』은 그것조차 오락으로 삼는 악취미와 『마왕』의 보복으로는 자신을 해할 수 없다는 거만한 자신감이 있었던 것 같지만, 본래 그렇기에 『마왕』은 『다른 마왕』에 대해 기본적으로 불가침 입장을 무너뜨리지 않았다.

크리소스 자신도 제거당할 가능성을 각오하고 있었다.

『여덟째 마왕』인 라티나 본인이 자신을 적대자로 보고 있지 않다는 『섭리』의 가호. 그리고 그녀를 위해 움직이는 권속인 『용사』가 확고한 『딸바보→부인 바보』이니 즉각 단죄당할 일은 없다고 내다보았다. 그래도 그것들은 『절대적』이진 않았다.

하지만 그것도 어쩔 수 없는 일이라고 생각했다.

어떤 허물이 되더라도 동생을 되찾기 위해 자신의 손을 더럽히길 마다하지 않겠다고 각오했던 자신은 아무런 말도 할 수 없었다.

그래도 다정한 동생은 그렇게 간단히 떨쳐 낼 수 없을 것이다.

그리고 그 사실을 기쁘게 생각하고 말았다.

"플라티나, 『마왕』은 『신』이다. 사람의 섭리를 뛰어넘어 오만한 것도 어쩔 수 없지 않은가?"

"······하지만."

"그럼에도 동시에 『사람』의 시점을 계속 가지고 있어야 하지. 그렇다면 그대의 번뇌 또한 옳을 것이다."

"크리소스······."

언니의 목소리를 듣고 라티나는 복잡함을 느끼면서도 얼굴을 들었다. 분명하게 앞을 응시하고 있는 언니에 비해, 결국 상냥한 사람들에게 응석 부리고 마는 자신의 부족함에 마음이 위축되었다.

"그대로 있어라, 플라티나."

크리소스는 일부러 잘라 말했다.

"짐이 사람의 시점을 잊은 오만한 존재가 되지 않도록. 그대의 유일한 권속이 만물을 베는 수라가 되지 않도록."

라티나가 고민하고 있더라도. 더욱 그렇게 생각했다.

자신도 이 동생 옆에 있을 때만큼은 『첫째 마왕』이 아닌 크리소스라는 『사람』의 마음으로 있을 수 있었다.

왕이라는 책무에 짓눌리지 않고 『자기 자신』을 지탱할 수 있었다.

"우리의 굴레로 있어라."

그렇기에 라티나가 지금 이대로 있기를 원했다.

그렇게 미소 짓는 크리소스에게 라티나는 곤혹스러운 표정을 보냈다. 자신의 미숙함을 자각하고 있는 라티나는 그것을 긍정받아도 바로 고개를 끄덕일 수는 없었다.

"지금 이대로 있으면…… 안 된다고 생각하는데도?"

"성장은 필요하겠지. 그리고 전혀 변하지 않는 것도 불가능해."

크리소스는 너무 성실한 동생을 꼭 끌어안았다. 지금의 크리소스가 누군가의 온기를 이토록 가까이 느낄 일은 없었다. 이것만으로도, 그것이 얼마나 자신을 구원해 주는지를 어째서 동생은 모르는 것일까.

"그러나 플라티나. 그대로 있어 다오. ……그대도 이해하겠지? 짐이 그대의 『언니』로 있기를 바란다면."

"……그런 걸까."

"그래."

묘하게 화나서 인정하고 싶지는 않지만 **그 남자도** 그럴 것이다. 자신과 비슷한 생각을 하고 있다니! 묘하게 짜증 나서 인정하고 싶지는 않지만! 그 남자에게도 이 다정한 본성을 지닌 동생은 구원이리라— 하고 크리소스는 생각했다.

"그대가 『이대로 있을 수 있게』 지키는 것이야말로 우리의 양식이다. ……그것은 어떤 의미에서 몹시 어려운 일일지도 모르지만 말이지."

자신이 걷는 길이 아무리 궂고, 피투성이에, 시체를 쌓아 올렸더라도— 지키고 싶은 이 존재만큼은 그것들과 상관없이 있게 하고 싶었다.

무거운 짐을 나누는 방법은 같은 짐을 지는 것만이 아니었다.

이 소중한 동생이 상냥한 세계에 있기를 원했다.

하지만 분명 총명한 동생은 자신이 보호받고 있다는 것을, 주위가 그만큼 무거운 짐을 짊어지고 있다는 것을 알아 버릴 것이다.

이해해 주는 것만으로도 충분한데.

그리고 그만큼 힘들고 괴로운 업을 소중한 상대에게 지우지 않을 수 있음에 자신은 구원받는 것이다.

아마 그 남자도 그럴 것이다.

정말로 인정하고 싶지 않은 일이지만. 하고 크리소스는 내심 언짢아했다. 상대를 이해해 버리는 자신에게도 미묘한 기분이 들었다.

"……알겠다고는, 말할 수 없지만…… 크리소스의 말, 생각해 볼게."

라티나의 그 대답조차 너무 성실해서 크리소스는 작게 미소 지었다.

"우선은 그것으로 좋지 않을까?"

그리고 포옹한 팔에 꽉 힘을 주었다.

"그러니 이대로 짐의 곁에 있어라."

"⋯⋯."

크리소스의 말에 라티나는 묘한 반응을 보였다. 시선이 이리저리 방황하며, 하기 어려운 말이 있는 듯한 표정을 지었다. 생각이 얼굴에 드러나는 동생의 그런 솔직함도 크리소스 자신에게는 바랄 수 없는 부분이기에 귀여웠다.

크리소스도 눈치채고는 있었지만, 라티나는 바실리오에 체재하기를 바라지 않는 것 같았다.

저도 모르게 크리소스의 미간에 주름이 잡혔다. 그녀를 지키기 위한 일이었다고는 하나 『죄인』이 되어 추방당한 라티나를 싫어하는 자는 바실리오 내에 있을 것이다. 하지만 그런 족속에게서 지킬 만한 권력을 지금 크리소스는 얻은 상태였다. 라티나에 대한 무례를 허락한 적은 없었다.

아니면 정치에 말려들고 싶지 않은 것일까.

실비아나 로제의 이야기를 들은 바로 라티나는 인간족 나라의 ^{라반드국} 귀족 자녀 수준의 학문과 예의범절을 배웠다는 인상이었다. 하지만 통치자 교육은 받지 않은 듯했다. 일반 서민들 사이에서 평온하게 지냈을 테니 그럴 만도 했다.

그렇다면 탐욕스러운 자와 접하지 않는 환경에서 평온하게 지낼 수 있도록 하자. 그러니 플라티나가 걱정할 것은 없었다. 그렇게 크리소스는 이것저것 생각해 나갔다.

최근 조금 움직일 수 있게 됐다고 손수 빨래를 시작하거나, 주방에 출입하거나, 심지어는 주방에 있던 금속 냄비를 반짝반짝하게 닦는 행동을 한 것 같지만, 그런 고생은 하지 않아도 좋았다.

그런 생각을 했다.

물론 라티나가 『돌아가고 싶은』 이유는 그런 부분에 있었다.

라티나는 바쁜 가운데 더욱 불타오르는 일중독 소녀였다.

라티나는 현재 자신의 입장과, 곁을 따르는 시녀의 일이 자신의 시중을 드는 것임도 이해하고 있었다. 일일이 시녀의 시중을 받는 것도 받아들이고 있었지만 초조해서 견딜 수가 없는 것이 본심이었다.

그러다 보니 데일에 관해 침착하게 생각해 보려던 라티나는 무심코 빨래를 하거나, 주방에 있는 금속 냄비를 닦고 말았다. 특히 냄비 닦기는 아무 생각 없이 몰두하기에 최적이었고 게다가 냄비도 반짝거리게 된다는 일석이조의 합리적인 작업이었다. 하다 보니 즐거워져서 닦는 것에 집중하고 말았지만 성취감으로 후련해졌다.

"……언젠가 크리소스 곁에서 살게 되는 날도 올지 모르지만…… 지금은 크로이츠에 돌아갈게. 그 도시는 이제 내게 고향이라고 할 수 있는 곳이야."

물론 일하고 싶다는 것만이 이유는 아니었으나, 라티나는 그렇게 크리소스에게 자신의 뜻을 전했다.

"플라티나……."

"날 걱정해 주는 사람들이 잔뜩 있는 곳이거든. ……그건 정말로 기쁜 일이야."

"그대가…… 그렇게 말할 수 있는 장소가 있다는 걸 다행이라고 여겨야겠지."

뜻을 바꾸지 않을 듯한 라티나를 보고 크리소스는 한숨을 삼키며 대답했다.

바실리오와 라반드국의 국교를 한시라도 빨리 진행해야겠다고 결심했다.

라티나는 라티나대로 크리소스의 마음은 기뻤지만, 이제 자신은 『마왕 폐하의 동생 공주』로는 생활할 수 없겠다고 생각하고 있었다.

'어릴 때부터…… 『공주님』보다 『색시님』이 멋지다고 생각했었지…….'

라티나가 가장 동경하는 여성은 데일의 조모 벤델가르드였다. 많은 손주와 일족에게 둘러싸여, 많은 사람에게 사랑받으며 평온하게 나이를 먹는다. 그런 『할머니』가 되고 싶다고 라티나는 바라고 있었다.

예쁜 드레스나 눈부신 사교계에 대한 동경은 있어도 그 일원이 되고 싶지는 않았다.

그렇게 라티나는 뼛속까지 서민파 사고로 물들어 있었다.

"예전처럼 더는 만날 수 없는 이별이 아니니까……."

"……그렇군."

"또, 반드시."

"그래. 반드시."

자신을 꽉 껴안은 크리소스를 라티나도 꼭 끌어안았다. 마주 안은 두 사람의 머리카락이 똑같은 백금색으로 반짝였다.

예전에 이별 인사를 했을 때는 어수선하여 상황도 알지 못한 채, 더는 만날 수 없다는 것만을 이해하고 있었다. 괴롭고 슬프기만 한 이별이었다.

하지만 지금은 달랐다.

반드시 만날 수 있다.

마왕을 해할 수 있는 것은 한정되어 있었다. 두 마왕이 바라는 것을 방해할 수 있는 존재 따위 없었다.

'그 남자에게도 그것만큼은 허락하지 않겠어.'

『유일하게 방해할 수 있을』 상대를 향해 속으로 큰소리쳤다. 그러면서 크리소스는 라티나와 함께 보낼 수 있는 시간을 더욱 깊이 있게 만들고자 동생을 끌어안은 팔에 힘을 주었다.

2. 「다녀왔어」를 말하다,
백금의 아가씨

데일과 라티나가 크로이츠로 돌아가기로 한 것은, 라티나가 데일과 크리소스와 이야기하고 마음을 정한 뒤로 그리 시간이 지나지 않은 어느 화창한 아침이었다.

　라반드국의 정규 사절단이 바실리오를 찾아왔을 때, 데일이 이곳에 있는 것을 들키면 문제였다.

　구국의 영웅이 된 『용사』가 치정 갈등으로 친선국의 군주를 암살하러 갔다니, 미수라고는 하지만 공식 기록에 남길 수는 없었다.

　라티나가 모르는 기간에도 계속 변했던 계절이 움직여, 더운 기후인 바실리오도 비교적 지내기 편한 봄 기후가 되었다. 펼쳐진 하늘은 연푸른빛이었다. 배웅하는 크리소스는 햇빛에 눈을 가늘게 좁혔다.

　라티나와 데일을 태우고 하늘을 나는 것은 하겔이었다.

　데일 한 사람을 태우고 날 때보다 하겔이 부담을 느끼지 않는 것은 마법에 뛰어난 라티나의 조력이 있기 때문이었다. 중량 경감 마법을 계속 거는 라티나의 부담이 걱정되어 데일은 불안한 목소리로 말했다.

　"아직 몸 상태도 정상이 아니잖아? 무리하지 마."

"그렇게 걱정하지 않아도 돼. 계속 자기만 해서 쉽게 잠이 안 깨는 버릇이 생겼을지도 모를 정도야."

그렇게 말하고 미소 짓는 라티나는 데일의 품속에 있었다.

하겔이 두른 갑옷은 겉모습을 중시하여 화려한 백금색으로 만들어졌지만, 동시에 데일을 등에 태울 때 안장으로 쓰는 기능성도 가지고 있었다.

데일 혼자 타기에는 충분한 그것도 라티나와 둘이 되니 조금 좁았다. 하지만 좁다면 그녀와 찰싹 달라붙으면 된다는 발상에 이르는 데일에게는 전혀 문제없었다.

하늘 여행에 흥미롭게 몸을 내밀려 하는 라티나의 모습은 본인보다도 보고 있는 사람의 심장에 좋지 않을 만큼 위태로웠다. 그러니 이렇게 품속에 두는 것은 합리적인 행동이었다.

빈트는 하겔 앞이나 옆에서 그때그때의 기분에 따라 이리저리 자유롭게 선행하고 있었다. 자신의 자유분방한 성격을 나타내고 있는 듯한 비행법이었다.

그런 빈트가 속도를 늦추더니 하겔 옆으로 왔다.

"멍."

한 번 소리를 낸 뒤, 빈트는 고도를 낮췄다. 명백하게 무언가 목적이 있는 듯한 움직임이었다.

"빈트?"

"뭐야?"

하겔 위에 앉은 두 사람은 그런 빈트의 모습에 고개를 갸우뚱했다. 그대로 라티나는 뒤에 있는 데일을 올려다보았다.

"저쪽에 뭔가 있어?"

물어보는 라티나에게는 미안하지만 데일에게 짐작 가는 것은 없었다.

바실리오로 갈 때 데일은 피가 거꾸로 솟은 상태였던 데다가 그녀에게 들켜서는 안 될 만큼 거무칙칙한 감정으로 가득 차 있었다. 여유롭게 주위를 둘러볼 여유 따위는 없었다.

"가 볼래?"

"부탁해도 돼?"

라티나가 말을 건 상대는 하겔이었고, 데일이 끼어들 필요도 없이 곧장 대답이 돌아왔다.

"알겠다."

대외적으로는 『데일의 기랑(騎狼)』인 하겔이지만 실제로 가장 우선되는 것은 그녀의 의향이었다.

'응. 뭐…… 그렇겠지.'

알고는 있었으나 미묘한 얼굴이 된 데일은 그러나 하강을 위해 자세가 불안정해진 하겔 위에서 라티나가 균형을 잃지 않도록 신경 썼다.

고도가 내려가면서 지상의 모습을 분간할 수 있게 되었다. 여러 사람의 모습이 있었다. 마을은 아니었다. 상당히 큰 천막이 여럿 쳐져 있고 파수꾼이 주위를 경계하고 있었다. 어떤 거점 같았다.

데일은 그것을 보고 실비아의 이야기에 있었던, 크로이츠와 바실리오 사이에 있는 거점임을 깨달았다.

"저게……."

그렇다면 크로이츠까지 돌아가는 긴 여행 중에 안전하게 휴식할 수 있는 귀중한 장소라고 할 수 있었다. 자신은 문제없지만 라티나를 쉬게 해야 했다. 그렇게 데일은 변함없이 라티나 중심인 사고 회로로 생각했다.

지상에 있는 파수꾼들도 하늘에서 하강하는 것이 환수 두 마리, 게다가 그중 한 마리가 익숙한 빈트임을 알아차리자 경계 태세를 풀고 그들을 맞이했다.

데일은 자신들을 맞이하는 인물의 모습을 보고 다소 놀란 얼굴이 되었다.

"그레고르."

"아무래도 완전히 원래대로 돌아온 모양이야."

"무슨 뜻이야."

"무슨 뜻이고 자시고, 그 말 그대로다만."

그레고르는 데일과 눈이 마주친 순간 그렇게 말했고 데일은 언짢아하며 그에 응했다.

"오랜만에 봬요, 그레고르 님."

"바실리오의 왕매 전하가 경칭을 붙여 부를 만한 입장은 아니지만……."

"그레고르 님마저 그렇게 말씀하지 말아 주세요……."

그레고르의 움직이지 않는 표정만 봐서는 어디까지 농담인지 알 수 없었다. 라티나는 뺨을 붉히고서 난처한 표정을 지었다.

데일은 가볍게 안장에서 내려가 라티나가 하겔의 등에서 내려오는 것을 도왔다. 몸을 살짝 터는 하겔의 목 언저리를 위로하듯 두드렸다.

"……라반드국의 군대가 도착한 거야?"

그레고르가 있다는 것은 그런 뜻일 거라고, 데일은 확인하기 위해 질문을 꺼냈다. 바실리오에서 들은 이야기로는 크로이츠의 모험가들이 이 거점을 만들고 방위하고 있다고 했다. 하지만 이 모습을 보면『일곱째 마왕』과의 전투를 끝낸 군대는 무사히 철수를 마친 모양이었다.

이곳은 라반드국과 바실리오의 국교가 개시될 때, 가도를 정비할 중계점이 될 입지였다. 나중에는 마을로 개척될 것이라는 이야기도 나오고 있었다.

"그래. 마수가 서식하는 영역인 만큼 안전성 문제는 산적해 있어. 하지만 생각했던 것보다 진행이 빠른 듯해."

"크로이츠의 모험가들이 거점을 정비하고 방위하고 있다고 들었는데……."

그레고르에게서 시선을 돌린 데일이 주위를 보니 낯익은 모험가 무리가 멀찍이 떨어져 이쪽을 엿보고 있는 모습을 확인할 수 있었다.

무심코 반사적으로 라티나를 끌어안았다. 데일의 그 모습에 라티나는 이상하다는 듯이 고개를 갸웃 기울였다.

하지만 데일의 그 동작으로 상대방은 거기에 목적인 인물이 존재함을 확신했다.

대지가 술렁였다.

그레고르와 함께 있던 라반드군 병사는 후에 그렇게 형용했다.

"요정 공주다~!!"

"우오오오오오오오!!"

"얏호오오오오오!!"

그들에게 데일 따위는 어찌 돼도 좋다는 것이 산뜻할 만큼 확실하게 전해지는 반응이었다. 정규 군대보다도 신속하고 정확하게 「요정 공주」 발견」 소식이 거점 전체에 퍼졌다.

"흐아?!"

깜짝 놀라서 움찔한 라티나의 반응조차 즉각 전달되었다.

"흐아, 확인했습니다!"

"흐아, 평소와 똑같습니다!"

"저 녀석들……."

데일은 어이없다는 얼굴로 낮게 말했으나 라티나는 안절부절못하며 데일을 올려다보았다.

"내가 그렇게 자주 말해?"

신경 쓰이는 것은 그 부분인 모양이다. 어릴 때부터 계속된, 앳된 인상을 주는 라티나의 말버릇이지만 본인의 심경과는 상관없이 전혀 개선될 기미가 보이지 않았다.

데일의 시선이 아주 조금 방황했다.

"……귀여우니까, 괜찮지 않아?"

"그렇다는 건…… 항상 말한다는 거구나……."

충격받은 얼굴인 라티나에게는 미안하지만 데일도 거기서 이 사실을 부정해 줄 도량은 없었다. 뻔한 거짓말은 그녀에게 하고 싶지 않았다.

"멍!"

데일이 돌린 시선 끝에서는 빈트가 커다란 뼈다귀를 열심히 뜯고 있었다.

빈트가 이 거점에 들릴 때마다 마수의 뼈를 간식으로 받았다는 사실을 데일이 알게 되는 것은 좀 더 나중 일이었다.

그런 데일 곁에서 벗어난 라티나는 낯익은 모험가들에게 향했다. 베테랑 아저씨들뿐만 아니라 젊은 모험가들의 모습도 많았다. 나이나 모험가 경력을 불문하고 『춤추는 범고양이』를 주로 이용하는 단골손님이라는 것은 공통적이었다.

"저기…… 걱정 끼쳐서, 미안해요……."

"괜찮아, 괜찮아!"

"신경 쓰지 마!"

"저기, 하지만……!"

"무사한 모습을 보게 되어 안심했으니까."

"이것도 우리 일이야. 신경 쓰지 마."

사죄하려고 한 라티나의 목소리는 우락부락한 사내들의 환성에

삼켜졌다. 그에 질 수 없다는 듯이 높인 목소리도 아저씨들의 커다란 웃음소리에 지워졌다.

그런 모습을 보는 데일도 어느새 살며시 미소 짓고 있었다.

그녀가 그만큼 주위 사람들에게 사랑받고 있음을 확인하는 것은 그에게도 감회가 깊었다.

하지만 말이지, 혼란을 틈타 라티나를 만진 너랑, 친근하게 손을 잡은 너. 그리고 필요 이상으로 접근하는 너랑 너. 한 번 천국을 맛보았으니 겸사겸사 지옥을 보는 것도 좋겠지. 각오해 둬.

그런 생각을 하는 데일은 완전히 평소 모습으로 돌아와 있었다.

모험가들이 떠드는 모습을 보고 어안이 벙벙해져 있던 병사들이 무언가를 깨달은 것처럼 술렁거리기 시작했다.

그 이유를 데일이 의문스럽게 여김과 거의 동시에 눈앞에 있던 그레고르가 손뼉을 쳤다.

"그러고 보니 데일."

"왜."

"무사히 재회한 건 기쁜 일이지만."

"일이지만?"

"그녀에게 **그건** 말해 줬어?"

"그거?"

뭐 말이냐고 물어보려던 데일의 귀에, 근처에 있던 젊은 병사의 중얼거림이 들렸다.

"……『요정 공주』? 실물?"

'『실물』이라니, 무슨…… 아? 아아!'

라티나는 어릴 때부터 『범고양이』 손님들이 지어 준 『요정 공주』라는 별명을 가지고 있었다. 귀엽다는 말로는 도저히 부족한 그녀를 『간판 아가씨』라는 단어만으로는 다 표현할 수 없었기 때문이다.

데일도 그것에는 동감이었다.

그래서 라티나를 가리키며 『요정 공주』라고 칭해도 『그것은 평소와 똑같은 일』로 받아들이고 있었다.

현재 그 호칭에 다른 의미가 담겨 있다는 것을 뒤늦게 깨달았다.

"아…….."

식은땀을 줄줄 흘리며 시선을 돌린 데일을 보고 그레고르는 한숨을 쉬었다.

"말 안 한 거야?"

"……어."

긍정한 데일의 등 뒤에서 모험가들의 환성에 병사들의 환성이 가산되었다.

"뭐, 뭐야?"

눈을 끔뻑이는 라티나는 무슨 일이 벌어지고 있는지 파악하지 못했다.

모험가들 중 단골손님 ―『작은 아가씨 친위대』면면 ― 은 즉각 사태를 파악했다. 임전 태세를 취하고 라티나를 지키는 포진을 재빠르게 전개했다.

그런 소동을 곁눈질하며 그레고르는 식은땀 흘리는 데일에게 말했다.

"네가 그녀를 모델로 한 의장을 써서 그녀의 얼굴은 여러 나라의 군대에 널리 알려졌으니 말이지."

"……그랬지."

"환수를 거느린 네 옆에 그녀가 있고『요정 공주』라는 이명으로 불린다면 이런 반응도 나올 만해."

"으엑……."

벌레 씹은 표정을 짓는 데일 옆에서 그레고르는 평소보다도 다변하게 현재 상황을 지적해 갔다.

궁지에 몰려 위태로웠던 데일에게서는 험악함이 완전히 사라져 있었다. 안도함과 동시에, 자신은 일 하나를 더 끝낸 뒤에야 로제를 데리러 갈 수 있다는 화풀이 의미도 있었다.

소문의『요정 공주』를 앞두고 순식간에 혼돈에 빠진 현장을 진정시키려 하지도 않고 그레고르는 작게 웃음을 흘렸다.

데일은 어떻게 얼버무릴까 생각하고 있었지만, 라티나는 근처에 있던 단골손님에게 상황이 이렇게 된 이유를 대강 들어 버린 모양이었다.

멀리서도 확실하게 알 수 있을 만큼 허둥거리며 패닉에 빠진 모습이 보였다.

이런저런 과장이 붙어서 자신이 레비아탄^{전설급}같이 된 상태고, 그것이 세계 각국에 퍼져 있다는 사실을 알게 된 결과, 지금 라티나가 할 수 있는 일이라고는—.

'크리소스한테…… 돌아갈까…….'

틀어박히는 것도 정답일지 모른다며 아득한 눈으로 독백하는 것 뿐이었다.

아무리 광란 상태라고는 해도 역시 에르디슈테트 공작의 친자식 인 그레고르에게 맡겨진 병사들이라 지휘관인 그레고르의 일갈에 본래의 절제된 상태를 되찾았다. 본래 무뢰한의 대명사일 터인 모 험가들은 『친위대』를 중심으로 군대보다 더 규율 잡힌 모습을 유 지하고 있었다. 솔직하게 감탄하는 그레고르 옆에서, 철칙이 있다 는 소문은 들었으나 그게 대체 어떤 것인지 데일은 내심 어이없어 하며 한숨을 쉬고 있었다.

"라티나를 쉬게 하고 싶은데, 천막을 빌릴 수 있을까?"

데일이 묻자 그레고르는 조금 곤혹스러운 표정을 지었다.

"천막 수만 따지자면 여유분은 있어. 하지만 왕매 전하를 맞이할 만한 설비를 갖춘 천막은 내가 쓰는 지휘관용뿐이다만."

"아. 그런 건 됐어."

그레고르의 배려도 당연하기는 했다. 바실리오 여왕의 동생 공주인 라티나를 일반 병사가 뒤섞여 자는 천막에서 쉬게 할 수는 없었다.

하지만 그레고르를 쫓아내고 그 천막에서 하룻밤 잔다고 하면 그 서민파 소녀는 거북한 마음에 편히 잠들지 못할 것이다.

그렇기에 데일은 손을 휘휘 내젓고서 쓰게 웃었다.

"라티나는 비교적 어디서나 잘 자니까. 침구랑…… 창고로 쓰는 천막 한쪽을 빌려주면 돼."

"그건…… 나중에 문제가 되지 않는 건가?"

"안 들키면 되지 않을까? 애초에 나랑 라티나가 여기 들린 것도 비공식적인 일이고."

데일은 간단히 대답했다. 그것으로 이야기는 끝이라는 듯이 하겔의 갑옷을 벗겼다. 거추장스러운 금속 갑옷을 벗은 하겔은 호쾌하게 기지개를 켰고, 주위 병사들이 반사적으로 움츠렸다.

"하겔, 내일 아침까지는 자유롭게 보내도 되는데 어떻게 할래?"

"조금 몸을 움직일 겸 산책이라도 하고 오겠다. 내 새끼도 함께 데려가지."

"멍?"

"조심해. ……뭐, 걱정할 필요도 없겠지만, 적당히 하고."

자신을 불렀다고 생각하여 빈트가 종종종 다가와 옆에 섰다. 그런 빈트를 데리고 하겔은 숲속으로 들어갔다. 이 거점은 크로이츠 남쪽에 있는 『숲』을 빠져나간 곳에 구축되어 있었다. 인접한 『숲』이란 크로이츠 앞에 있는 것과 똑같아서 사람 손이 미치지 않은 마수와 짐승의 영역이었다.

"라티나."

"응~?"

하겔의 갑옷을 거뜬히 안고 걸으며 데일은 여전히 모험가 부대에게 호위받고 있는 라티나를 불렀다.

"천막 구석을 빌리기로 했어. 어쩔래? 이만 쉴래?"

"그렇게 걱정하지 않아도 괜찮아. 줄곧 앉아 있기만 했고, 조금은 제대로 움직여야지."

데일의 과보호에 쓰게 웃은 라티나는 잠시 생각하고서, 주위에 있는 『범고양이』의 단골손님 아저씨들에게 얼굴을 돌렸다.

"역시 걱정해 준 것에 대한 답례를 하고 싶어."

"아가씨가 신경 쓰지 않아도 돼."

"맞아."

아저씨들이 웃었으나 라티나는 그래도 물고 늘어졌다.

"나는 그다지 할 수 있는 일도 없지만…… 적어도 도와줄 수 있는 일 없을까? 예를 들면 식사 준비라든가…….."

라티나가 그 말을 꺼내자마자 아저씨들의 모습이 바뀌었다. 서로 시선을 주고받으며 들뜬 기색을 보였다.

라티나가 요리를 잘한다는 것은 『범고양이』 단골손님들에게 상식이라고 해도 좋았다. 어릴 때부터 점주인 케니스에게 가르침을 받아 열심히 실력을 갈고닦은 그녀는 요리사로서 충분히 노력해 왔다.

『범고양이』의 요리 일부에는 라티나의 손길이 닿아 있었다.

그러나 『그녀가 직접 만든 요리』라는 명확한 메뉴가 있을 리는 없었다. 유일한 예외는 데일의 식사였고, 그중에서도 데일이 좋아하는 음식이나 고향의 향토 음식 등은 그녀의 수제 요리였다.

그것들은 손님 입에는 들어가지 않았다.

매일 라티나를 예뻐하는 아저씨들이 간판 아가씨가 직접 만든 요리를 아무리 원하더라도, 그녀의 수제 요리는 간단히 먹을 수 있는 것이 아니었다.

"오…… 그, 그래……?"

"아가씨가 그렇게까지 말한다면…… 그치?"

"도와줘도 돼?"

할 수 있는 일이 있다고 안도한 라티나는 다가온 데일을 보고 생긋 웃었다.

"데일, 나 도와주고 올게."

그런 웃음을 보고서 안 된다고 할 수 있을 리 없었다.

하지만 거기서 데일은 문득 어떤 사실을 깨달았다.

"이봐. 여기 모험가들의 식사는 크로이츠에서 지원해 주고 있지?"

"그래. 식량이나 물자는 크로이츠에서 보내 주고 있어."

"라반드군은 국비로 운영되고 있으니까. 천막이나 물자도 원칙적으로는 나뉘어 있지."

당연하다면 당연한 대답을 아저씨들에게 받고 데일은 미묘한 표정이 되었다.

"왜 그래?"

"**지금의 라티나**가 직접 만든 요리를…… 모험가들이 독점하는 건…… 문제가 되지 않을까?"

데일의 말에 아저씨들도 침묵했다.

현재 라티나는 이른바 세계 규모의 아이돌이었다. 조금 전의 반응을 보건대 라반드군 안에도 그녀의 팬은 많은 듯했다. 『범고양이』의 단골손님들과는 달리, 전해 들은 영웅담의 히로인인 『요정공주』를 향한 동경에서^{사가} 생겨난 그 감정은 그렇기에 다루기 곤혹스러웠다.

정작 장본인은 오랜만에 하는 『일』에 이미 완전히 의식이 가 있는 모양이라, 이 거점의 취사장으로 쓰이는 대형 천막 쪽을 향해 들뜬 발걸음으로 이동하고 있었다.

데일과 단골손님 아저씨들은 라티나의 그 즐거워 보이는 뒷모습을 동시에 보았다. 저렇게나 즐거워 보이는 그녀에게 뭐라고 말할 수 없다는 점에서는 데일도 아저씨들도 그다지 차이는 없었다.

"……내가, 그레고르한테 이야기해 둘게……."

"그러는 편이 좋을지도 모르겠어……."

앞으로도 같은 장소에서 일할 사이였다. 관계가 틀어지면 문제가 된다.

남자들은 그렇게 생각하고 같은 결론에 도달했다.

데일의 걱정은 그레고르에게도 받아들여져서, 결국 이날 저녁 식사는 신분이나 지위와는 관계없이 다 함께 즐기는 자리로 결정되었다.

그런 일을 거쳐 라티나는 대량의 채소를 썰고 있었다.

율동적인 것 같으면서도 때때로 묘한 타이밍에 바뀌는 식칼 소리는 뭐랄까, 굉장히 그녀다웠다.

척척 일을 처리해 가는 라티나 주위는 『친위대』가 경호하고 있었다. 너무 과민한 것인지, 이 정도 대응이 딱 좋은 것인지는 평가가 갈리는 부분이었다.

'『친위대』로서는…… 옳은 일이지…….'

당연히 라티나 곁에서 떨어진다는 선택 자체가 없는 데일도 그 근처에 앉아 산더미처럼 쌓인 양파 껍질을 그저 계속 벗기고 있었다.

"왠지 즐거워 보이네."

식칼이 새기는 리듬이 정말 즐겁게 들려서 데일은 무의식적으로 중얼거렸다.

"응. 즐거워!"

대답을 기대한 중얼거림은 아니었지만, 활짝 웃으며 즉각 대답이 돌아왔다.

식사량이 너무 많아져서 라티나 혼자서는 준비하기 어려워졌기에 원래 오늘 취사 담당이었던 자들은 라티나 근처에서 일하고 있었다.

그래도 데일이 태연히 있는 것은 지금 라티나가 『업무 모드』이기 때문이었다.

평소에는 데일이 걱정해도 부족하지 않을 만큼 맹한 구석이 있는 라티나지만, 자신이 맡은 일에 관해서 그녀는 매우 엄격했다. 스승^{케니스}에게 그렇게 훈련받은 그녀를 잘 아는 데일은 지금만큼은 주변에 있는 사내놈들이 라티나를 넋 놓고 보는 것도 괜찮다고 생각했다.

그녀를 보느라 자기 일을 소홀히 하기라도 하면 그에 대한 라티나의 평가는 바로 내려간다. 오히려 쭉쭉 내려가라. 데일은 그렇게 생각했다.

물론 만지는 것은 엄금이었다. 그런 괘씸한 놈은 내일 아침 해를 못 볼 줄 알라며 웃는 얼굴로 생각하기도 했다.

데일의 속마음은 눈치채지 못한 듯한 라티나가 그가 깐 양파를 받으러 오면서 조금 곤란한 표정을 지었다.

"이렇게 큰일이 될 줄은 몰랐어……. 작업 분담도 전부 정해져 있었을 텐데…… 고집부려서 오히려 폐를 끼친 걸까?"

"아무도 민폐라고는 생각 안 할걸? 모험가들의 취사 당번이라는 건 요리 잘하는 녀석을 중심으로 돌아가면서 하지만, 편해졌다고 생각하는 녀석이 많을 테고. 무엇보다 오락에 굶주린 환경에서 열리는 『행사』잖아. 고마워하는 녀석이 더 많아."

"그럴까……. 하지만 그레고르 님께도 폐 끼쳤고……."

"그 녀석도 이런 행군이 아니라면 야영할 때는 스스로 식사 준비하니까……. 전문 요리사가 만드는 식사가 얼마나 고마운지는 알고 있겠지."

그레고르는 대귀족 출신이기는 하나, 이국에서 검술을 연마하고 모험가의 길도 고려한 적이 있었기에 귀족답지 않은 일이 몸에 익어 있었다.

"열심히 맛있는 걸 준비해 줘."

"응."

그 말을 들었기 때문인지 요리를 만드는 라티나의 기세는 누그러지지 않았다.

멈출 기미가 없었다.

바실리오에서의 생활이 어지간히 답답했던 모양이다.

이 거점의 취사장은 도시에서 멀리 떨어진 곳에 있어 여전히 정비 도중이라, 쓸 수 있는 재료도 한정되어 있고 설비도 최소한으로만 갖춰져 있었다. 그런데도 그런 것은 상관없다는 듯 라티나는 즐겁게 일했다.

이 모습을 보건대 걱정된다며 안정을 취하게 했던 것이 회복을 늦춘 이유일지도 몰랐다. 바쁘게 일하는 정도가 그녀에게는 딱 좋은 것 같았다.

"멍!"

"응?"

천막 밖에서 소리가 들려 데일이 내다보니 빈트와 하겔 부자가 사냥감을 물고 서 있었다.

신출내기는커녕 중견 모험가도 팀을 짜고 제대로 장비를 갖추고서 도전할 만한 대형 마수였다. 심심해서 사냥해 왔다는 얼굴은 하지 말았으면 좋겠다.

데일을 따라 천막에서 얼굴을 내민 라티나는 멍멍이들을 보며 환하게 웃었다.

"굉장하다. 받아도 돼?"

"컹!"

"고마워. 너희가 먹을 것도 만들게."

라티나가 즐겁다면, 그렇다면 하는 수 없다고 데일은 소매를 걷으며 일어났다.

"라티나, 이런 거 손질 못 하지?"

"응. 역시 할 수 있게 되고 싶어."

즉답하는 라티나는 어디까지 전문적인 요리의 길을 추구하려는 것일까, 데일도 예측할 수가 없었다.

"내가 손질해 둘게."

"고마워."

데일의 고향인 티스로우는 사냥이 활발한 토지였다.

그는 어릴 때부터 당연한 일처럼 사냥감을 처리하는 모습을 보았다. 성인 남자라면 누구나 어느 정도는 당연하게 처리할 수 있는 토지 출생이었다.

그러한 일종의 직업병 때문인지, 데일 자신도 납득할 만하게 가죽 벗기기를 완료했을 때는 살짝 즐거워지고 말았다. 좀처럼 만질 수 없는 커다란 사냥감이었다. 꽤 보람 있는 작업이라 무심코 열중해 버렸다.

라티나 보고 뭐라 할 수 없는 반응이었다.

멍멍이들의 사냥 성과는 라티나에 의해 호사스러운 고기 요리로 변했다. 비축 식량의 감소를 걱정하지 않아도 되는 현지 조달 식재료였다. 거리낌 없이 사용하여 이곳 사람들 모두가 골고루 먹을 수 있는 요리로 탈바꿈했다. 여열로 구워 연분홍색과 연한 식감이 남은 고기는 향초 냄새가 배어 있어서, 음식점에 내놓아도 위화감 없을 일품으로 완성되었다. 구이에 적합하지 않은 부위는 스튜에 쓰여 각자의 국그릇에 듬뿍 부어졌다.

원래는 야수가 서식하는 영역 내부라서 늘 몇 명이 망을 보지만, 지금은 모든 사람이 모여 식사를 즐기고 있었다.

현재 빈트와 하겔 부자도 한창 『식사』 중이었다.

사람을 아득히 뛰어넘은 탐지 능력을 가진 환수 두 마리가 주위를 요격하며 돌아다니고 있었다. 섣불리 접근하면 그자가 『식사』가 될지도 몰랐다.

자신이 만든 요리를 많은 사람이 먹으며 웃는 모습을 보고 라티나는 살포시 미소 지었다.

"데일."

"왜?"

"난 정말로 행복한 사람이구나."

"……그래."

라티나는 그렇게 말하고 데일의 어깨에 머리를 톡 올렸다. 그래서 데일은 그녀의 표정을 볼 수 없게 됐지만, 어깨로 느껴지는 따뜻한 무게에 행복을 느끼고 온화하게 미소 지었다.

"고마워, 데일."

"응?"

"나를 포기하지 않아 줘서. 내가 따뜻한 장소로 돌아올 수 있게 해 줘서."

"······응."

"고마워."

알코올이 들어갔는지 주위는 연회 양상을 보이기 시작했다. 『범고양이』에서 항상 봤던 광경과 겹치는 그 모습을 보고 가슴속이 따뜻하게 차올랐다.

타닥타닥 튀는 모닥불 소리도 들리지 않을 만큼 떠들썩하면서도 화기롭고 부드러운 사람들의 목소리에 라티나는 행복한 얼굴로 눈을 감았다. 그리고 그대로 꾸벅꾸벅 졸았다. 역시 과하게 힘내고 있던 모양이다.

데일은 쓴웃음 — 너무나 평온하여 결코 『쓰다』고 부를 수 없었지만 — 짓고서 그녀를 품속에 폭 안았다. 라티나는 새끼 고양이 같이 움직여 무의식중에 가장 편한 자세를 찾았다. 머지않아 어릴 때부터 변함없는 묘하게 기운 빠지는 숨소리가 들리기 시작했다.

그것을 가늠한 것처럼 데일 뒤에 누군가 섰다.

돌아볼 필요도 없이 누구인지 알아차린 데일에게 추측대로인 인물의 목소리가 말을 걸었다.

"······데일."

"왜?"

그레고르는 양손에 들고 있던 잔 중 하나를 데일에게 건넸다. 은은한 알코올 냄새가 났다. 하지만 데일과 마찬가지로 전장에서 만취하는 것을 좋게 여기지 않는 그레고르였다. 독한 술을 권할 리 없었다. 그런 신뢰도 있어서 데일은 묻지 않고 순순히 그것을 받았다.

"크로이츠에 돌아갈 건가?"

"그래."

"앞으로 큰일이겠군."

"……너야말로."

귀찮은 명성이 따라다닐 뿐인 데일과 달리 그레고르는 공작가 직계로서 일도 늘어날 것이다. 『큰일』의 규모가 달랐다.

"아버지는 내게도 확실하게 『상』을 내비치셨어. 상당히 혹사하실 생각인가 봐."

그런 데일의 상상과는 반대로 그레고르는 미소 짓고 있었다. 전혀 힘들지 않다는 표정이었다.

"상?"

"단 한마디지만 언질을 주셨어. 『현재 상황에서 우리 집안에 지금 이상으로 권력이 집중되는 것은 좋지 않다』고 말이야. ……나는 아버지의 뒤를 잇더라도 정략을 위해 명문가 자녀를 아내로 맞이할 필요는 없을 것 같아."

그것은 그레고르를 분발시키기에 충분한 발언이었다. 데일도 그 것을 알았기에 참지 못하고 작게 웃었다.

원래대로라면 공작가와 집안의 격이 맞지 않는 여성을 그레고르가 마음에 두고 있음은 부친인 공작 각하도 잘 알고 있었다.

"바실리오에 보낸 것도 아버지의 의도 중 일부겠지. 생가의 국내 권력은 없는 것이나 마찬가지지만, 앞으로 중요한 의미를 지닌 이웃 나라의 뒷배를 얻는다면 가치는 무거워져."

"라티나는 로제를 잘 따르니 말이지."

그리고 그런 동생 공주에게 무른 언니 왕도 로제와 그런대로 마음을 터놓고 있었다. 국가의 원수로서 진지한 크리소스니 국익에 반하는 일은 결코 도와주지 않을 것이다. 그래도 앞으로 바실리오와의 국교로 얻을 수 있는 이권을 바라며 준동할 라반드국의 제후보다는 압도적으로 신뢰를 얻은 상태라고 할 수 있었다.

"뭐, 열심히 해."

"그래. 그럴 생각이야."

가볍게 잔을 부딪치고 들이켰다.

그리고서 바로 떠나는 친구의 등을 바라보다가 데일은 품속의 라티나를 안은 채 일어났다.

조용함과는 거리가 먼 환경이지만, 이 정도로 떠들썩해야 행복하게 잠들 수 있는 듯한 그녀의 모습에 눈빛을 부드럽게 만들고서 데일은 오늘 밤 임시 숙소인 천막으로 걸어갔다.

그다지 수면이 필요하지 않은 신체 능력을 얻었다고는 하나 데일은 잠들지 못하는 것은 아니었다. 빌린 모포를 덮고 몸을 눕힌 데일은 같은 모포에 감싸인 라티나의 온기도 있어서 푹 잘 수 있었다.

창고로 쓰이는 천막이라는 환경도, 다른 사람의 시선이 없다는 의미에서는 오히려 편히 쉴 수 있었다. 지내기 좋은 봄이라고는 하지만 심야에는 소리 없이 다가오는 한기도, 천막 입구 근처에 드러누운 두 짐승의 열량이 있어서 그다지 신경 쓰일 정도는 아니었다.

라티나의 꼼지락거리는 움직임은 그녀가 깨어나기 직전의 버릇이었고, 그 익숙한 감각에 데일은 눈을 떴다. 예상대로 그 직후 라티나는 데일이 보고 있는 가운데 깨어났다. 라티나는 잠 깨길 힘들어하진 않지만 일어난 직후에는 멍하니 무방비한 표정을 보였다. 자신만이 독점하고 있는 라티나의 그런 사랑스러운 모습을 보고 데일의 표정이 풀어지지 않을 리 없었다.

"데일?"

데일의 시선을 알아차린 라티나가 모포 속에서 고개를 갸웃했다.

"응. 좋은 아침."

"좋은 아침, 데일."

아무것도 아니라는 듯이 웃으며 데일이 아침 인사를 건네자 그녀도 미소 지으며 대답했다.

여행 중이라 불편한 상황이지만 열심히 몸단장을 마친 라티나와 함께 천막 밖으로 나갔다. 취사장으로 향한 라티나가 만든 것은 어제 굽고 남은 고기를 빵에 끼운 것과 어젯밤부터 푹 끓인 뼈를 육수로 쓴 수프였다. 수프 안에서 건진 커다란 고깃덩어리는 공로자인 빈트와 하겔 몫으로 진하게 양념하지 않고 두 마리 앞에 내밀었다. 샌드위치는 살짝 많이 만들어서 도시락으로 쌌다.

당연한 일상으로 각자가 일하기 시작하여 바빠진 분위기도 라티나에게는 익숙한 것이었다. 데일과 라티나는 둘이서 아침을 먹으며 주위 사람들이 일하는 모습을 바라보았다.

"하겔의 속도라면 내일에는 크로이츠에 도착할 수 있을 거야. 야영도 안 하고 계속 날게 될 것 같지만 중간에 휴식은 할 테니까."

"나는 상관없지만 하겔은 괜찮아? 그리고 빈트는? 무리하는 거 아니야?"

"피로를 느끼기 전에 이자가 마법을 쓰니 말이지."

데일의 특기인『땅 속성』회복 마법은 체력 회복에 뛰어난 효과를 발휘했다. 그리고 원래 성체 환수인 하겔의 체력은 인간과는 비교도 되지 않을 만큼 높았다.

"힘들면 쉴 거라 괜찮아."

연하게 삶아진 고기를 정신없이 먹고 있던 빈트도 라티나에게 얼굴을 돌리고서 대답했다. 천연덕스러운 모습을 보면 빈트는 여전히 요령 좋은 멍멍이였다.

"바로 출발해?"

"조금 더 있다가 가자. 겸사겸사 이곳 정보를 좀 더 얻어 두고 싶고……."

"그럼 난 빈트랑 하겔 털을 빗겨 줄까……. 앞으로도 신세 질 거고, 조금은 답례가 될까?"

그런 라티나의 발언을 듣고 두 환수의 꼬리는 떨어질 듯이 격렬하게 흔들렸다.

그리고 그녀의 지고한 브러싱 시술을 받은 두 천상랑은 반들반들 폭신폭신해졌다. 비포 앤 애프터를 분명하게 알 수 있을 만한 격변이었다. 두 마리도 확연하게 의욕적이 되어 컨디션은 최고조라고 해도 좋았다.

데일 일행이 출발할 때, 배웅하러 온 사람은 그레고르뿐이었다. 여럿이 우르르 밀어닥치면 수습할 수 없게 될 것을 내다본 대응인 듯했다.

"소란을 일으켰네요, 그레고르 님."

본인의 예측을 뛰어넘어 멋대로 지명도가 올라가 버렸기에 일어난『소란』이니 일종의 사고 같은 것이었다. 그래도 책임을 느낀 모양인 라티나를 보고 그레고르는 희미하게 쓴웃음 지었다.

"안정되면 언제 한번 왕도에 와. 그때쯤엔 로제도 있을 거야."

"네."

온화하게 작별 인사를 나누는 두 사람을 곁눈질하며 데일은 하겔에게 안장을 얹고 가볍게 그 위에 앉았다. 비행 도중에 짐이 떨어지지 않도록 확인하는 것도 완전히 익숙해졌다.

직접 배웅하러 오지는 않았지만 멀찍이서 모습을 살피고 있는 모험가들을 알아차린 라티나가 웃으며 그쪽으로 손을 흔들었다. 그녀의 성격상 내버려 두면 끝도 없이 그러고 있을 것을 아는 데일은 그녀를 불러 안장 위로 끌어 올렸다.

"하겔, 부탁해."

"멍."

하겔이 갑자기 빈트를 흉내 내며 한 방 먹였다.

탈력할 틈도 없이 날개를 펼친 하겔이 묵직한 퍼드덕 소리를 내며 허공을 때렸다. 종족 특성으로 가능한 일이 마력으로 강화된 하늘을 나는 힘은, 무거운 날갯짓만 봐서는 상상도 안 될 만큼 가뿐하게 그 거구를 공중으로 띄웠다.

몇 번 날갯짓하여 높이 날아오른 하겔의 뒤를 빈트가 살짝 늦게 쫓아왔다.

눈 아래에서 작아지는 사람들의 모습을 보기 위해 몸을 앞으로 내미는 라티나가 떨어지지 않도록 데일은 단단히 그녀를 끌어안았다. 야무진 것 같으면서 어딘가 맹한 구석이 있는 그녀인지라 그런 걱정을 지울 수 없었다.

달리듯 하늘을 나는 것은 천상랑이라는 환수의 습성이지만, 라티나를 등에 태운 이후로는 그 움직임이 왠지 부드러워진 것도 같았다.

아무래도 그녀는 하겔에게도 걱정 끼치고 있는 모양이라고, 데일은 속으로 혼자 중얼거렸다.

그 후로는 예정대로 야영하지도 않고 밤낮없이 크로이츠로 서둘렀다. 하늘에는 거의 장애물이 없기에 『냄새』 레이더를 가진 그들이라면 야간 이동도 가능했다. 밤눈이 듣지 않는 비룡과 크게 차이 나는 점이었다.

지상에 내려 휴식할 때 말고도 라티나는 하겔 위에서 때때로 졸았다. 빈트 또한 데일이 앉은 안장과 하겔의 머리 사이라는 절묘한 위치에서 쉬며 요령을 선보였다.

하늘 위에서도 목적지는 잘 알 수 있었다. 그 이름의 유래가 되기도 한, 벽에 둘러싸인 십자 형태의 도시. 선명한 빨간색 지붕이 늘어선 그 거리를 분간할 수 있게 되었을 때, 반짝이는 듯한 희색이 라티나의 표정에 어렸다.

크로이츠를 지키는 현병대도 날아온 짐승의 정체를 인식하고서 경계 태세를 다른 형태로 바꾸었다. 회색 날개를 가진 늑대와 닮은 환수에 관해 모르는 현병은 이 도시에 없었다.

어떤 의미에서 임전 태세는 속행되었다고 할 수 있었다. 이 직후, 소동이 일어날 것은 뻔했기 때문이다.

라티나는 자신의 발로 그리운 거리를 걷는 것에 북받치는 기쁨을 느꼈다. 잃어버리지 않았다는 것이 무엇보다도 기뻤다. 이 거리가 바뀌지 않았다는 것이, 무엇보다도 기뻤다. 망설이지 않고 목적지인 가게에 도착했다. 입구에는 불가사의한 모습을 한 범무늬 고양이의 철세공 간판과 녹색 바탕에 천마 의장이 들어간 깃발이 늘어서 있었다. 『춤추는 범고양이』라고 불리는 술집 겸 여관.

데일과 라티나는 둘이서 나란히 문을 지났다. 벅차오르는 가슴을 느끼고 목이 멘 두 사람은—.

「다녀왔어.」라고 말하기 전에 나란히 설교를 듣게 되었다.
성체 환수를 도시 안에 데리고 들어온 것은 역시 아웃이었다.

참고로 본래 크로이츠 문지기들의 직무는 도시 안에 위험한 생물을 들이지 않는 것이었다. 그런데도 『환수』라는 대형 육식수를 도시에 그냥 들여보낸 이번 남문 문지기는—.

"환수 두 마리와 최공의 용사라는 과잉 전력 앞에서 어쩌라고."

라는 본인의 주장이 인정되어 직무 유기로 책망받지 않았다.

범고양이 바닥에 정좌한 데일과 라티나 앞에서는 아름다운 눈썹을 치켜세우고 허리에 손을 얹은 리타가 가슴을 쭉 펴고 있었다.

"진짜, 너는 아무리 시간이 지나도 글러 먹었다니까."

반쯤 기막히다는 음성으로 매도하는 목소리조차 변함없었다.

정보가 집약되었던 곳이 『춤추는 범고양이』인 이상, 라티나가 바실리오의 왕매라는 사실도, 데일이 국가 규모의 영웅이 되었다는 것도 리타는 당연히 알고 있었다.

그래도 리타는 『변함없는』 모습으로 그들을 맞이했다.

왕매도 용사도 아니다. 그런 기호 같은 존재로서가 아니라 라티나와 데일이라는 개인으로 그들을 대했다고도 할 수 있었다.

예전에 데일이 이곳을 뒤로했을 때, 리타는 「기다리고 있을 테니 돌아와.」라고 했다. 그 말을 그녀는 확실하게 실행하고 있다고 데일은 생각했다.

그래서 데일 자신도 깜짝 놀랄 만큼 매끄럽게 말이 나왔다.

"리타."

"왜?"

"미안해."

"……윽."

데일이 리타에게 이런 말을 순순히 하는 일은 적었다. 리타는 잠시 멍해졌다가 그 말을 들은 자신이 더 부끄럽다는 얼굴이 되었다.

"고마워. ……다녀왔어."

"제대로…… 돌아왔으니까, 됐어. ……어서 와."

리타의 목멘 목소리는 언급하지 않고 데일은 그저 웃었다. 악의도 수줍음도 없이 솔직하게 진심으로 웃을 수 있었다.

"라티나도, 멋대로 없어지면 안 된다고, 항상 말했잖아."

어릴 적 했던 잔소리처럼 리타는 라티나에게 말했다.

얼마나 큰일이었는지 조금도 내색하지 않고. 공백의 시간 따위 없었다는 듯이.

당연한 것을, 당연하다는 듯이 리타는 말했다.

"외출할 때는 어디 가는지 확실하게 말할 것. 약속했었잖아? ……걱정, 하니까……."

"응…… 미안해, 리타."

데일과는 달리 라티나는 웃을 수가 없었다.

굵은 눈물방울을 뚝뚝 흘리며 어깨를 떨었다. 그래도 우는 얼굴로 리타를 본 라티나는 어떻게든 미소를 만들 수 있었다.

"다녀왔어. 오랫동안 집 비워서, 미안해."

"어서 와, 라티나."

어서 오라고 맞이해 주는 사람이 있기에 「다녀왔어.」라고 말할 수 있었다.

마침내 두 사람은 돌아오고 싶었던 『장소』에 돌아왔다.

"누나!"

리타의 잔소리가 끝날 때까지 케니스에게 붙잡혀 있던 테오가 환성을 지르며 라티나 곁으로 달려왔다. 데일에게는 시선도 주지 않는 노골적인 태도가 도리어 산뜻했다.

기억 속에 있는 것보다 커진 테오의 모습에 라티나는 함께 지낼 수 없었던 시간을 헤아리고 더욱 눈물을 흘렸다.

"누나는 울보네."

테오는 난처한 얼굴로 웃으며 라티나에게 꼭 안겼다. 부드럽고 좋은 냄새가 난다고 데일이 늘 찬양하는 라티나의 품에 행복하게 얼굴을 묻었다.

"미안해. 미안해. 테오……!"

"「미안」이 아니잖아?"

"……다녀왔어, 테오."

"어서 와, 누나."

남동생 같은 존재에게 이런 말을 들어서야 라티나가 울음을 그칠 수 있을 리 없었다. 라티나는 마치 테오에게 매달리는 듯한 모습으로 본격적으로 울기 시작했다. 테오의 작은 손이 착하지 하며 머리를 쓰다듬어서 흘러나오는 오열에는 비장함이 없었다.

덩달아 우는 리타 옆에는 어느새 케니스가 있었다. 기가 센 리타가 주위에 우는 얼굴을 보이지 않도록 자신의 가슴을 아내에게 빌려주었다. 케니스의 발밑에서는 작은 아이가 어리둥절한 얼굴로,

우는 엄마와 라티나를 보고 있었다.

"……아이가 있으면 시간이 흐른 걸 잘 알 수 있구나."

"그렇지."

데일의 말에 케니스도 조용히 웃고서 아장아장 걷는 자신의 딸을 한 손으로 안아 올렸다. 아빠와 머리색이 똑같은 여자아이는 데일이 이곳에서 여행을 떠났던 날엔 아직 말도 제대로 못 하던 갓난아기였었다.

"뭐, 그래도 해냈으니 됐어."

케니스는 그렇게 『동생 같은 존재』에게 급제점을 고했다. 데일도 살며시 입꼬리를 올려 미소를 돌려주었다.

"……다녀왔어."

"그래. 무사히 잘 돌아왔어."

두 사람의 목소리를 알아차린 라티나가 얼굴을 들었다.

케니스의 모습을 확인하자 여전히 울먹이면서도 필사적으로 목소리를 높였다.

"다녀왔어."

"그래. 일은 잔뜩 쌓여 있어. 다시 힘내 줄 거지? ……어서 와, 라티나."

그런 아빠의 모습을 보고 어린 에마가 부모와 오빠를 흉내 냈다.

"어셔 오셰여?"

"다녀왔어, 에마."

돌아오게 돼서 다행이라고, 잃어버리지 않아서 다행이라고— 라티나는 소중하고 따뜻한 장소에 마침내 돌아왔다는 행복이 가슴을 가득 채우는 것을 느꼈다.

새삼 주지할 필요도 없이 라티나와 데일이 돌아왔다는 이야기는 크로이츠의 『필요한 곳』에 퍼졌다.

긴급 사태에 정밀도가 향상된 크로이츠의 모 조직이 한 짓이었다. 장래가 두려워질 만한 성장을 이룬 민간 비영리 조직이었다.

그저 『퍼졌을』 뿐이라면 구국의 영웅인 『백금의 용사』를 한번 보고 싶은 사람들도 왔어야 했다. 하지만 그런 구경꾼은 일절 나타나지 않았다. 그 사실에서 『백금의 용사』라는 이명을 의도적으로 퍼뜨린 의지가 개입해 있음도 느껴졌다. 아무튼 평소 데일의 트레이드 마크는 검은 마수 가죽으로 만든 코트였다. 본인이 가진 색깔도 갈색이 섞인 흑발에 검은 눈동자라는 수수한 색채였다. 그 외관에 『백금』이라는 말이 가진 눈부신 이미지는 어디에도 없었다.

하지만 사실을 아는 사람들에게 『백금의 용사』라는 이명은 세간의 이미지와 다르게 인식되었다.

백금색 갑옷을 입고 있기 때문에 붙은 이명이 아니라, 백금색 소녀만을 위해 일하기에 붙은 유감스러운 이명이라는 것도 이 도시 사람들에게는 널리 알려져 있었다.

그리고 그다지 대단한 사실도 아니지만, 현재 『범고양이』 뒷마당에서 테오와 노는 멍멍이는 두 마리로 늘어나 있었다. 환수가 아닌 『개』였다.

본견이 직접 「내가 『개』로 여겨지는 것도, 그것이 격식이라면 하는 수 없지.」라고 했기에 『개』였다.

어른들이 일제히 눈동자를 굴리는 억지스러운 설정이었으나 『누가 뭐래도 개』로 밀어붙이기로 이미 입을 맞춘 뒤였다.

어느 단골손님보다도 먼저, 가장 빨리 『범고양이』로 달려온 사람은 클로에였다.

일하는 도중에 온 모양인지 평상복인 원피스 옷자락에 시침바늘이 몇 개 꽂혀 있었다. 숨을 몰아쉬는 클로에는 어째선지 커다란 쿠션을 끌어안고 있었다.

"클로에……."

"……이……!"

절친을 맞이한 라티나의 모습을 확인하자 클로에는 안고 있던 쿠션을 높이 들었다.

"바보 라티나!"

라티나의 얼굴 위로 쿠션을 푹 내리쳤다.

"하얏."

쿠션 구타는 푹푹 연속했다.

아무래도 클로에는 이러려고 타격 무기를 지참한 모양이었다.

"정말로, 정말로 바보야! 또 혼자 멋대로 고민하고, 혼자 멋대로 내달리고!"

"미안해! 미안해, 클로에!"

"걱정하는 사람 마음도, 생각하라고, 그렇게나 말했는데!"

쿠션 구타의 간격이 짧아졌다. 「푹푹」이 「팡팡팡」 간격이 되었다.

"바보! 반성해도 되풀이하면 의미 없어! 정말로 바보야!"

"미안해, 미안해!"

그래도 라티나는 클로에의 공격을 피하려고 하지 않았다. 머리를 감싼 채 클로에의 구타를 맞고만 있었다.

"바보!"

"햐앙!"

마지막으로 클로에가 힘껏 쿠션을 부딪치자 라티나도 깜짝 놀란 목소리를 냈다.

하지만 그 직후, 클로에에게 꽉 끌어안겼다.

얼굴은 보이지 않았다. 그래도 시야에 들어오는 절친의 어깨는 떨리고 있었다. 라티나도 다시 눈물을 글썽거렸다.

"바보 라티나……."

"미안해, 클로에……."

걱정해 준 사람이 있다.

그것이 이토록 기쁜 줄 몰랐다고 한다면 이 친구는 당연한 소리 말라고 또 혼낼 것이다.

그렇기에 라티나는 아무 말 없이 절친을 끌어안았다.

클로에가 울음을 그칠 때까지 줄곧 그대로 있었다.

"다녀왔어, 클로에."

"……어서 와. 돌아오는 게 늦어……! 바보 라티나……!"

깊이 잠긴 절친의 목소리는 매도의 말을 하고 있는데도 그 안에 상냥한 울림이 담겨 있었다.

만원사례라는 말로는 표현할 수 없을 만큼 이날 『춤추는 범고양이』에는 손님이 몰려들었다. 모두가 기다리고 기다리던 『간판 아가씨』의 귀환이었다. 얼굴만 한 번 보면 된다는 기특한 족속은 아무도 없었다. 그녀가 바쁘기에 비로소 즐겁게 일하는 모습을 즐기고 싶은 것이다. 이렇게 되는 것은 명백한 이치였다.

"이래서야 계산하고 주문까지 받는 건 무리겠어."

"괜찮아. 오늘은 전부 데일이 낼 테니까."

"그런가. 그럼 문제없나."

"여전히 너희는 나한테 너무하네."

『범고양이』 부부는 그렇게 말하고서 오늘은 데일이 전부 내는 것으로 정했다. 데일은 어이없다는 눈으로 그런 부부를 보았다.

"나라에서 포상금을 적잖이 줬을 거 아니야."

"그걸 나 빼고서 멋대로 정하는 게……."

"케니스, 리타. 오늘은 내가 전부 낼게. 걱정해 준 것에 대한 답례를 하고 싶어."

"라티나가 내게 할 순 없지!"

불평하려던 데일의 말은 라티나가 끼어들면서 간단히 철회되었다.

데일 본인도 진심으로 싫은 것은 아니었다. 라티나와 애정 행각을 벌일 수 없는 만큼 노동에 열중했던 데일의 지갑은 서민 동네의 술집을 하룻밤 전세 낸다고 타격받지 않았다.

바빠질 것 같다며 주방이 풀로 가동하기 시작했을 때부터 라티나는 팔을 걷어붙이고 빠릿빠릿하게 움직였다. 방해되지 않도록 머리를 하나로 묶고 원피스에 앞치마라는 그녀에게 있어 전투복을 휘날렸다. 준비하는 데 많은 수고가 필요하지 않고 대량으로 낼 수 있는 요리가 오늘 메뉴의 기준이었다. 케니스가 차례차례 완성하는 요리를 라티나가 양손으로 부지런히 옮겼다. 손님으로 가득한 가게 안은 이동하기조차 어려웠다. 그래도 라티나는 수북이 담긴 요리가 절묘한 균형으로 쌓여 있는 접시를 빈 테이블에 야무지게 늘어놓았다.

"아가씨, 여기에도 안주 좀 줘!"

"네~! 잠시만요!"

밝은 목소리로 대답하고 시야에 들어온 빈 접시를 집어 척척 쌓아 올렸다. 주방으로 가기 위해 라티나가 발길을 돌리자 주위 손님들은 틈을 만들어 협력했다.

"라티나!"

"아가씨."

여기저기서 목소리가 날아왔다. 이름을 불릴 때마다 그녀는 진심으로 기뻐하며 미소 짓고서 씩씩하게 대답하며 돌아다녔다.

"네! 금방 갈게요!"

오랜 부재 기간에 있었던 일을 묻고 싶을 것이다.

그래도 다들 지금은 밝게 웃는 소녀가 이곳에 돌아왔음을 그저 음미하고 있었다.

"라티나, 다음 안주 나왔어!"

"네!"

주방에서 외친 케니스의 목소리에도 즐거운 울림이 담겨 있었다.

가벼운 발걸음으로 주방에 돌아간 라티나는 빈 접시를 개수대에 놓고 새로 완성된 요리를 받았다.

그런 라티나의 모습에 케니스도 자연스럽게 미소 지었다.

이토록 바쁜 것은 이 가게가 개점인 이후로 처음이리라. 하지만 전혀 고생스럽지 않았다.

게다가 이렇게나 즐겁게 일하는 소녀 앞에서 가게 주인인 자신이 한심한 모습을 보일 수는 없었다. 그런 생각이 가슴을 차지하는 감각도 오랜만이었다.

가게 카운터에서는 리타가 열심히 술을 따르고 있었다.

나무통을 몇 개 꺼내서 마음대로 마시게 두었지만, 이 술고래들은 그것만으로는 만족하지 못하는 것 같았다.

머릿속으로 재고와 금액을 계산하며 안쪽에서 새로운 술병을 꺼냈다.

"라티나! 미안, 새로운 통 꺼내는 것 좀 도와줘!"

"응, 알겠어!"

주정뱅이들이 불평하기 전에 보충분을 안에 들였다. 리타 혼자서는 무거워서 옮길 수 없는 술통도 라티나라면 마법을 써서 수월하게 가게 안으로 옮길 수 있었다.

"고마워, 라티나."

"응!"

리타의 감사 인사에 눈부시게 웃는 얼굴이 돌아왔다. 리타도 그에 응답하듯 자상하게 생긋 웃었다.

데일은 그런 모습을 보고 있었다.

라티나를 중심으로 다들 상냥한 표정으로 웃고 있었다.

예전에 자신도 그랬듯, 그녀에게는 함께 있는 것만으로도 주위를 치유하고 웃게 하는 힘이 있었다.

그리고 중심에 있는 라티나도 행복해 보였다.

'그럼 그걸로 됐지.'

마음속으로 중얼거리고 데일은 손에 든 잔을 비웠다.

"데일!"

"괜찮아? 무리하지는 마."

"괜찮아. 바쁘지만 무척 즐거워."

아주 잠깐 생긴 짬을 가늠하여 라티나는 데일 곁으로 달려왔다. 머리카락을 쓸어 올리자 손목에 찬 결혼 기념 팔찌가 빛났다.

데일은 미소 지으며 누구보다도 소중한 여성의 뺨에 입을 맞췄다. 뺨 정도에 그치지 않으면 자제할 수 없게 되기에 지금은 참을 수밖에 없었다.

"응?"

"왜~?"

그때 데일이 고개를 갸우뚱했다. 이 가게에서는 본래 금지임에도 불구하고 음유시인이 악기를 꺼내 들었기 때문이다. 주위도 그것을 타박하지 않고 모습을 살피고 있었다.

이윽고 흐르기 시작한 것은 『가장 새로운 영웅담』이었다.

"악취미 같은 짓 하기는……."

미간에 깊은 주름을 잡은 데일에 비해 라티나는 잘 모르겠다는 표정을 짓고 있었다. 빼앗긴 『요정 공주』를 되찾기 위해 『용사』가 수많은 방해를 물리치고 사악한 마왕조차도 타도한다— 어디에나 있을 법한 영웅담이었다. 깊이 생각하지 않고 흘려듣는다면 상관 없을 것이다.

데일은 데굴데굴 구르면서 주위 테이블을 뒤엎고 싶다는 충동을 그렇게 생각하며 얼버무렸다.

"하지만, 뭐, 됐나."

"응?"

이상하다는 듯이 고개를 갸웃하는 라티나를 품속에 끌어안고 데일은 웃었다.

"이런 이야기의 결말은 대체로 『오래오래 행복하게 살았습니다』니까."

"이야기는 행복한 결말이 좋지."

"그렇지."

잘은 모르는 것 같았지만 라티나도 미소 지으며 대답했다.

흐르는 영웅담은 클라이맥스를 맞이하여 『용사』는 무사히 사랑하는 공주와 다시 만났다.

이 곡의 속편이 만들어지는 날이 오더라도 그것은 분명 행복한 이야기일 것이 틀림없다.

"행복한 결말 뒤로도 행복하게 살자."

속삭이는 데일에게 라티나는 살짝 부끄러워하는 표정을 짓고서 대답했다.

"데일과 함께라면 난 언제나 행복해."

"그럼 줄곧 함께 있으면 되겠다."

"응."

"그리하여 마음 착한 『요정 공주』는 사랑하는 『용사』와 언제까지나 행복하게 살았습니다."

영웅담의 곡조가 그렇게 마무리되었을 때— 두 사람은 서로를 보고 웃으며 맹세의 입맞춤처럼 입술을 맞댔다.

막간.
유감스러운 용사와 마주하다.
황금의 왕, 백금의 공주를 걸고

바실리오의 젊은 군주, 『황금의 왕』으로 불리는 『첫째 마왕』 크리소스는 수상쩍다는 눈으로 시종의 보고를 듣고 있었다.

　지금 그녀가 있는 곳은 그녀가 정무를 집행하는 집무실이었다.

　넓은 책상 위에는 타종족은 해독할 수도 없는 복잡한 형태의 글자가 적힌 서류가 산더미처럼 쌓여 있고, 그 옆에는 처리를 끝낸 서류가 산을 이루고 있었다.

　즉위한 지 얼마 되지 않은 그녀의 업무량은 많았다.

　선대 마왕이 붕어하고 오랜 시간이 지났지만, 그 후 새로운 왕을 모시게 될 때까지 선대의 치세 방식을 기초로 『보라의 신』의 신관들이 통치를 유지해 왔다. 이 나라는 상당히 오랫동안 시대 흐름과는 상관없이 옛 체재의 통치를 이어온 것이다.

　크리소스가 자신의 이름하에 정치하는 것은 바실리오에 커다란 변혁을 강제했다.

　그래도 그것 자체를 크리소스는 힘들다고 생각하지 않았다. 이 나라를 바꿔 가는 것은, 대신관이며 이 나라의 책임자였던 모친의 유지이기도 했다. 마침내 그 실현에 이르렀다. 바쁜 것조차 기뻤다.

　그리고 『변혁』에는 인간족과의 교류도 포함되었다.

하루라도 빨리 실현해야 한다고 몰두하는 크리소스에게서는 일 중독 양상이 보였다. 방향성은 다르지만 어디 사는 누군가와 매우 비슷했다.

　크리소스의 수상쩍다는 눈빛은 시종에게 보내는 것이라기보다 그가 보고한 인물을 향한 것이었다.

　크리소스 옆에서 그녀의 정무를 보좌하던 남성이 크리소스의 그런 모습을 보고 쓰게 웃었다. 그는 크리소스의 모친인 모브가 이 신전에서 정무를 볼 때부터 집무에 종사하여 그녀의 어린 시절을 아는 인물이기도 했다.

　「『주인』께서 그런 얼굴을 하시다니 별일이군요.」

　가문명이 없는 마인족은 이름 이외의 존칭으로 자(字)를 사용했다. 크리소스 같은 귀인은 이름을 불리는 일이 거의 없었다.

　그런 자신의 이름을 최근에는 들을 기회가 상당히 늘었다.

　자신의 반쪽이라고 부를 만큼 가까운 존재이며 쌍둥이 동생인 라티나의 귀환은 그만큼 크리소스에게 커다란 사건이었다.

　그리고 라티나의 귀환은 동시에 『특별한 존재』를 이 나라에 불러 들이기도 했다.

　「이런 얼굴 정도는 되지 않겠는가.」

　「『백금의 공주』와 용사님은 매우 사이가 좋으신 듯합니다.」

　부하의 말에 크리소스의 표정은 더더욱 못마땅해졌다. 왕으로 즉위한 이후 줄곧 자신의 감정을 둘째 치고 일에 매진한 크리소스를 아는 그의 입장에서는 이렇게 그녀가 감정을 드러내는 부분도 흐뭇하게 보였다.

"「그 남자…… 플라티나의 방에서 나올 기미조차 없다고 한다…….」"

"「그건…….」"

싸늘한 눈초리에 어울리는 낮은 목소리로 크리소스가 말하자 남자도 쓰게 웃었다.

크리소스는 물론 데일이 쓸 객실도 준비시켰다. 그런데도 데일은 거기에 무기와 방어구, 짐을 던져 넣은 이후로 이용한 흔적조차 거의 없었다.

설명할 필요도 없이 데일이 먹고 자는 곳은 라티나가 현재 쓰고 있는 『별궁』이었다. 그 보고를 들을 때마다 크리소스의 표정은 기막힘 절반에 시샘 등등을 더한 복잡한 감정이 담긴 것으로 변했다.

어린 시절 크리소스와 라티나는 서로가 『가장 소중한 존재』였다.

부모 이외에 접하는 자가 거의 없었던 환경 속에서 두 사람은 놀이도 학습도, 모든 시간을 공유했다. 특별한 존재가 되지 않을 턱이 없었다. 그리고 성장과 함께 자립심과 반발심이 자라기 전에 강제로 갈라졌다. 크나큰 상실감은 지금도 확실하게 마음에 새겨져 있었다.

그런 반쪽의 귀환을 계속해서 바랐던 크리소스가, 라티나를 전력으로 에워싸고 독점하고 있는 유감스러운 용사를 『그 남자』라고 부르는 것은 어쩔 수 없는 심정이었다.

"「정말로 그저 함께 자고 있을 뿐인 것 같지만…….」"

"「…….」"

크리소스의 중얼거림을 듣고 부하의 표정도 미묘해졌다. 크리소스의 어린 시절을 안다는 것은 동시에 라티나의 어린 시절을 안다는 것이기도 했다. 고인이 된 자매의 부모까지 아는 그로서는 그토록 작았던 라티나에게 특정한 남성이 있다는 상황에 복잡한 심경이 될 수밖에 없었다.

별궁에 배치된 시녀들은 특별히 크리소스가 신뢰하는 자였다. 죄인으로 추방당한 과거와 움직일 수도 없게 쇠약해진 몸 등, 라티나는 쉽사리 겉으로 드러낼 수 없는 상태였다. 그런 라티나를 맡길 수 있는 상대였다. 그녀들은 크리소스의 직속 부하로 취급되어 직접 보고할 수 있는 권한을 가지고 있었다.

그것을 최근에는 사전에 전혀 상정하지 않았던 방향으로 최선이었다고 크리소스는 생각했다. 친동생과 유감스러운 용사의 과도하게 달달한 일상을 타인에게 흘리지 않을 수 있었다는, 달관과도 비슷한 심정이었다.

방을 청소하고 침구와 의류를 교환하며 세탁하는 시녀나 하녀를 통해, 별궁에서 두 사람이 그저 같은 시간을 보내고 있을 **뿐**이라는 것은 확실하게 알고 있었다.

크리소스도 그 점에서는 그 유감스러운 용사를 다소간 좋게 평가했다.

여전히 완전한 몸 상태가 아니라 요양 중인 동생을 배려하는 마음을 분명하게 가지고 있었다.

실비아에게 들은 사전 정보로 두 사람의 관계가 젊은 아가씨인 크리소스의 입으로는 말할 수 없을 만큼 애정 깊은 사이라고 상정할 수 있었다. 그 부분의 예측을 빗나간 준 것은 다소간 평가할 만했다.

"『백금의 공주』의 존재는 신전 사람들도 어렴풋이 눈치채고 있기에……."

「뭐…… 슬슬 그럴 때지.」

라티나는 별궁에 죽 누워 있었지만, 최근에는 상당히 회복되어 신전 안을 산책하며 돌아다녔다.

그녀의 존재와 신원을 신전 내부의 대다수는 몰랐다.

하지만 라티나를 보면 현왕인 크리소스와 어떤 관계가 있다는 것은 글자 그대로 일목요연했다. 부친에게 물려받은 백금색 머리카락은 바실리오에서도 보기 드문 색깔이고, 두 사람의 외모는 설명이 필요 없을 만큼 서로 비슷했다. 또한 『마인족』의 눈에 당연하게 보이는 개인이 가진 마력의 파형도 두 사람은 거의 동일했다.

이것을 보고서 두 사람이 아무런 관계도 아니라고 생각하는 자는 없다.

게다가 크리소스는 혹시 몰라서 자신의 총애를 증명하는 섬세하고 호사스러운 머리 장식을 동생에게 착용시켰다. 라티나의 신분은 아주 확실하게 보증되어 있었다.

"「그런 『백금의 공주』와…… 용사님이 동침하고 계시다고…… 전혀 사실무근인 것은 또 아닌지라 그것이 신전 사람들의 공통 인식이 되고 있으니 말이지요.」"

부하의 발언에 크리소스의 표정이 씁쓸해졌다.

마인족은 모계 사회를 기반으로 한 종족이며, 남녀가 혼인하여 함께 사는 생활 습관을 가지고 있지 않았다. 그런 마인족의 남녀 형태로 일반적인 것은 남성이 여성을 찾아가 아이를 만드는 방문혼(訪問婚) 형식이었다.

크리소스와 라티나의 부모는 특수한 상황도 영향을 끼쳐서 통상적인 마인족 『부부』와는 달리 친밀한 관계를 쌓았었다. 그런 부모의 모습밖에 모른 채 다른 가치관을 지닌 인간족 나라에서 지낸 라티나는 자신이 놓인 상황이 어떤 인상을 주는지 눈치채지 못하고 있었다.

그리고 크리소스도 온화하고 맹한 성질을 가지고 자란 동생에게 확실하게 쓴소리하는 것이 주저되었다.

하지만 거기서 또 다른 당사자와 분명하게 얼굴을 마주하고 『쓴소리』할 수 있는 것은 역시 그녀도 동생과 마찬가지로 천진난만함을 간직하고 있음이 느껴지는 부분이었다.

"조금은 자중해라. 이 유감스러운 용사놈."

"정말로 넌 나한테 너무하단 말이지."

"짐은 그대에게 죽을 뻔했다. 왜 우호적인 태도를 보여야 하지?"

"뭐. 그렇게 말하면 나도 할 말은 없지만."

그 후 데일을 집무실로 부른 크리소스는 그런 매도의 말로 그를 맞이했다.

데일도 그런 크리소스에게 쓴웃음으로 응하고서 거리낌 없이 근처 의자에 앉았다.

험한 말에 비해 두 사람 사이는 그다지 나쁘지 않았다.

크리소스의 사고방식과 가치관은 외모가 판박이인 라티나보다도 데일과 가까웠다. 게다가 이 두 사람에게 최상의 존재는 동일했다. 똑같은 방향성을 가지고서 흉계를 꾸미는 모습 따위, 마음씨 착한 라티나에게 결코 보여 줄 수 없다는 점에서도 두 사람의 의견은 일치했다.

크리소스는 라티나에게 「굴레가 돼라」고 말하기도 했지만, 실제로 라티나 본인이 생각하는 것보다 세계 평화를 위해 그녀가 할 수 있는 일은 컸다.

"그대가 온종일 플라티나 곁에 있는 덕분에 그대들의 관계는 신전 전체에 요란하게 퍼져 있어. 플라티나가 요양 중인 것을 모르는 자들에게 그것이 어떤 식으로 퍼졌을지 상상 정도는 할 수 있겠지?"

크리소스가 씩씩 화내는 모습을 보고 데일도 상황을 추측해 보기로 했다.

하지만 데일은 마인족의 언어를 단문 정도로만 이해했다. 주위의 대화는 그것이 유창하면 유창할수록 알아들을 수 없었다. 게다가

117

시녀들도 직업의식이 높은지 그나 라티나 앞에서는 사적인 말을 하지 않았다. 『주위의 평가』라는 것을 그는 거의 듣지 못했다.

그래도 예전에 들었던 정보 등으로 추측은 되었다.

크리소스의 질문도 포함하여 대충 답을 도출한 데일은 확인하기 위해 입 밖으로 꺼냈다.

"마인족은 관습상 방문혼이라고 했지……. 내가 라티나의 침실에 『다니고 있다』고 할까, 죽치고 있다고 인식되어 있는 거야?"

전혀 주눅 들지 않고 젊은 여인에게 당당히 이런 발언을 하는 것은 그도 젊을 때부터 술집 아저씨들의 세례를 받아 온 폐해였다. 참고로 동갑이지만 크리소스보다 라티나가 아저씨들의 지저분한 토크에 노출되어 자란 만큼 섬세함 따위 전혀 없는 발언에도 내성이 높았다.

크리소스의 눈초리가 더더욱 수상쩍어진 것도 깨닫지 못하고 데일은 유감스러운 용사의 면모를 유감없이 발휘했다.

"그대가 파렴치한으로 여겨지든 말든 전혀 상관없으나, 플라티나의 정숙이 의심받는 것은 참을 수 없다."

"아…… 일단 말해 두는데 『자중하고 있어』."

"대다수의 인식이 그러하다는 것이다. 구체적인 상황을 설명할 생각은 짐에게도 없다."

사실이 어떻든 간에 객관적인 시점에서는 완전히 아웃이었다.

그렇기에 나온 크리소스의 발언과 표정이었지만, 데일은 한동안 생각에 잠겼다가 반성하는 모습도 없이 말했다.

"하지만 그건 딱히 라티나에게 불이익이 되는 건 아니잖아?"

"뭐라?"

"바실리오에서는 연고를 노린 정략결혼이라고 할까, 이익을 얻기 위해 권력자의 식구와 연줄을 만드는 방식 같은 거 안 써?"

"……플라티나와 짐처럼 가까운 태생은 좀처럼 존재하지 않지만…… 없다고는 잘라 말할 수 없지."

"그럼 내가 당당하게 라티나 곁에 있는 편이, 멍청한 생각을 하는 녀석을 사전에 제거할 수 있잖아? 만에 하나라도 라티나를 억지로 취하려는 바보 천치가 없다는 보증도 없어. 기성사실을 만들면 장땡이라고 생각하는 족속은 신분이 높을수록 나타나니까."

"으으음……."

크리소스가 데일에게 설복된 형태로 입을 다물고 만 것은 그것을 완전히 부정할 수 없기 때문이었다.

크리소스 자신도 여성이고, 신전에서 중책을 맡았던 모친에게도 예전에 그와 비슷한 이야기를 들은 적이 있었다.

하지만 역시 석연치 않은 부분이 있었다.

"플라티나는 아직 몸이 성치 않아. 절대, 절대 무리시켜선 안 돼."

"라티나랑 똑같은 얼굴로 그렇게 말하니까 진짜 미묘한 기분이 든단 말이지……."

그렇기에 크리소스는 못을 박았지만 데일의 대답에는 욱했다. 누구 때문에 이런 시시한 쓴소리를 하고 있는데.

"제대로 자중하고 있다고 아까도 말했잖아. 당연히 라티나를 무리시킬 리 없지."

그래도 이 남자가 자신과 마찬가지로 라티나를 제일로 여기고 있음은 알고 있었다.

그래서 크리소스는 비난의 화살을 순순히 거두어들였다.

그리고 그다음 날.

크리소스는 화살 대신 왕홀을 움켜쥐고 집무실을 성큼성큼 나섰다.

라티나가 기진맥진하여 침대에서 일어날 수 없게 되었다는 시녀의 보고를 받고 나온 반응이었다. 이리저리 시선을 옮기며 보고하는 시녀의 동작으로 무슨 일이 일어났고 그 흔적이 어떤 것이었는지는 엿볼 수 있었다.

어제 그렇게 말했는데 하루도 지나지 않아 이 꼴이었다. 『유감스러운 용사』가 얼마나 유감스러운 존재인지 제대로 가늠하지 못했다며 크리소스는 자신의 울화통이 터지는 소리를 들었다.

척척 돌진하는 기세로 『별궁』에 오는 크리소스의 기척을 헤아리고 데일이 별궁 입구에서 얼굴을 내밀었다. 역시 자각이 있는지 크리소스를 보는 데일의 표정에는 약간의 어색함이 있었다.

데일도 할 말이 있었다.

그가 자중하고 있던 것은 사실이었다. 정말로, 정말로 자중하고 있었다.

그런 그의 자중을 날려 버리는 사건이 일어났다.

자신이 모르는 곳에서 빈번히 이야기를 나누는 데일과 크리소스의 모습에, 심지어 그 내용을 절대 이야기해 주지 않는 — 들려줄 수 없는 유감스러운 내용과 악랄한 대화가 대부분이기 때문이지만 — 모습에 라티나가 질투한 모습을 보인 것이다.

그 내용은 「크리소스…… 데일을, 좋아하는 걸까……?」라는 참으로 그녀다운 엉뚱한 발상이었다. 사랑하는 아내에게 처형과의 관계를 매우 진지한 얼굴로 질문받은 데일이 멍해져도 별수 없는 발언이었다.

남들보다 독점욕과 질투심이 많은 라티나로서는 쌍둥이 언니와 데일 사이가 매우 좋다는 것을 알기에 두 사람의 관계에 불안해져서 걱정도 되었다. 아무리 크리소스라도 데일을 공유하고 싶은 생각은 결코 없었다. 하지만 소중한 크리소스와 사이가 틀어지고 싶지는 않았다. 데일과 크리소스가 모두 소중한 존재이기에 라티나의 불안은 커졌다.

한편 데일은 처음에는 어안이 벙벙해졌었지만, 자기 사고에 사로잡혀 다른 생각을 못 하는 나쁜 버릇이 라티나에게 있음을 알고 있었다. 피우지도 않은 바람을 의심받은 기분이었다. 유쾌할 리가 없었다.

하지만 그것이 라티나의 명백한 질투라고 생각하니 썩 나쁜 기분은 아니었다.

자신을 향한 호의가 강하기에 그런 감정도 겉으로 나오는 것이다.

라티나에 관한 일이라면 매우 저 좋을 대로 생각할 수 있는 데일은 그렇게 순식간에 자신의 사고를 바꾸고서 그녀의 불안을 불식하는 방향으로 행동을 개시했다.

행동하고 말았다.

자중이란 대체 뭐였을까.

여하튼 데일의 주장은 예상을 뛰어넘어 라티나가 귀여웠다는 것이었다.

"어어…… 저질러 버렸으려나?"

어색하게 웃은 데일의 그 한마디에 대한 크리소스의 대답은 아무런 망설임도 없는 왕홀 일격이었다.

순간적으로 피한 데일의 귓가를 바람 가르는 소리가 동과했다. 한두 번이 아니라 그대로 연속해서 크리소스는 왕홀을 휘둘렀다.

"위험……하잖아! 진심으로 때리려는 거지?!"

그런 데일의 고함에 아랑곳없이 크리소스는 왕홀을 고쳐 쥐었다. 다시금 풀스윙 자세로 왕홀을 끝까지 휘둘렀다. 몸통의 움직임이 전혀 흔들림 없는 것을 볼 때 데일이 그것을 피하지 않으면 직격할 것은 틀림없었다.

하! 하고 짧게 코웃음 치고서 크리소스는 작은 가슴을 쭉 폈다.

"짐의 가는 팔로 몇 대 때려 봤자 그대를 죽일 수도 없겠지."

"핫핫하! 확실히 다치지도 않겠지만! 통각은 제대로 있으니까 맞으면 그런대로 아프다고!"

되받아 외친 데일과 왕홀을 쥔 크리소스는 팽팽하게 대치하고서 서로의 빈틈을 노렸다.

하지만 금세 몸이 단 크리소스는 자신의 무기를 높이 들었다.

"그리고! 왕홀은 메이스 대신 쓰는 게 아니잖아!"

"이것이, 짐의 손에는 가장 익숙해서 말이야!"

몸을 굽힌 데일의 머리 위를 금속제 왕홀이 통과했다. 왕홀에 달린 장식이 내는 고상한 샤랑샤랑 소리가 이 자리에 어울리지 않게 울렸다.

별궁 앞에는 샘에 다리가 걸려 있었다. 그곳이 용사와 마왕의 일대 일 승부로 겨루는 무대로 변했다.

그 말이 주는 이미지와 현실 사이에는 너무나 큰 격차가 있지만, 정말로 사실이기는 하다는 것이 더욱 혼돈과 유감스러움을 조장했다.

"플라티나는 한창 요양 중인데! 무슨 짓을 하는 것이냐!"

"무슨 짓……이냐니, 그, 행위를……."

살짝 볼을 물들이는 정도의 부끄러움은 이 남자에게도 남아 있던 모양이다.

"아무리 짐이 서방대륙어를 전부 이해하진 못한다지만 그대가 반성하지 않는다는 것은 안다!"

데일의 모습에 크리소스는 언성을 높였고 왕홀 공격이 붕붕 속행되었다.

마법에는 뛰어난 크리소스지만 그녀의 체술은 완전히 아마추어였다. 그녀의 공격을 피하는 것은 데일에게 간단했다. 하지만 데일은 크리소스 상대로 거칠게 나서지 못했다. 자신의 잘못을 자각하

고 있으니 더더욱.

"라티나가 너무 귀여워서 어쩔 수 없다고!"

"플라티나에게 죄를 씌우는 것이냐!"

시끄럽게 떠드는 데일과 크리소스 때문에 라티나가 새빨개져서 별궁 입구로 비틀비틀 나왔다. 가만히 듣고 있을 수 있는 한도를 넘어선 것이다.

"부끄러우니까, 적당히 해 줘……!"

가냘픈 목소리지만 분명하게 자신의 주장을 호소했다.

"데일도, 크리소스도…… 정말로, 적당히…….'

"라티나, 일어났어?!"

"흐야아앗!"

라티나의 주장은 마지막까지 이어지지 못했다. 냉큼 몸을 돌린 데일이 라티나를 끌어안고 비비적비비적 볼을 문질렀다.

"이 유감스러운 용사놈……!"

사랑하는 동생을 방패 삼으니 크리소스는 이 이상 공격할 수 없었다. 용사의 비겁한 수단에 마왕은 으드득 이를 갈았다.

정작 용사는 그녀를 방패 삼았다는 자각이 없었지만, 아무튼 구속에서 벗어나고자 바르작거리는『마왕』의 귓가에 어젯밤 침대에서 그랬던 것처럼 달콤한 목소리로 속살거렸다.

"정말로 라티나는 귀엽구나…….'

"데일, 크리소스 앞인데…….'

"음…… 난 딱히 신경 안 쓰고…….'

"신경 써 줘!"

여전히 새빨간 얼굴로 라티나는 필사적으로 발을 땅에 디딘 채
목소리를 높였다. 정말로 자중이란 무슨 뜻이었는지 데일에게 따지
고 싶어지는 모습이었다. 그녀의 수치는 아주 당연했다.

그런 지나치게 달달한 광경을 보게 된 크리소스의 눈이 죽었다.

뇌도 굳어버렸다.

그래서 크리소스는 반쯤 반사적으로, 나중에 제정신으로 돌아왔
을 때 자신도 이건 아니라고 생각할 중얼거림을 흘렸다.

"……그대는 라티나를 안아 죽일 셈인가……?"

그 말에 반응한 사람은 라티나였다.

그녀는 몸을 움찔한 후, 더욱 격렬하게 바동거렸다.

『마왕』은 기본적으로 생명의 위기에 떨어지지 않는다. 하위라고
는 하지만 신인 마왕은 세계의 섭리에 보호받았다.

마왕이 가진 그 섭리를 유일하게 뒤집을 수 있는 존재가 『용사』였다.

그것이 의미하는 바를 이해하고 날뛰는 라티나는 반쯤 패닉에
빠져 있었다. 의아한 표정이 된 데일을 알아차리지 못하고 엉겁결
에 말이 튀어나왔다.

"복……!"

"복?"

되물은 데일을 향해 라티나는 생각하기도 전에 말을 꺼내고 말

았다.

"복상사는, 싫어……!"

"확실히 그건 너무한 이야기네."

"과거 역사 속에서도 전례 없는 『마왕의 사인』이지만, 일어나지 않을 거라고 말할 수도 없군."

어이없다는 눈을 한 크리소스가 즉각 라티나에게 동의했다. 데일은 그것을 일부러 무시했다.

"그치만, 데일…… 『용사』잖아?!"

"뭐, 그렇지."

"뻗게 될 거야…… 나, 몸이 못 버……."

"말 안 듣고 떼쓰는 아이에게는 벌이 필요하겠지."

데일은 살짝 인상을 쓰고 한숨 쉬고서, 으아앙 하고 어린아이처럼 울상이 된 라티나를 휙 안아 올렸다.

라티나가 버텨 봤자 이 규격을 벗어난 용사 앞에서는 저항도 되지 않았다.

"안아 죽이지 않고 제대로 잘할 테니까 그 부분을 우리 천천히 이야기해 보자."

"크리소스…… 크리소스, 살려 줘……!"

도움을 구하는 동생의 요청을 들어주고 싶은 마음은 굴뚝같지만 역시 타인의 침실에 돌입하는 취미는 크리소스에게 없었다.

그리고 이 유감스러운 용사를 막을 방도가 전혀 떠오르지 않았다. 사고 정지의 반동은 지독한 탈력감이라 크리소스는 기력을 몽

땅 빼앗긴 상태였다.

"음…… 플라티나, 무운을 빈다."

"무운이라니, 그거, 틀렸……!"

그 말을 마지막으로 남기고 라티나는 별궁 안쪽으로 운반되었다.

"……."

동생을 배웅한 크리소스는 완전히 지친 얼굴로 한숨을 쉬고 어깨를 떨구었다. 손에 든 왕홀을 던져 버리고 싶다는 충동이 들었으나 그것은 어떻게든 억눌렀다.

데일을 개인적으로 좋아하는지 싫어하는지 묻는다면 굉장히 미묘한 심경이었다. 싫어하지는 않았다. 싫어하는 상대와 사적으로 대화할 리가 없고 『이름을 허락』하지도 않는다. 누구보다도 소중한 반쪽인 동생을 맡길 수 있는 상대라고 생각할 정도로는 데일을 좋게 평가하고 있었다.

『재앙의 마왕』 중에서도 원수이며, 부모를 잃은 이유인 『둘째 마왕』을 토벌해 준 것에는 감사하기도 했다.

그래도 그 이상으로 유감스러운 데일의 모습을 크리소스는 보았다.

오히려 유감스럽지 않은 모습을 본 적이 없었다. 데일은 바실리오에서 라티나를 되찾은 이후로 초절정 유감스러운 모습뿐이었다. 영웅담으로 회자될 만한 『멋있는』 모습은 전무했다.

젊은 아가씨인 크리소스가 빈말로도 호의적으로 발언할 요소가 없었다.

 제 눈에 안경이라니까— 하고 동생이 사랑하는 사람이 그라는 현실에 십이분 너무한 감상을 품으며 크리소스는 터덜터덜 집무실로 돌아갔다. 지쳤으니 일이라도 하며 기분 전환하자는 그녀의 발상도 말기임을 지적할 자는 어디에도 없었다.
 그래서 크리소스는 라티나의 요양이 길어진 원인 중 일부는 데일에게 있다고 생각했다.

3. 전일담.

보라의 공주무녀.
백금의 도사와

평소와 같은 하루. 그것이 얼마나 귀중한 것인지 알고 있는 라티나는 하루하루를 한층 더 행복하게 열심히 즐기고 있었다.

그렇게 느끼는 데일은, 『범고양이』 다락방에서 모든 일을 끝내고 머리를 풀어 애용하는 향유를 이용해 꼼꼼히 빗고 있는 그녀의 모습을 보고 있었다. 평소에는 숨어 있는 부러진 뿔의 밑동이 조그만 움직임에 살짝 엿보였다.

은은한 실내등 불빛을 반사하여 한없이 고운 백금빛이 반짝였다.

그 빛을 보니 같은 빛깔을 지닌 자가 떠올랐다.

"저기, 라티나."

"왜~?"

"라티나랑 크리소스는 쌍둥이 자매가 틀림없는 거지?"

"맞아. 갑자기 왜?"

크리소스와 라티나 두 사람은 주위가 혈연을 의심할 수 없을 만큼 아주 비슷했다.

크리소스의 부하인 시종이나 마족들에게도 그것은 마찬가지였는지, 바실리오에 체재하던 라티나를 새삼 소개받을 필요도 없이 다들 그녀가 누구인지 헤아리고 있었다.

"아니, 눈동자 색도 다르고…… 왠지 궁금해져서."

본래 일란성 쌍둥이라면 눈동자 색깔이 차이 나는 일은 없다. 이란성 쌍둥이라고 하기엔 이 두 사람은 너무 닮았다.

"크리소스만『마력 형질』을 가지고 태어났으니까……. 내 회색 눈동자는 부모님 모두와 다르지만…… 아마 모브 쪽 유전일 거라고 들었어."

"그래……."

라티나의 친모인 모브와 직접 만났던 데일은 그 말에 납득하고 말았으나, 그런 데일의 모습을 라티나는 알아차리지 못했다. 데일은 조금 뒤늦게 그 사실에 안도했다.

라티나의 언니인 크리소스에게는 모브의 임종을 지켜보았음을 전했지만, 라티나에게는 아직 직접 말하지 못했다.

서로 숨기지 말고 마주 보자고 정했지만 데일에게 모브의 죽음은 적잖은 마음의 상처가 되어 있었다.

'분명하게 말해야 한다고…… 알고는 있지만…….'

자신이, 죽였다고— 사랑하는 그녀에게 말하는 것은 좀처럼 간단한 일이 아니었다.

라티나의 친모인 모브는『마력 형질』— 마력이 강한 자에게 나타나는, 본래 인족이 지니지 않는 선명한 색채 — 을 가지고 있었다. 눈길을 빼앗는 것은 퍼뜩 놀랄 만큼 선명한 보라색의 긴 머리였으나 그녀는 눈동자에도 마력 형질이 나타나 있었다.

그녀의 눈동자는 크리소스와 똑같이 아름다운 황금색이었다.

"라티나의 머리카락은 아빠랑 똑같은 색이라고 했었지?"

"응. 라그랑 똑같은 색. 뿔도…… 라그는 새까맸어. 내 뿔 형태는 모브랑 똑같이 생겼고. 마인족의 뿔은 부모에게 형태와 색을 각각 물려받으니까."

"그렇구나."

잃어버린 뿔을 살며시 만지며 라티나는 조용히 미소 지었다.

"부모님께 물려받은 건데 부러뜨려 버린 걸…… 조금 후회할 때도 있어. 하지만 그건 지금이 행복하니까 그렇게 생각할 수 있는 거겠지."

"라티나……."

"크리소스도 몹시 슬픈 얼굴을 했어……. 둘이 똑같은 뿔이었는데 나는 양쪽 다 없어져 버렸으니까……."

"그때 내가 좀 더 신경 썼다면 그러지 않게 했을 텐데……."

"데일 탓이 아니야."

당황하며 말하는 라티나의 뿔 근처를 데일은 살며시 어루만졌다. 어린아이를 쓰다듬는 듯한 동작이었으나 라티나는 기뻐하며 눈을 가늘게 좁혔다.

"이미 어떻게도 할 수 없는 일이니까…… 이제 와서 이러쿵저러쿵 해도 소용없겠지."

"응."

"라티나."

부르는 소리에 고개를 갸웃하는 라티나를 향해 데일은 그녀에게 줄곧 물어보고 싶었던 질문을 던졌다.

"너희 부모님은…… 어떤 사람이었어?"

"……마인족은 엄마가 아이를 키운다고 예전에 들었지만 나랑 크리소스는 라그가 키웠어……. 모브는 항상 바빴으니까."

희귀할 만큼 강한 『보라의 신』의 가호를 가졌기에 『무녀공주』라는 특별한 별호로 불렸던 그녀와—.

"라그는 『선생님』일 거라고 생각했어. 『노랑의 신』의 가호는 없을 테지만, 라그를 존경하는 많은 사람이 있다는 건 내가 봐도 잘 알 수 있었거든……."

희귀한 힘을 가지고 있지 않기에 많은 자를 가르치고 깨우쳐 『도사』라는 존칭으로 불리게 된 그와의—.

"내가 아는 바실리오에서의 생활은 아주 좁아. 부모님과 크리소스랑 함께 지냈던 신전 내부뿐이니까……."

모형 정원처럼 작은, 신전 깊숙한 곳에 숨어 지내는 하루하루였지만 확실히 그곳에는 행복한 시간이 있었던—.

그러한, 이야기가 시작되기 전의 이야기.

†

마인족에게는 인간족 같은 가문 이름이 없다. 원래부터 『혼인』이라는 관습이 없고, 모계 사회를 기반으로 지내는 마인족의 가족 형태는 다른 인족과 크게 달랐다. 모친의 이름을 따 『아무개의 자식』이라고 불렸다.

같은 모친에게서 태어난 형제자매더라도 부친이 같은 경우는 적었고, 인간족으로 치면 부모 자식만큼 나이 차이가 나는 경우도 드물지 않았다.

그것은 역시, 유년기와 노년기는 인간족과 동등하면서 청년기는 그 몇 배에 달하는 종족 특성 때문이었다. 수명이 긴 종족은 흔히 임신율이 낮으나 그것을 보완하듯 생식 가능한 기간이 길었다. 그리고 그 기간이 너무나도 길기에 나이 차이에 대한 가치관이 다른 인족과 다르다는 특색도 가지고 있었다.

그리고 『첫째 마왕』과 그 권속 및 『보라의 신 신전』이 통치 기구를 유지하며 100년 전부터 변함없는 영위를 끊임없이 이어 가고 있는 사회.

바실리오는 그런 나라였다.

바실리오는 동명의 도시를 중심으로 소규모 마을과 촌락이 흩어져 있는 나라다. 결코 생물이 살기 좋은 토지라고 할 수 없는 가혹한 환경에 존재하는 나라였다. 그래도『마인족』은 굳센 종족이고, 생명 유지에 필요한 음식물 등도 그다지 필요하지 않기에 그러한 토지에서도 살아갈 수 있었다. 모든 사람이 마법을 다룰 수 있어 물 마법이 특별한 것이 아니라는 점도 컸다. 비가 적어도 갈증에 시달릴 일이 없었다.

왕이 자리한 토지이며, 치세를 행하는『보라의 신 신전』안에서도 가장 큰『대신전』이 있는 이 나라의 유일한 도시.

돌바닥이 깔린 길이 햇빛을 반사하여 하얗게 비쳤다. 건조한 바람에 의한 흙먼지를 억제하기 위한 구조지만, 이 도시의 청렴한 인상을 더욱 강화했다. 길에 티끌 하나 떨어져 있지 않은 것은 징기적으로 물 마법을 사용해 씻어 내기 때문이었다. 한낮의 가장 더운 시간에 행사되는 그 마법은 거리 전체의 온도를 낮추기 위한 공공사업이었다.

그래도 한낮에 거리를 걷는 자는 적었다.

"도사님."

그 얼마 없는 통행인 중 한 명이었던 젊은 남성은 자신을 부르는 소리에 발을 멈추고 목소리의 주인을 보았다.

보기 드문 백금색 머리카락이 흔들렸다. 검은 뿔은 남성치고는 조금 작아서 남성스러운 용맹함은 없었다. 온화한 그의 인품을 나타내는 것 같았다.

"아스피타구나. 오랜만이네."

"격조했습니다."

아스피타라고 불린 청년이 입은 질 좋은 신관복은 치세에 종사하는 관리 계급을 의미했다. 그 청년이 지극히 흔한 평민복을 입은 남성에게 공손히 머리를 숙였다.

외관상 두 사람 사이에 나이 차이는 없어 보였다. 머리에 한 쌍의 뿔이 난 그들 마인족의 나이를 겉모습만 보고서 가늠하는 것은 불가능한 일이었다.

"정말로 오랜만이야. 너를 가르쳤던 게…… 벌써 20년 전인가?"

"예. 도사님도 장건해 보이셔서 다행입니다."

"그렇게 말할 수 있을 만큼 튼튼하지는 않은 것도 여전하지."

도사라고 불린 그의 온화한 웃음과 자상한 녹색 눈동자는, 선이 가는 그의 외모와 어우러져서 위압감이 느껴지지 않았다. 하지만 아스피타라고 불린 청년은 상대를 존중하는 태도를 무너뜨리지 않았다.

"신전 일은 순조로워?"

"그 일로…… 도사님께 상담드릴 것이 있어서."

표정을 흐린 제자의 모습을 보고 도사— 스마라그디는 길거리에서 잡담처럼 이야기할 내용이 아님을 헤아렸다.

"그럼 우리 집에서 이야기를 들을까. 네 모습을 보건대 우리 집에 오는 길이었지?"

"그래도 괜찮습니까?"

"곤란할 만큼 바쁘지는 않으니까."

스마라그디는 그렇게 말하며 웃고서 아스피타를 선도하여 걷기 시작했다.

거리의 랜드마크이기도 한 『보라의 신』 대신전과 멀어지면서 서민 동네 분위기가 강해졌다. 강한 햇살에 노출되어 탈색된 것처럼 하얘진 말린 벽돌을 쌓아 만든 수수한 집들. 그중 한 채가 스마라그디의 주거였다.

실내도 살풍경할 만큼 꼭 필요한 가구만 마련되어 있었다. 그래도 그것은 이 나라의 남성으로서는 지극히 평범한 살림살이였다.

건조한 기후의 이 토지는 햇빛이 차단되고 바람이 통하기만 해도 체감 기온이 상당히 내려갔다. 권해진 의자에 앉은 아스피타는 시원한 바람을 느끼고 살며시 숨을 토했다.

스마라그디는 그런 그의 앞에 그릇을 놓고 주전자의 물을 따랐다. 아직 차가움을 유지하고 있는 것을 보면 그것이 거리 각지에 설비된 급수소에서 뜬 물이 아님을 알 수 있었다.

"그래서…… 상담이란 건 뭐니?"

"지금 신전에서 공주무녀라고 불리는 신관에 관해서는 아십니까?"

아스피타의 질문에 스마라그디는 살짝 고개를 기울였다.

"아직 어린 여신관 말이지? 희대의 가호를 지닌 신관이라고 소문은 들었는데…… 그녀한테 무슨 문제라도 있어?"

"실은 도사님께 그녀의 교사 역할을 부탁드리고 싶어서……."

아스피타의 말을 듣고 스마라그디의 얼굴에 더욱 의문의 색이 떠올랐다.

바실리오에서 『보라의 신』 신전은 신앙 장소임과 동시에 행정 기관이기도 했다. 그중에서도 가장 큰 『대신전』에 재적하는 신관은 행정 기관의 수뇌부라 우수한 인재도 많았다. 굳이 시정에 사는 스마라그디를 소집할 필요를 찾을 수 없었다.

"이상하게 여기시는 것도 어쩔 수 없다고 생각합니다."

스마라그디의 의문은 상정했던 바인지, 아스피타는 설명하기 위해 말을 이었다.

"신전에서 젊은 여신관들에게 마법학을 가르치시는 분은 그노시 여사입니다만…… 현재 공주무녀는 동성인 여성에게 공포심을 느끼고 마는 상태입니다."

아스피타의 말에 스마라그디의 눈썹이 살짝 움직였다. 이성이라면 모를까, 동성에게 갑자기 공포심을 느끼게 됐다면 이유가 있을 것이 틀림없다. 그리고 그 이유가 곧장 떠오르지 않았다.

"그렇다고 이성이 교사 역할을 맡기에는…… 외모가 다소 우락부락한 자가 많아서…… 젊은 공주무녀가 위축되어 버릴 터라…… 맡길 수가 없는 상황입니다."

"네가 할 수는 없는 거니?"

아스피타의 외모는 남성적이기는 하지만 위압감을 주는 정도는 아니었다. 하지만 스마라그디의 질문에 아스피타는 조용히 고개를 가로저었다.

"공주무녀가 그노시 여사를 거절하게 된 이후로 저희, 마법학을 수양한 자들이 교사 역할을 맡고는 있지만 솔직히 짐이 무거운 상황입니다."

그 대답을 듣고 스마라그디는 조금이기는 했지만 솔직하게 놀람을 드러냈다.

자기 제자의 능력을 그는 잘 알고 있었다. 아스피타 정도의 능력이 있다면 교사 역할도 충분히 맡을 수 있을 터였다.

『마법학』은 통상적인 학문과 약간 체계가 다른 학문이다.

바실리오에서도 교직 대부분은 타국과 마찬가지로 『노랑의 신』의 신관이 차지했다. 『노랑의 신』의 신관만이 교직에 종사할 수 있기 때문은 아니었다. 『노랑의 신』의 가호를 가진 자들은 학문에 몰두하고 학문을 가르치는 길에 빠지는 경향이 강했다.

스마라그디에게 『노랑의 신』의 가호는 없었다. 그가 생업으로 가르치는 『마법학』은 마법을 사용하기 위한 기초 학습뿐만 아니라 마력을 다루는 방법, 그것들의 정밀도를 높이는 조종술 등이 복합적으로 포함되어 있었다. 스마라그디는 마법 트레이너라고 해야 할 직무를 맡고 있는 것이었다.

마인족 사회에서 마법은 생활과 매우 밀접했다. 강한 마력을 가진 자는 적절한 조종술이 필요했고, 약한 마력밖에 없는 자라면 더욱 효율적으로 사용할 수 있게 정교한 기술을 익혀야 했다. 그렇게 밀접한 능력이기에 높은 기술이 요구되었다.

"그래서…… 도사님이라면 능력도 인격도 나무랄 데 없고, 인품이 온화하시니 공주무녀를 겁주지도 않을 듯하여…… 윗선에 제안했을 따름입니다. 고려해 주실 수 없을까요."

확실히 스마라그디는 천성이 온화하고, 그다지 튼튼하지 않은 체질도 어우러져서 겉모습도 위압감과는 거리가 멀었다.

"……무슨 일이 있었던 거야? 아스피타."

그래도 스마라그디가 단호하게 꺼낸 목소리에는 아스피타의 자세를 바로잡게 하는 힘이 담겨 있었다.

그저 무르고 자상하기만 해서는 『도사』라고 존칭으로 불릴 만한 교육자가 될 수 있을 리 없었다. 스마라그디는 온화한 성격이지만, 흔들림 없는 굳건한 심지도 가지고 있었다.

아스피타도 그 사실은 잘 알고 있었다.

"신전 안쪽에 꼭꼭 숨긴 공주무녀에게서 이성을 떼어 놓는 거라면 모를까, 이성만을 마주할 수 있고 게다가 그것을 주위가 인정하고 있는 건 명백하게 이상해."

더욱 추궁하는 스마라그디에게 아스피타는 필요 이상으로 사실을 은폐하려고는 하지 않았다. 요청이 받아들여지려면 알릴 수밖에 없기 때문이다.

조금 주저하는 모습은 보였으나 아스피타는 낮은 목소리로 이유를 이야기했다.

"공주무녀는…… 요전번에 『둘째 마왕』의 습격을 받았습니다."

희미하게 스마라그디는 숨을 삼켰다.

이 나라의 군주『첫째 마왕』을 참살한 쾌락 살인자 마왕 이야기는 그도 잘 알고 있었다.

"공주무녀는 다치지 않았지만…… 그녀의 눈앞에서 또래 아이가 한 명, 참살당했습니다……."

"그건……."

눈앞에서 잘 아는 사람이 살해당했다. 그것만으로도 마음에 상처를 입기 충분한 사건이리라. 거기에 더해 공포를 구현화한 듯한 존재와 어린 몸으로 마주하는 것이 얼마나 마음에 부담을 줬을지는 생각할 것도 없었다.

교육자로서 지금까지 많은 아이와 접했던 스마라그디는 그녀를 생각하니 마음이 아팠다.

"『둘째 마왕』은 어린 여성의 모습을 하고 있다고 합니다."

"그래서……."

"반사적으로 『둘째 마왕』을 떠올리고 마는 거겠죠. 공주무녀는 직접 아무 말씀도 하지 않으시지만…… 그렇기에 한층 더 애처롭습니다."

아스피타의 말을 듣고 스마라그디는 본 적도 없는 공주무녀에게 동정을 느꼈다. 그 어린아이를 위해 뭔가 해 주고 싶다는 기분이 든 것도 사실이었다.

"그건, ……정말로 가여운 일이네."

"고려해 주시겠습니까?"

"하지만 아무리 네 추천이라고 해도, 신전 안쪽이라는 영역에 외부인인 나를 들이는 건 어렵지 않을까?"

스마라그디의 말을 승낙으로 받아들이고 아스피타는 안도한 표정을 지었다.

"걱정하지 않으셔도 됩니다. 후일 다시금 모시러 올 테니 그때는 잘 부탁드립니다."

그렇게 인사하고 떠난 아스피타를 배웅하고서 스마라그디는 미지근해진 물을 입에 머금었다. 아스피타는 그렇게 말했으나, 스마라그디는 실현은 어려울 것이라고 생각했다. 그래도 그토록 정중하게 취급받으며 공주무녀라고 불리는 어린아이가 얼마나 큰 재능을 가지고 있는지 관심이 가는 것도 사실이었다.

그래서 며칠 후 정말로 아스피타가 찾아와 그와 함께 대신전 안쪽에 들어갔을 때, 스마라그디는 사실 매우 깜짝 놀랐다.

마을 사람들이 참배를 허락받은 구획과는 확연하게 다른 안쪽 공간으로 들어갔다. 여러 건물이 세워져 있고 몇 겹의 구획으로 나뉜 신전 내부는 안쪽으로 갈수록 경비도 엄중해져서 어딘가 속세를 벗어난 분위기가 느껴졌다.

몇 번째 모퉁이를 돌고 몇 번째 방을 지났는지도 분명치 않게 되었을 때. 꼭 필요한 세간만을 두는 것은 바실리오의 일반적인 가치관으로 볼 때 드문 일이 아니지만, 그래도 왠지 공허한 인상조차 주는 휑한 방에 도달했다.

색이 없는 순백의 방 안에 너무나도 선명한 색채가 유일하게 존재했다.

아직 소녀라고 불러야 할 어린 여성.

앳된 용모임에도 그 황금색 눈동자는 세상의 모든 절망을 내다본 것처럼 체념과 닮은 기색을 담고 있었다. 겉모습에 상응하는 앳됨을 어딘가에 놓고 와 버린 듯한 인상을 주었다.

곧게 뻗은 긴 머리는 거무칙칙함을 찾을 수 없는 선명한 보라색이었다.

설명 따위 필요 없었다. 신을 나타내는 색인 보라를 이토록 아름답게 발현시킨 그녀야말로 『보라의 신』의 깊은 총애를 받은 공주무녀임을 한눈에 알 수 있었다.

소녀는 표정을 움직이지 않은 채 스마라그디에게 얼굴을 돌렸다.

낯선 인물의 방문에 동요하지도 않고, 누구냐 묻지도 않고, 황금빛이 차갑게 스마라그디를 꿰뚫었다.

"물러가세요."

공주무녀가 꺼낸 것은 거절을 의미하는 말이었다.

어린 티가 남은 겉모습과는 다른 냉정하고 평탄한 음성이 고요하고 공허한 방 안에 조용히 울렸다.

"저와 엮이면 당신은 죽게 됩니다. 물러가세요."

하지만, 그렇기에 스마라그디는 그런 그녀를 내버려 둬서는 안 된다고 느꼈다.

평탄하여 감정이 느껴지지 않는 목소리이기에, 그녀가 필사적으

로 자신의 감정과 싸우고 있는 것처럼 여겨졌다.

"……모든 사람은 언젠가 죽게 돼. 그때까지 무엇을 남길 수 있는 가…… 나는 그렇게 생각해."

온화한 녹색 눈동자로 미소 지으며 죽음의 신탁조차도 받아들였다. 그런 스마라그디를 보고 공주무녀의 표정이 놀람으로 흔들렸다. 나이에 걸맞은 앳됨이 희미하게 엿보였다.

이것이 스마라그디와, 일어날 수 있는 무수한 미래를 내다보기에 절망에 사로잡힌 소녀의 첫 만남이었다.

동시에 스마라그디는 공주무녀를 직접 보고서 제자가 그렇게나 『마법학』 교사를 찾았던 이유를 이해했다.

『마력 형질』이라고 불리는, 본래 사람이라는 종이 가지지 않는 색채의 발현이 여러 색으로 여러 곳에 나타나는 것은 매우 드물었다. 마력이 높은 모든 자에게 마력 형질이 나타난다고는 할 수 없으나, 마력 형질을 가진 자는 모두 선천적인 마력이 높았다.

강한 힘은 다루기 어렵다. 하지만 억제하지 못하면 자기 힘에 휘둘리게 될 것이다.

어릴 때부터 훈련하는 것은 그녀의 힘이 크기에 필요한 일이었다. 마력을 다루어 마법을 사용하는 것은 살면서 피할 수 없을 만큼 마인족의 생활과 밀접하게 연관되어 있었다.

"반가워."

"……."

스마라그디의 목소리에 공주무녀가 곤혹스러워하며 표정을 움직였다.

죽음의 운명을 선고받고 거절당했는데도 온화하게 미소 지는 그를 이해할 수 없는 듯했다.

스마라그디는 공주무녀의 그 모습보다도 더 신경 쓰이는 사항을 떠올리고 표정을 흐렸다.

"그렇다고 해도…… 나 같은 외부인을 공주무녀에게 쉽사리 붙여 줄 것 같진 않지만……."

그 말이 자연스럽게 나온 것을 보고 스마라그디는 자신이 이미 이 어리고 작은 공주무녀와 엮일 생각임을 깨달았다.

이런 눈을 하고 있는 소녀를 내버려 둘 수는 없다고 마음을 정한 상태였다.

"도사님, 그건 걱정하지 않으셔도 될 겁니다."

"아스피타."

탄식 섞인 스마라그디의 중얼거림에 답한 것은 제자였다.

"도사님이 공주무녀의 교사가 되는 것은 『보라의 신』의 가호를 지닌 여러 신관이 승인했습니다."

아스피타의 말을 듣고 스마라그디는 희미하게 눈썹을 찡그렸다.

공주무녀 쪽을 힐끔 보니 그녀도 아스피타의 말에 의문을 품지 않는 것 같았다.

'이게 『신전』이 생각하는 방식인가……. 선왕께서 붕어하시고 오랫동안 신전의 통치가 이어지고 있지만…… 이런 뒤틀림을 내포하고 있을 줄이야…….'

스마라그디에게 『가호』는 없었다.

신전과, 신이 선정한 마왕이 통치하는 바실리오는 다른 나라보다 민중의 신앙심이 깊었다.

그래도 스마라그디는 시정에 사는 자이기에 신의 뜻을 모든 것에서 우선하는 자세에 의문을 느꼈다.

그리고 무엇보다 신의 뜻이라면 무엇에도 의문을 품지 않는 신전 사람들의 자세가 걱정되었다.

'신의 힘에 의한 예언을 전부로 여기고…… 만난 적도 없는 인물을 무조건 신용하다니, 보통은 있을 수 없는 일인데…… 그걸 의문으로 생각하지도 않아…….'

『보라의 신』의 가호로 발현하는 힘은 『예지』였다. 그 사실을 스마라그디는 당연히 알고 있었다. 그래도 그것만을 의지하는 것은 매우 위험하다고 생각했다.

예지되었으니 안전하다고 잘라 말한다면, 아무 짓도 하지 않은 존재더라도 예언 한마디에 단죄될 위험성 역시 포함되어 있다는 생각이 들었다.

눈앞에 있는 이 소녀는 고위 가호를 가진 신관으로서 앞으로 신전을 책임지게 될 것이다.

그렇다면 그녀에게 신전 사람들과는 다른 가치관을 주는 것도 교육자로서 자신이 할 수 있는 일일지도 모른다.

스마라그디는 온화한 표정 안쪽으로 자신이 그녀의 삶에 관여하여 무엇을 할 수 있을지 생각했다.

†

공주무녀의 이름은 모브라고 했다.

『보라』라는 뜻의 어구였다.

그녀의 나이를 들은 스마라그디는 조금 놀랐다. 모브는 겉모습만 보면 좀 더 어려 보였다. 반대로 표정은 몹시 어른스러워서 실제 나이보다도 많아 보였다.

마인족은 장수 종족이며 그중에서도 청년기 비율이 매우 길었다. 아직 노년기에 들어가기에는 시간이 있지만 오랜 청년기를 살아온 스마라그디에게 유년기 모습인 자는 무척 귀엽게 여겨졌다.

마법은 속성을 지정하고, 자신의 이름하에 선언하여 제어를 명확화하고, 일으킬 현상을 언어로 명확화한 후, 『현상명』이라는 키워드를 고한다는 공정을 거쳐야만 발동했다.

그에 맞춰 마력을 제어하는 기술이 요구되었다.

스마라그디가 모브에게 가르치는 것은 그녀가 사용할 수 있는 『하늘』과 『어둠』 속성 주문에 관한 강의와, 마력을 세세히 제어하기 위한 실기였다.

"모브는 상당히 빨리 배우는구나."

"……."

스마라그디가 온화하게 말하자 모브는 살짝 고개를 숙였다.

처음 만났을 때 스마라그디에게 거절의 뜻을 보였던 그녀가 간단히 마음을 열 것이라고는 스마라그디도 생각하지 않았다. 그래도 그녀의 모습을 보건대 교사로서의 능력은 인정하고 있는 듯했다.

'재능으로 따지자면 모브가 나보다도 훨씬 큰 능력을 가지고 있어……. 나는 그녀보다 오래 산 만큼 다루는 법을 알고 있을 뿐이니까.'

독백하는 것은 비하가 아니라 스마라그디의 본심이었다.

몸이 강한 편은 아니고 마력도 평균 이하로 보유한 자신은 마인족이라는 종 안에서 결코 뛰어나지 않았다. 그는 그렇게 자신을 분석하고 있었다. 상황을 냉정하게 판단하는 힘을 가지고 있기에 정확하게 현실을 응시하고 있었다.

하지만 그렇다고 비굴해지는 일 없이 자신이 가진 힘을 유익하게 구사하고자 노력하여 깊은 지식을 얻기에 이른 것도 틀림없이 재능이었다. 그리고 재능 있는 자를 향한 선망과 좌절도 알기에 그는 다른 사람을 가르치는 일에 뛰어났다.

모브를 가르치면서 스마라그디는 그녀에게 일어난 일에 관해서도 자세히 알게 되었다.

그것은 그녀와의 거리가 조금씩 좁혀졌음을 의미하기도 했지만 단순히 기뻐할 수는 없었다. 애처로운 그녀의 과거를 아는 것으로도 연결되었기 때문이다.

모브는 고위 가호를 지닌 신관이지만 이 신전 안쪽에서 어떤 어린아이를 모셨다고 한다.

나이가 가장 비슷한 것이 그 이유였는데, 『공주무녀』라고 경칭으로 불리는 특별한 존재인 그녀가 **모시는** 상대가 『누구』인지 스마라그디도 상상은 갔다.

그리고 상상이 가기에 그것을 쉽사리 입에 올릴 수 없다는 것도 이해했다.

그 어린아이가 『둘째 마왕』의 손에 희생당했으니까.

"나는, 아무것도 할 수 없었어……. 공주무녀라고 불리면서도…… 나는 단 한 사람을 지킬 수도 없었어……."

어느 날 툭 흘렸던 모브의 말을 듣고 스마라그디는 그녀가 입은 상처가 얼마나 깊은지도 헤아릴 수 있었다.

그녀는 살육 현장에서의 두려운 기억뿐만 아니라 자신의 힘에 대한 무력감에도 시달리고 있었다.

스마라그디는 너그럽게 미소 짓고서 그녀의 약한 소리도 푸념도 전부 들어 주기로 했다. 바람이 부는 시원한 신전 일실에서 두 사람만의 시간은 천천히 조용하게 흘렀다.

"……모브는 줄곧 『신전』에 있었어?"

질문에 고개를 끄덕인 모브를 보고 스마라그디는 그녀의 머리를 몇 번 쓰다듬었다.

"그래…… 열심히 노력해 왔구나."

다정한 목소리로 말하자 모브는 스마라그디의 옷자락을 꼭 잡았다. 최근 그녀가 때때로 보이게 된 행동이었다.

"……확실히 모브는 나보다 강한 힘을 가지고 있을 테고, 신전에 있는 누구보다도 강한 가호를 가지고 있을지 몰라……. 히지만 니는 아직 아이니까."

스마라그디의 목소리는 한없이 부드럽고 자상했다. 신록 같은 빛깔의 녹색 눈동자는 봄 햇살 같은 온기를 품고 있었다.

"어른은 아이가 어리광 부리는 걸 기뻐한단다."

"……."

마인족은 친밀한 자에게만 뿔 근처를 만질 수 있게 했다. 하지만 어느새 그녀는 스마라그디가 그녀의 금색 뿔을 만져도 거부 반응을 보이지 않게 된 상태였다.

'이 아이는…… 아직 어린데도 한 사람의 신관으로서 책임을 짊어지고 있는 것 같아…….'

스마라그디는 무심코 나올 뻔한 한숨을 삼켰다.

그것은 눈앞에 있는 이 소녀에게 보일 모습이 아니었다.

마인족에게 몇 년이라는 시간은 결코 길지 않다.

그래도 그 시간은 어린아이에게서 어린 티가 사라지기에는 충분한 시간이기도 했다.

교육자로서 스마라그디는 매우 우수한 제자인 모브의 모습에 명확한 보람도 느끼고 있었다. 스마라그디가 그녀에게 내는 과제는 결코 쉽지 않았다. 그래도 그녀는 너무나도 순조롭게 부응해 보였다.

하지만 그것은 스마라그디가 한 가지 결단을 하게 만들기도 했다.

"내가 모브에게 가르칠 건 이제 별로 없을지도 모르겠어."

상냥한 음성이기는 했으나 확실한 이별의 말에 모브는 놀란 표정을 지었다. 표정을 분명하게 얼굴에 드러내는 일이 그다지 없었던 그녀치고는 매우 보기 드문 일이었다.

그것은 요 몇 년간 스마라그디가 확실하게 그녀의 버팀목이 되고 마음을 치유했다는 증거이기도 했다.

괴로워 보이는 모브의 모습을 보고 스마라그디도 마음이 아팠다.

결심이 흔들릴 것 같았지만, 스마라그디는 최근 모브의 상태에 안도하는 반면 걱정이 들기도 했다.

"이제 옛날처럼 여성이 두렵지는 않지?"

"……하지만."

"나쁜만이 아니라, 너는 좀 더 여러 사람에게 배워야 해."

자신의 옷자락을 꼭 움켜쥐는 모브를 보고서 스마라그디도 표정을 흐렸다. 뿌리치지 않고 그녀의 손을 살며시 잡았다.

"너는 많은 사람의 목소리를 듣고, 많은 사람과 엮이게 될 거야. 아무리 『신전』^{이곳}이 좁게 닫힌 세계라고 해도, 나랑만 연관되도록 스스로 세계를 좁히지 않으면 좋겠어."

마음에 깊은 상처를 입은 모브가 그것을 지켜보고 치유하는 데힘쓴 스마라그디에게 의존하고 마는 것은 예측할 수 있었던 일이었다.

내치는 흉내는 내고 싶지 않았다.

하지만 그녀는 앞으로 신전에서 큰 권력을 가지게 될 아이였다. 누군가에게 의존하고 그 말에 모든 것을 맡기게 돼서는 안 된다.

모브는 유년기도 슬슬 끝나 성인 여성으로 변하고 있었다. 그것을 고려하더라도 지금이 매듭지을 때라는 생각이 들었다.

"그렇다고 해서 네게 가르칠 게 없어진 건 아니야. 지금까지처럼 긴 시간을 있을 수는 없겠지만 앞으로도 때때로 신전을 방문할 거니까."

"……정말?"

"앞으로도 분명하게 네 모습을 보러 올게. 그러니 너무 무리하지는 말렴."

모브의 목소리가 떨리고 있음은 눈치채고 있었다. 그래도 스마라그디는 비통해지지 않도록 일부러 미소 지었다. 조금 어색하기는 했으나 모브도 그에게 응답하듯 미소 지었다.

선언한 대로, 그녀와 거리를 두기로 한 후로도 스마라그디는 정기적으로 신전을 방문했다.

그것은 예전처럼 두 사람만의 친밀한 시간이 아니라, 방문하는 자와 맞이하는 자 쌍방에 명확한 거리가 나타나 있었다. 차대 대신관으로 여겨지고 있는 그녀 곁에는 당연히 시녀가 있어서 스스럼없이 만질 수 있는 거리로 다가가는 일은 없었다.

그래도 그것 역시 필요한 일이라고 스마라그디는 생각했다.

모브가 성장하면서, 그녀를 통해 권력을 쥐려는 것 아니냐며 스마라그디를 의심하는 자도 나타나게 되었다. 그것은 그의 본의가 아니었다. 총명하게 성장해 가는 모브를 지켜보면서 적당한 거리를 유지하는 지금 상태가 스마라그디에게는 적절하게 느껴졌다.

그리고 그것은 상식적이고 이성적인 판단이었다.

당연한 사제지간. 두 사람의 관계는 그대로 유지될 것이라고 생각했다.

그것이 흔들린 것은 모브가 완전히 청년기에 들어가 성장이 멈추고서 몇 년이 지난 뒤였다.

어느 밤이었다.

인기척을 느끼고 스마라그디는 들고 있던 책에서 시선을 들었다. 그의 주거는 마인족의 일반적인 가치관대로 쓸데없는 것이 거의 없는 공간이었다. 가치 있는 것을 헤아리자면 오랜 시간을 살며 모은, 자신의 생업과 관련된 서책 정도이리라. 그렇다고는 해도 대부분 사본이었다. 이런 서민 동네에 남자 혼자 사는 집을 굳이 노리는 밤도둑일 가능성은 한없이 낮았다.

그래도 혹시 몰라 평소에는 드는 일 없는 울퉁불퉁한 지팡이를 쥐었다.

마법 제어 기술에 뛰어난 스마라그디는 제어를 보조하는 도구가 필요하지 않았지만, 만일의 사태에 상대를 후려칠 수 있는 무기를 신변에 두고 싶은 심리는 당연하다고도 할 수 있었다.

"스마라그디……."

하지만 그때 밖에서 들려온 가냘픈 목소리에 스마라그디는 진심으로 깜짝 놀랐다. 그가 전혀 상정하지 않았던 내방자였다.

목소리의 주인이 누구인지 상상이 가지만 믿을 수 없다고 반쯤 생각하며 문을 열었다. 예상대로인 인물을 시야에 담아도 그는 아연실색한 표정을 고칠 수조차 없었다.

윤기 흐르는 보라색 머리에 쓴 사(紗)가 실내 불빛을 반사하여 밤의 어둠 속에 어슴푸레하게 떠올라 있었다. 원래대로라면 한낮의 강한 햇살을 피하기 위해 사용되는 베일이, 얼굴 옆으로 흘러내린 일부를 제외하고, 눈길을 빼앗을 만큼 선명한 긴 머리카락을 덮어 가리고 있었다.

신전 깊숙한 곳에 숨겨져 있을 터인 그녀가 동행도 거느리지 않고 거리에 있다는 것. 시각이 밤중이라는 것. 자신의 집을 알고 있다는 것— 캐묻고 싶은 것은 많았다.

그래도 스마라그디는 그 말들을 삼켰다.

어린 그녀에게 그랬던 것처럼 온화하게 미소 짓고서 자상한 음성으로 이름을 불렀다.

"……무슨 일이니? 모브."

겨우 그 한마디에, 두 눈에 눈물이 그렁그렁 괴어 있던 그녀는 소리 내어 울기 시작했다.

그녀가 움직이면서 사가 지면으로 떨어졌다.

은세공이 달린 금색 뿔이 드러났고, 거기 장식된 귀석이 흘러넘치는 눈물과 함께 빛을 머금고 반짝였다.

어깨를 가늘게 떨며 우는 모브를 앞에 두고 스마라그디의 동요는 가라앉지 않았다. 그녀를 여성으로 대한다면 간단히 집 안에 들여서는 안 된다. 하지만 거리 사정을 모를 터인 그녀를 이런 야간에 돌려보내서는 안 된다는 생각도 들었다.

우선은 울음을 그치게 해야 한다고 결론을 뒤로 미루고서 스마라그디는 자택 문을 크게 열었다.

"무슨 일이 있었구나. 나라도 괜찮으면 이야기를 들어 줄게."

그의 말에 어린아이 같은 동작으로 고개를 끄덕인 모브는 순순히 그의 집 안으로 들어갔다. 모브가 의자에 앉자 그녀가 지닌 선명한 색채 때문인지 수수한 집 안이 갑자기 화사한 인상으로 변했다.

실내 불빛 속에서 다시금 모브의 모습을 살피니, 그녀의 눈물은 스마라그디를 보고 안도하여 긴장의 끈이 끊어지면서 나온 것인 듯했다. 그 사실을 깨닫고 스마라그디도 조금 안도했다.

"물이여, 내 이름하에 나의 소망을 보이고 나타나라.《발현:물》"

스마라그디는 노래처럼 매끄럽게 주문을 자아내, 마법으로 불러낸 물로 주전자 안을 채웠다. 그리고 선반에서 용기를 하나 집어 건조한 꽃을 한 줌 넣었다.

그릇에 따른 차가운 물에서 은은한 단내가 났다.

"이 꽃의 향에는 진정 효과가 있다고 해. 조금 마시도록 해."

"감사합니다."

모브 앞에 앉은 스마라그디는 그녀가 목을 울리며 물을 마시는 것을 지켜보았다. 살짝 표정이 풀어진 그녀의 모습을 확인한 뒤, 짐짓 느긋한 어조로 물었다.

"대체 무슨 일이 있었던 거니?"

"……에필로기 님께서, 예언을 하셨습니다……."

"에필로기 님이?"

그 이름은 스마라그디도 잘 알았다.

선왕이 존명했을 때부터 신전의 조정자 역할을 맡고 있는 것은 『보라의 신』의 고위 가호를 가져 대신관으로 불리며 공경받는 한 여성이었다.

그 여성이 바로 에필로기였다.

『보라의 신』의 가호를 가진 자의 능력은 『예지』지만, 사람마다 알 수 있는 내용에 차이가 있었다.

날씨나 재해를 사전에 알 수 있는 자. 위험을 사전에 알아차리는 자. 각자가 가진 가호의 강함에 따라 정밀도도 달랐다.

그중에서도 수많은 일이 복잡하게 얽힌 사람의 미래를 읽는 능력은 최고위 가호를 가진 신관에게만 발현되는 것이었다.

그 발현 방식도 개인차가 있었다.

『보라의 공주무녀』라는 이명으로 불리는 모브는 무수한 가능성의 과정을 볼 수 있었다.

예전에 『둘째 마왕』의 공포에 노출된 직후의 그녀는 능력으로 보이는 모든 『가능성』이 『죽음의 운명』으로 칠해져 있는 상태였다. 생물에게 죽음이라는 운명이 평등하게 찾아오는 이상, 누구든 죽음의 가능성은 따라다녔다. 자신의 능력에 휘둘린 모브가 처참하고 음울한 미래의 광경에 둘러싸여 마음에 깊은 상처를 입는 것도 당연했다.

마찬가지로 에필로기는 사람의 미래를 알 수 있지만 그녀가 가진 것은 운명이 될 수 있는 미래를 말로 얻는 힘, 신탁이라고 불러야 할 능력이었다. 시(詩)도 되지 못할 단편적인 말이었으나 틀린 적은 없어서 많은 사람과 이 나라의 지침이 되어 온 힘이었다.

"에필로기 님의 예언은, 좋지 않은 내용이었니?"

추측하는 스마라그디의 목소리는 자상하게 울렸다. 말하기 어려운지 아래를 보고 있던 모브가 스마라그디의 얼굴을 엿보고서 어릴 때처럼 살짝 어리광 부리는 목소리를 냈다.

"나쁜 일은…… 아니라고 생각합니다. 국가적으로는 경사겠지요."

"……나는 『신전』에 속한 자가 아니니까. 신관으로서의 대답이 아니라 모브, 너 자신의 생각을 말하면 돼."

그 말에 모브의 눈썹이 살짝 내려갔다.

늘 팽팽하게 유지해야만 했던 긴장을 늦췄다.

고위 신관으로서 행동하기를 계속 요구받는 모브에게, 그녀 자신의 목소리를 들어 주는 스마라그디는 무척 귀중한 존재였다.

자상한 스마라그디에게 자신이 의존하고 있음을 모브도 자각하고 있었다. 그리고 그것을 걱정한 그가 자신과 거리를 둔 것도 이해했다.

그래도 그녀는 자신의 마음을 완전히 억누를 수 없었다.

미래를 이끄는 공주무녀라며 허다한 사람들이 자신의 말을 들으려고 했다.

하지만 그중 누구도 모브 자신의 말을 들으려 하지는 않았다.

알고 있던 일이었다. 그리고 예전에는 의문스럽게 여기지도 않았던 일이었다.

그래도 스마라그디와 함께 보낸 시간을 알게 되어 버렸기에 그것이 엄청난 고독임을 이해하고 말았다.

자신은 줄곧 평범한 아이처럼 응석 부리고 싶었다.

그런 자신이 유일하게 응석 부릴 수 있는 상대. 우는소리 해도 괜찮다고, 어리광을 받아 줄 것을 아는 상대.

그런 상대이기에 모브는 스마라그디 곁으로 달려왔다.

신전 안쪽에서 빠져나오는 일조차, 무수한 미래의 가능성을 읽는 모브에게는 불가능한 일이 아니었다.

"저는……『왕』을 낳을 거라고."

모브의 말에 스마라그디의 녹색 눈동자가 놀람으로 크게 뜨였다.

"내 아이는 『왕』이 된다…… 그것이 에필로기 님께서 말씀하신 예언입니다."

이 나라에서 『왕』은 군주인 『첫째 마왕』을 의미했다.

『둘째 마왕』이 선왕을 죽인 이후로 공석이 된 그 존재를 많은 사람이 애타게 기다리고 있는 것은 새삼 설명할 필요도 없는 일이었다.

그것은 확실하게『경사스러운』예언이었다.

새로운 왕의 탄생을 예언했다고 바꿔 말할 수 있으니까.

"하지만……."

모브는 다시 시선을 내리더니 괴로워하는 얼굴로, 알아듣기 힘들 만큼 작은 목소리를 짜냈다.

"그 이후로…… 왕의『부친』후보자를 자칭하는 자들이…… 연일 제 앞에 나타나게 되었습니다."

"그런가……."

일어난 일을 깨닫고 스마라그디도 표정을 흐렸다.

바실리오에 사는 마인족은 모계 사회를 기반으로 삼고 있어서 아이는 모친이 키웠다. 하지만 부친이 자기 자식과 전혀 관계가 없는 것은 아니었다.

모든 사람이 차고 있는 은팔찌는 부친이 자기 자식에게 주는 선물이었다. 그것은 그 아이가 자기 자식이라는 부친의 인식도 의미하여서 마인족에게는 일종의 신분 증명이 되었다. 팔찌에는 아이의 이름과 부친의 이름이 새겨져 있었고, 그것은 부친이 그 아이의 생애를 비호하겠다고 약속한 증거였다.

그렇다면 이번 예언으로 야심을 품은 자가 자신이야말로『왕의 부친』에 걸맞다고 나서는 것도 일어날 수 있는 사태였다. 신전 안에서 더욱 강한 발언권을 얻길 원하는 신관. 국정에 관여하고, 더 나아가 아이의 후견을 주장하며 자신이 나라를 움직이길 원하는 자. 야심의 형태는 하나가 아니지만 왕이 될 아이의 아버지를 자청할 정도로는 스스로에게 자신이 있는 자들이리라.

하지만 그것은 모브에게 공포에 가까울 만큼 크게 부담되는 현상이었다.

"누군가와 맺어져 왕이 될 아이를 잉태하는 것이 제 역할이라면…… 받아들일 뿐……."

"모브, 그건……."

신전 안쪽에서 한정된 사람들과만 접하며 조용히 지내던 그녀가 갑자기 야심 넘치는 남자들의 욕망 앞에 노출되었다. 아직 젊은 모브가 겁먹고 두려워해도 별수 없었다. 스마라그디는 그렇게 생각하고 표정을 더욱 흐렸다.

"하지만, 저는…… 그래도, 저는……."

눈물을 뚝뚝 흘리며 모브는 황금색 눈동자로 스마라그디를 보았다.

보라색 머리 위에서 투명한 귀석이 눈물과 비슷하게 빛났다. 본래 고위 신관이 뿔 장식에 사용하는 귀석은 보라색이지만, 그녀는 스스로 보석보다 아름다운 색채를 가지고 있기에 여분의 색이 필요하지 않았다.

"제 이름조차, 부르려 하지 않는 자와, 맺어지는 것이…… 도저히…… 도저히……!"

"괜찮아, 모브. 그렇게 생각하는 건 당연해."

다정한 손바닥이 보라색 머리카락을 쓰다듬었다.

말해 주길 원했던 상냥한 말이 그녀에게 향했다.

그렇게 스마라그디는 이기적인 말이 허락되지 않을 터인 자신의 나약한 소리를 부정하지 않고 받아들여 주었다.

기쁨과 약간의 죄악감에 모브는 어릴 적에도 하지 못했을 만큼 크게 흐느껴 울었다.

"오늘은…… 이대로, 여기 있어도 될까요……?"

"……어쩔 수 없네. 보기 힘든 너의 어리광이니."

무리하게 제지하려 하지 않고 모브가 마음껏 감정을 드러내는 것을 긍정했다.

그런 후에 그녀가 투정을 부리자 스마라그디는 난처한 얼굴로 쓰게 웃었지만 거부하지는 않았다. 이야기를 들은 지금, 그녀에게 억지로 강요할 수 없을 것 같았다.

침대를 그녀가 사용하도록 내주고 의자에 앉아 생각에 잠겼다.

울다 지친 얼굴로 잠든 모브는 스마라그디 앞에서 자는 것에 저항감이 없는 듯했다. 나이에 맞지 않는 그 무방비한 모습을 보고, 그녀가 신전 안쪽에서의 생활밖에 모르는 온실 속 아가씨임을 재확인했다.

'모브가 도망치고 싶어질 만도 해…….'

스마라그디는 그렇게 독백하며 어린아이처럼 순진무구한 얼굴로 자는 그녀의 머리를 쓰다듬었다. 반사적인 반응인지 그녀가 약간 기뻐하는 표정을 지었다.

'하지만 그것도······『신전^{곳곳}』에서는 당연한 일이라고 하니까······.'

한숨을 쉬며 손을 뻗어 불빛의 광량을 조절했다. 모브의 평온한 잠이 눈부심에 방해받아서야 가엽다고 생각했다.

'『신전』에서는 누구도 모브를 이름으로 부르지 않았어. 어쩔 수 없는 일일지도 모르지만······ 그녀를 원하는 자조차 그럴 줄이야······.'

희대의 가호를 지닌 귀중한 존재라고 공경받는 한편, 모브는 그곳에서 어디까지나『공주무녀』로 취급받았다.

그녀 개인의 인격을 무시하고 있다는 것을, 악의가 없고 경의를 가지고 있기에 신전 사람들은 자각하지 못했다.

그런 족속을 상대로, 그런 상대의 아이를 잉태한다.

'역할이라고 말해 버리면 그뿐이지만······감정적으로는 인정하고 싶지 않은 것도 별수 없는 일이겠지.'

정략상의 필요로 그렇게 아이를 낳는 일은 드물지 않았다.

그래도 스마라그디는 어릴 때부터 자신의 책무를 위해 많은 것을 견뎌 온 그녀의 보기 드문 투정을 들어주고 싶었다.

'대신관의 후계자나 공주무녀라는 것은 확실히 모브에게만 부과된 역할이야. 그래도 모브 자신이 자기 소망을 말하는 것을 부정할 이유는 못 돼.'

"너 역시, ······행복해지기를 원해도 좋다고 생각해."

중얼거린 스마라그디의 목소리에는 확실한 호의가 있었다.

하지만 그것은 결코 타오르는 듯한 열량을 동반한 연애 감정에 의거한 것은 아니었다.

그래도 그렇게 생각했기에 다음 날 아침 깨어난 모브에게 스마라그디는 물어보았다.

"나한테 도망쳐 왔다는 건…… 내 아이라면 낳아도 괜찮다는 게 모브의 생각이라고…… 그렇게 여겨도 될까?"

그 말에 모브는 뺨을 물들이고서 기뻐하는 얼굴을 했다. 모브는 그다지 표정이 움직이지 않지만, 아침 햇살 속에서 그녀의 얼굴에 떠오른 그 감정을 스마라그디는 확실하게 분간할 수 있었다.

그러나 모브는 자신의 옷자락을 움켜쥐고서— 고개를 가로저었다.

표정과 동작이 전혀 일치하지 않는 모습으로 자신의 감정을 떨쳐내듯 부정의 의사를 표시했다.

그런 모브를 지그시 바라보던 스마라그디는 희미하게 쓴웃음 짓고서, 고개를 흔드는 모브의 머리를 살며시 쓰다듬었다.

"그건 나를 좋지 않은 미래로 이끄는 일인 거구나."

스마라그디가 말하자 모브는 깜짝 놀란 표정으로 얼굴을 들었다.

모브는 긍정도 부정도 하지 않았으나 스마라그디에게는 그녀의 표정만으로도 충분한 대답이 되었다.

"예전에 너는 내게 말했었지. 너와 엮이면 나는 죽게 될 거라고……. 너와 나의 아이를 낳는 건 내게 죽음의 운명을 불러들이는 일이려나."

"……읏."

처음 만났던 날에 온화한 미소로 죽음의 선고를 받아들였듯이 스마라그디의 표정에는 절망도 비관도 없었다.

그렇기에 모브는 자신이 『본 가능성』을 솔직하게 그에게 말하기로 했다.

입 다물고 있으면 스마라그디는 자신의 소망을 이루어 줄 것이다. 이 『미래』를 고하지 않으면 자신의 소망이 이루어질 가능성은 커진다.

알고 있었다. 알고 있었기에 모브는 스마라그디를 속이는 흉내만큼은 내고 싶지 않았다.

떨리는 목소리는 그런 모브의 심정을 나타내고 있었다.

"스마라그디는…… 나와의 사이에 아이가 생기면…… 그 아이를 위해, 목숨을 잃게 돼. 그 아이를 지키기 위해, 목숨을 허비하게 돼……. 하지만 아이를 낳지 않으면…… 평온하게 천수를 다할 수 있어……."

"그게 모브가 『본』 미래구나."

처음 만난 날에는 모브에게도 그렇게까지 확실한 가능성은 보이지 않았다.

이번에 에필로기의 신탁을 받고 자신의 선택 끝에 있는 가능성을 보고서 마침내 이해했다.

자신의 소망이 스마라그디의 죽음을 불러들인다. 이 자상한 사람을 잃을 가능성을 불러들인다.

그래서 그녀는 소망이 이루어지지 않을 가능성을 이해하고서 그에게 결단을 맡겼다.

"……괜찮아, 모브. 그건 내게 불행한 예언이 아니야."

상냥한 미소와 함께 바라는 말을 줄 가능성에 걸었다.

"원하더라도 얻을 수 있을지 알 수 없는 내 자식을 너는 내게 보여 줬어. 행복한 예언이야."

얻게 된 다정한 말에, 소원이 받아들여졌다는 기쁨에— 눈물 흘리는 모브를 스마라그디는 살며시 끌어안았다.

†

고령이었던 에필로기가 신전 최고위 자리를 후계자인 모브에게 양도한 것은 그로부터 몇 년 후의 일이었다.

그 무렵이 되자 스마라그디는 신전 안쪽에 있는 모브의 방을 공공연하게 방문할 수 있게 되었다.

인간족 같은 결혼 형태를 가지고 있지 않은 마인족은 아이를 낳을 만한 사이가 되면 방문혼 형식이 되는 것이 일반적이었다. 여성이 남성을 찾아가는 경우가 없지는 않지만, 모계 사회가 기반이기도 하여서 남성이 여성의 침실을 다니는 것이 더욱 일반적이었다.

그 과정에서 모브는 스마라그디에 관한 인식을 조금 고치게 되었다.

통상 참배객이 들어갈 수 있는 신전을 벗어나 안쪽 공간으로 향하는 통로에는 일반적으로 파수꾼이 있었다. 새삼 허가를 받을 필요도 없이 이미 스마라그디는 그 앞을 그냥 지나갈 수 있게 된 상태였다. 그것은 모브가 통달을 내린 일이었지만, 그를 좋게 여기지 않는 자는 거기서부터 모브의 방까지 가는 구간에서 그를 다양하게 괴롭혔다.

그 사실을 안 모브는 격분했다. 자신 때문에 스마라그디에게 불쾌한 경험을 하게 했다는 미안함과, 자신의 말을 깔보았다는 대신관으로서의 긍지 때문이었다. 하지만 그녀가 굳이 손쓸 필요는 없었다.

그날 스마라그디 앞에 모습을 보인 것은 건장한 체격의 남성이었다. 거느리고 있는 신관 몇 명도 정교한 은세공을 뿔에 달고 있었다. 사용된 보라색 귀석 수도 고려하면 상당한 고위 신관인 듯했다.

남자의 신원을 가늠한 스마라그디의 녹색 눈동자에서 온도가 몇 도 내려갔다. 평소 다정하고 따뜻한 봄 새싹 같은 그의 눈빛밖에 모르는 모브가 본다면 깜짝 놀랄 싸늘한 눈길이었다.

"신관도 아닌 자가 간단히 들어올 수 있는 장소가 아닌데 말이지."

남자가 비웃으며 꺼낸 말은 명백한 도발이었다.

측근들도 그를 따라 웃었다.

그것을 차가운 눈으로 응시한 스마라그디는 미소를 돌려주었다. 거기 포함된 모멸의 색을 감지하고, 스마라그디를 자신들보다 하위 존재라고 간주하던 남자들에게서 살기와 닮은 격앙이 일었다.

일부러 감정을 얼굴에 드러낸 스마라그디는 그들에 대한 평가를 한 단계 더 내렸다.

이토록 사고가 단순한 자가 국정의 중책을 짊어진 모브를 지탱할 수 있을 리도 없었다. 그녀의 반려가 되겠다고 나서는 것조차 건방졌다.

"찌꺼기 같은 마력밖에 없는 궁상스러운 남자여서야 왕에 어울리는 아이를 낳게 할 힘도 없을 테지만."

게다가 지성은커녕 품성도 찾아볼 수 없었다.

스마라그디는 속으로 채점을 끝내고 낙제점 판정을 내렸다.

자신보다 훨씬 크고 뛰어난 체격을 지닌 상대 앞에서도 스마라그디는 전혀 두려워하지 않았다.

"아아. 누군가 했더니 예라노스의 아이 즈이랴와 니히의 아이 프세피티스. 거기 너는 페로나의 아이던가. 몸집만 클 뿐 예의도 모르는 꼴불견으로 자라다니, 어머니도 체면이 말이 아니겠어."

측근 중 한 명인 프세피티스는 그 말에 경계하는 반응을 보였다. 아주 약간 점수를 올려 줄 만한 부분이지만 이미 채점은 끝났다.

초대면일 터인 스마라그디가 상대의 이름뿐만 아니라 신원까지 올바르게 알고 있는 비범함에 측근이 경고했으나 『낙제점』인 즈이랴 앞에서는 소용이 없었다.

"내가 누군지 알면서 그따위로 말하다니."

"알다마다. 너의 마법학 스승인 파로스와 무술 스승인 세바스모스는 내 제자니까."

시원스럽게 들리는 말뜻을 이해하고 즈이랴의 얼굴에서 마침내 핏기가 가셨다.

"확실히 내 마력량은 많지 않아. 하지만 그걸 가지고 상대를 깔보는 건 위험한 일이라고 세바스모스에게 가르쳤을 텐데 말이지. **그 아이**도 처음부터 다시 가르쳐야 하는 걸까."

웃는 얼굴이지만 스마라그디의 눈은 전혀 웃고 있지 않았다.

스마라그디의 애제자였던 파로스와 세바스모스의 『교육』은 결코 쉽지 않았을 터였다. 그것을 떠올렸는지 즈이랴의 안색은 더더욱 새파래졌다.

"너는 마인족의 평균을 훨씬 넘는 마력을 자랑한다고 했던가. 세바스모스도 네 실력이 평범하지 않다는 건 인정했었어."

즈이랴는 말꼬리를 잡아 자신의 우위를 보이려고 했지만 결국 아무 말도 하지 못했다. 그러기 전에 스마라그디에게서 차가운 목소리가 나왔기 때문이다.

"하지만 동시에 마력 제어는 어린아이보다도 못하여 무식하게 만용을 자랑하는 우매한 자. 이렇게까지 어리석어서야 두 사람도 가르치는 보람이 없었겠어. 두 사람 곁을 떠난 후로도 나아지기는커녕 더 심해지기만 하다니…… 그 아이들이 가엾네."

즈이랴의 파란 얼굴이 새빨갛게 물들었다. 감정이 격해져 단순히 생각하기를 포기했다.

치켜든 주먹은 호리호리한 스마라그디의 뼈를 쉽사리 부수고 목숨조차 빼앗을지도 모르는 흉악함을 가지고 있었다. 그래도 스마라그디는 냉정함을 잃지 않았다.

"《마력 방벽》."

『현상명』뿐인, 마법을 행사하는 주문으로서의 체재가 이루어지지 않은 말.

원래대로라면 발동하지 않을 그것을 스마라그디는 차원 높은 제어 기술로 한순간 발현시켰다.

아주 짧은 한순간. 하지만 그것은 상대의 주먹을 살짝 빗나가게 하기에는 충분한 시간이었다. 첫 번째 공격은 그렇게 피했다. 동시에 이번에는 올바른 주문을 매끄럽게 자아냈다.

"빛이여, 내 앞에 방패가 되어라.《마력 방벽》."

간이식으로 발동된 마법. 강력한 힘 앞에서는 박살 날, 임시변통일 터인 빛으로 만들어진 벽. 하지만 그것은 둔탁한 소리와 함께 흔들림 없이 즈이랴의 주먹을 막았다.

즈이랴의 등에 식은땀이 흘렀다.

아무리 우매하다는 소리를 들은 즈이랴라도 일어난 일을 이해하는 머리는 가지고 있었던 모양이다.

스마라그디가 만든 『방벽』은 주먹 하나를 막을 만한 것이었다.

일어나는 현상을 최소화하여 최대의 효력을 발휘한다. 그것이 말처럼 쉽지 않다는 것은, 마법이라는 현상을 일상적으로 접하는 마인족이라면 누구나 알 수 있는 일이었다.

그뿐만이 아니었다. 최소한의 크기인 방패임에도 불구하고 자신의 움직임을 막았다. 그것은 즈이랴의 움직임을 완전히 읽고 있다는 뜻이기도 했다. 확실한 관찰안과 제어 기술을 함께 가지고 있어야 할 수 있는 일이었다.

"무예의 재능도 낙제점 이하인 것 같네. 단순하기 짝이 없어서 예측할 필요도 없는 움직임이야."

스마라그디에게 무술 재능은 없었다. 건장한 성질을 가진 마인족 중에서 그는 허약하다고 해도 좋을 만큼 몸이 약했다.

그래도 그는 자신의 그런 약점에서도 결코 눈을 돌리지 않았다.

"강대한 힘을 가지고 태어났는데도 살리지 못한다면 그건 가지지 못한 것보다도 의미가 없어."

차가운 음성으로 강평했다. 자신의 압도적인 우위를 확신했던 자의 자신감을, 압도적인 힘을 과시하여 꺾어 버리기로 했다. 그러려면 이 정도 『잔재주』로는 부족할 것이다. 스마라그디의 미소에는 사형 집행관 같은 싸늘함이 숨어 있었다.

거기서 마침내 남자들은 눈앞의 호리호리한 남성이 생긴 대로 유약한 존재가 아님을 깨달았다.

흔히 말하는 뒤늦은 깨달음이었다.

모브 앞에서는 늘 온화하고 자상한 스마라그디는 확실히 많은 사람 앞에서 그 모습을 무너뜨리지 않았다.

그가 참을성 있고 정이 많은 인물이라는 것은 틀림없는 사실이었다.

어린아이를 가르치는 일도 전혀 고생스럽게 여기지 않고, 아이 특유의 불합리한 감정 발산조차 받아들이는 넓은 도량을 봐도 그것을 알 수 있었다.

하지만 그는 그것만으로 끝나는 인물이 아니었다.

생업으로 아이들을 가르치는 그는 자신의 제자를 지키기 위한 대책 마련을 잊지 않는 남자이기도 했다. 어린아이를 지키는 것은 연장자의 역할이라고 생각하며, 때에 따라서는 자신이 비난의 표적이 되는 것도 불사하는 남자였다.

이번 일에서 그는 자신과 모브의 적이라고 간주한 상대에게 반격

하기를 망설이지 않았다. 거기에는 조금의 자비도 없었다.

자신이 스마라그디를 골라서 그가 『후보자들』에게 비방과 괴롭힘을 비롯한 다양한 공격을 받았음을 모브가 알았을 때, 상대는 죄다 전의를 상실한 상태였다.

그의 타고난 마력이 낮음을 들먹인 상대─.

자신의 혈통을 자랑하는 자─.

건장한 체구를 자랑하는 자─.

남자들의 거만한 자의식 형태는 다양했으나, 스마라그디는 누구에게도 아첨하거나 저자세로 나가지 않았다.

선천적인 강대한 재능이 없음을 자각하고 노력하여, 재능 있는 자와 나란히 설 수 있을 만큼 자신을 확립한 스마라그디는 여간한 남자가 아니었다.

그리고 그를 스승으로 우러르는 제자들은 마법학에서 상당한 영역에 도달한 자들뿐이었다. 마법학 분야뿐만이 아니었다. 어떤 입장에 있는 자든 간에 마인족이라면 마법학을 배울 기회는 반드시 있었다. 교육자 동료도 포함하여 그의 인맥은 신전 내외에 큰 영향력을 가지고 있었다.

스마라그디는 진심으로 화나면 다분히 위험한 인물이었다.

『후보자』를 자칭하던 몇몇 남자들이 사회적으로 말살되었고, 몇 명은 생가로 강제 송환되었다. 대인 기피증이 생겨 방에서 나오지 않게 된 자도 있었다.

그런 나약한 자가 『왕』의 부친으로 나서다니─ 하고, 스마라그디는 빠짐없이 애프터서비스라는 이름의 확인 사살을 해 나갔다. 꼼꼼하고 성실한 그의 인품이 엿보이는 행동이었다.

참고로 상황을 확실하게 읽을 줄 아는, 『후보자』를 자칭하기 적합한 재치 있는 자는 스마라그디와 대립하는 것이 얼마나 어리석은 일인지 처음부터 이해하고 있었다. 『왕』의 부친이 되기 이전에, 향후 신전 안에서 영향력 있는 지위에 오르고 싶다면 공주무녀인 모브와의 우호 관계 구축은 필요 불가결했다. 공주무녀가 총애하며 신뢰도 두터운 상대와 적대하는 것의 불이익은 당연히 생각해야 했다.

그렇게 스마라그디가 신관도 아니면서 그 존재감을 신전 내에서 강화했을 무렵, 모브는 그의 아이를 가졌다.

달이 차 모브가 낳은 것은 쌍둥이 딸들이었다.

『왕이 된다』는 예언과 단 하나뿐인 마왕의 자리. 그런데 태어난 아이는 둘. 그 사실에 『신전』 사람들은 크게 동요했다.

따지자면 단순한 이야기였다. 두 딸 중에 누가 『왕』이 되는가.

『왕』의 후보자가 될 모브의 아이는 신전 안쪽에 엄중히 숨겨 키우기로 되어 있었다. 예전에 『둘째 마왕』이 후보자 아이를 죽인 적이 있기에 더욱 엄중하게, 존재조차 알려지지 않도록 키워야 했다. 존재가 알려지면 똑같이 표적이 되어 노려질 것은 뻔했기 때문이다.

모브의 임신조차도 측근을 포함한 최소한의 자들만 알도록 배려

되었다. 거국적인 경사임에도 그녀가 쌍둥이 딸을 낳은 것은 신전의 상층부 일부만이 알고 있었다. 쌍둥이가 태어난 사태에 관해 논의를 나눌 만한 상대도, 검토할 만한 재료도 부족했다. 결론적으로 새로운 판단 재료가 생길 때까지 모습을 지켜볼 수밖에 없음을 알고 있어도, 머리가 굳어 버린 『상층부』사람들이 그 판단을 즉각 내리기는 어려웠다.

그런 권력 쟁투도 얽힌 의도 따위 전혀 관심 없다는 얼굴로 스마라그디는 소란과는 무관한 조용한 방 안에 있었다.

하지만 겉모습과는 달리, 늙은이들의 결정이 모브와 제 자식에게 불이익을 주는 것이라면 즉각 손쓸 수 있도록 사전 공작은 끝내 둔 상태였다.

그래도 드러누운 모브에게 그런 얼굴은 조금도 보여 주지 않았다. 산욕기인 모브는 녹초가 된 모습으로 힘없이 침대에 누워 있었다. 그녀의 이마에 맺힌 땀을 닦고서 스마라그디는 온화하게 미소 지었다.

"누가 『왕』이 돼도 좋아. 건강하게 자라기만 하면 돼."

듣는 이를 안심시키는 상냥한 울림이 담긴 목소리로 모브에게 자신의 본심을 말했다. 그것을 들은 모브는 미소 짓고서, 자신의 땀을 닦은 스마라그디의 손바닥에 어리광 부리듯 뺨을 댔다.

"둘이나 있다니…… 생각도 못 했어……."

"모든 걸 내다보는 공주무녀라고 불리지만 모브도 모르는 건 있는 법이지……. 정말 고생 많았어."

177

"응…… 힘냈어."

"고마워, 모브. 귀여운 딸을 둘이나 얻게 될 줄은 몰랐어."

솔직한 감사의 말에 모브의 표정이 풀어졌다.

익숙지 않은 육아를 생각하면 그것이 단숨에 두 사람이 되니 앞날이 전혀 상상되지 않았다. 하지만 나란히 누워 새근새근 자는 딸들을 보자 그런 고생은 생각하지 않아도 될 것 같았다.

"머리카락은 나랑 똑같은 색이네……. 뿔은 작지만 분명하게 모브랑 똑같은 형태야."

"갓 태어났을 때는 뿔도 부드럽다고 들었지만…… 정말로 그래서 깜짝 놀랐어."

"세게 만지기 무서울 정도지……. 뿔색도 내 색깔을 물려받았어……. 이렇게 보면 정말로 신기한 기분이 들어. 정말로, 나는 아빠가 됐구나……."

딸들의 작은 손끝에 작은 손톱이 제대로 있는 것을 확인하고 낮 간지러운 느낌에 미소 지었다.

한 아이가 입술을 우물우물 움직였다. 한 박자 늦게 다른 딸도 똑같이 움직여서 스마라그디는 참지 못하고 활짝 웃었다.

격렬한 연애 감정이 있다고는 단언할 수 없는 가운데 스마라그디는 모브와 맺어졌지만 이렇게 두 딸을 얻은 지금은 다른 심경이었다.

딸들을 사랑스럽게 여기는 마음은 아이가 태어나기 전에 상상했던 것 이상이었고, 이런 큰일을 무사히 완수해 준 모브에게도 감사만으로는 다 표현할 수 없는 감정이 차올랐다.

"고마워, 모브."

초보 엄마는 지금만큼은 어리광이 자신만의 특권이라며, 수고를 위로하는 스마라그디의 말과 자상하게 머리를 쓰다듬는 애무에 기쁘게 웃음 지었다.

갓 태어났을 때는 분간도 할 수 없었던 판박이 딸들이었지만, 이윽고 눈을 뜨게 되자 두 아이의 눈동자 색이 다르다는 것을 알 수 있었다.

"황금색 눈동자…… 이건 유전이 아니라 모브와 마찬가지로 마력 형질이 나타났다고 생각하는 게 좋으려나……?"

"아마도……. 부모 자식에게 똑같은 마력 형질이 나타나는 일이 없지는 않다고 들었지만……."

"이 아이는 회색이구나. 우리 집안은 녹색 눈동자가 많고…… 본래 모브의 혈통이 지닌 색깔이 회색일지도 모르겠어."

통통한 딸의 손에 손끝을 대면 꼭 잡았다. 그 모습이 사랑스럽다며 스마라그디는 되풀이하여 딸에게 자기 손을 쥐게 했다.

그것이 재미없다는 것처럼 모브는 금색 눈동자의 딸을 안은 채 스마라그디 옆에 바싹 붙어 앉았다.

"이름은 어떻게 하지?"

"『신전』에서는 아무 말도 안 해?"

"아빠가 아이에게 이름을 선물하겠다는데, 아무도 불평할 순 없어."

"모브도 옛날과 비교하면 상당히 강해졌구나."

재미있다는 얼굴로 웃고서 스마라그디는 딸의 온기를 느끼며 살며시 시선을 허공으로 보냈다.

"황금과 백은…… 아니, 백은보다 백금……이려나."
_{크리소스} _{아쉬미} _{플라티나}
이윽고 스마라그디가 중얼거린 것은 그 두 단어였다.

"크리소스와 플라티나…… 어때?"
"스마라그디가 정했다면 나는 그걸로 좋아."
"제대로 모브의 의견도 듣고 싶었는데……."
단언한 모브의 모습에 쓰게 웃으며 스마라그디는 모브가 안은 딸에게 손을 뻗었다. 자신과 똑같지만 자신보다 훨씬 부드러운 백금색 머리카락을 살며시 쓰다듬었다.
"크리소스."
그리고 자신의 손을 여전히 쥠쥠 하는 딸에게 시선을 돌렸다.
"플라티나."
아주 자그마한, 무엇과도 바꿀 수 없는 자신의 딸들.
"믿음직스럽지 못한 아빠지만…… 앞으로 잘 부탁해."
약속된 마지막 순간이 올 때까지 자신은 이 아이들에게 무엇을 남길 수 있을지 생각하며 그는 미소 지었다.

아니, 그보다 이 아이들을 위해서라면 그야 목숨 정도는 걸겠지, 하고 생각하게 될 때까지 긴 시간은 필요하지 않았다.

스마라그디는 『대신전』 안쪽에서 모브와 딸들과 함께 생활하게 되었다.

마인족의 생활 형태에서 아이를 키우는 것은 외가의 일이었다.

하지만 어릴 때부터 신전에 몸을 두고 세속과 분리되어 있던 모브에게는 의지할 외가 친척이 없었다. 시종에게 맡겨 딸들을 키우는 것에는 스마라그디뿐만 아니라 모브도 난색을 보였다.

하지만 상정했던 것의 두 배 이상이 된 육아를 모브 혼자 맡기에는 힘에 부쳤다.

날씬한 모브지만 엄마의 책무를 다하기 위해 그 몸은 『부피』를 키운 상태였다. 그래서 수유하기 부족하지는 않았으나, 태어난 자식이 둘이었기에 먹는 양과 시간도 두 배가 되었다.

모든 것을 빨아먹히는 것은 아닐까 모브는 날이 갈수록 전전긍긍했다.

그런 그녀를 지탱하기 위해 스마라그디는 자신의 거주지를 옮겼다.

시간이 한정되어 있다면 조금이라도 오래 자식들과 보내고 싶다는 생각도 컸다.

그렇게 스마라그디가 생각하는 것도 어쩔 수 없을 만큼 딸들은 귀여웠다.

이미 그는 상당한 딸바보로 진화를 이룬 상태였다.

먼저 목을 가누고 자리에 앉을 수 있게 된 것은 크리소스였다. 플라티나는 조금 늦게 앉게 됐지만 곧잘 데굴 넘어졌다. 이불 위라 아프지는 않을 텐데 깜짝 놀랐는지 회색 눈동자를 깜빡거리다가 큰 목소리로 울음을 터뜨렸다.

그런 플라티나를 따라 크리소스도 울기 시작했고, 우느라 균형을 유지할 수 없게 된 크리소스도 뒤로 벌러덩 넘어졌다.

"씩씩한 울음소리야. 둘 다 씩씩하구나."

"······읏."

울음을 그치지 않는 딸들 앞에서 말없이 우왕좌왕하는 모브를 곁눈질하며 스마라그디는 당황한 기색도 없이 크리소스를 안아 올렸다. 익숙한 모습으로 토닥토닥 달래자 크리소스는 울상을 지으면서도 조금 침착함을 되찾았다. 그런 크리소스를 모브에게 맡기고 이번에는 라티나를 안아 올렸다.

"······왜 스마라그디가 달래면 이렇게 간단히 울음을 그치는 거지······?"

"왜일까."

눈썹을 찡그리고 생각에 잠기는 모브에게 쓴웃음을 보내고서 스마라그디는 울음을 그친 플라티나에게 시선을 돌렸다.

"아우, 아~."

작은 손을 쥠쥠 움직이며 뻗은 플라티나는 스마라그디의 뿔에 관심이 있는 듯했다. 그런 딸의 모습을 보고 그는 미소 지었다. 아무리 보고 있어도 질리지 않았다. 한순간도 똑같은 표정이 없었다.

눈을 깜박이는 순간에도 성장해 갈 듯이 눈부셨다.

스마라그디는 오랜 시간을 살아왔지만 제 자식을 키우는 것은 그에게도 첫 체험이었다. 선천적으로 강한 호기심과 탐구심을 지닌 그에게 하루하루가 새로운 경험으로 가득한 자식과의 생활은 무척 만족스러웠다.

"아~우~."

"기분은 풀어졌니? 라티나."

"아~아~."

"리쏘도 나한테 올래?"

크리소스가 모브의 품속에서 스마라그디 쪽으로 팔을 뻗었다. 그런 딸의 모습에 미소 지으며 그는 크리소스를 안아 들었다. 두 딸이 양쪽 팔을 차지해 버렸지만 그것을 힘들다고 여기는 모습은 그에게 없었다.

마인족은 유아와 서로 애칭으로 불렀다. 언어적으로 긴 음을 지닌 이름이 되는 일이 많기에 생긴 관습이었다. 크리소스는 리쏘, 플라티나는 라티나라는 사랑스러운 울림으로 양친은 두 딸을 부르고 있었다.

두 딸은 스마라그디의 품속에서 서로 얼굴을 마주 보고 꺄르륵 거렸다.

두 사람의 기분은 완전히 풀어진 모양이었다.

그것을 알아차리고 스마라그디는 적적하다는 얼굴을 하고 있는 모브를 보았다.

"······두 사람은 내가 보고 있을 테니까 모브는 공무 보러 돌아가도 돼."

"······."

조금 쓸쓸하다는 표정인 모브를 보고 스마라그디는 우월감과 비슷한 느낌을 살짝 받았다. 자신이 어리광 부릴 상대를 딸들이 차지하고 있는 것에 이 초보 엄마가 쓸쓸함을 느끼고 있다는 것을 스마라그디는 분명하게 알고 있었다.

"라티나도 리쏘도 모브한테 일 열심히 하세요······ 하네. 모브의 일이 끝나는 걸 나도 기다리고 있어."

두 딸을 향한 애정과는 다르지만, 어릴 때부터 지켜본 모브에게도 깊은 애정이 있었다.

스마라그디는 사랑이 담긴 눈빛으로 두 딸의 손을 양손으로 잡고서 모브를 향해 작게 흔들어 보였다.

그렇게 깊이, 깊이 애정을 쏟고 있는 딸들이었지만.

"모우~."

"우~? 모우?"

"모브. 라티나랑 리쏘가 모브 이름을 불렀어······. 얘들아, 내 이름은?"

"우~?"

"우?"

"······."

두 딸 모두 『라그』가 아니라 『모브』라는 엄마의 이름을 먼저 배웠다.

스마라그디는 살면서 이렇게 충격적인 일이 있다는 것도 처음으로 알았다.

†

갓난아기였을 때조차 참을 수 없이 귀여운 존재라고 생각했다.

하루 대부분을 자면서 보내고, 말이 아니라 울음소리로 감정을 나타냈다. 기분은 휙휙 바뀌었으며 밤낮 불문하고 울음소리가 울렸다.

그런 정신없는 나날조차 참을 수 없이 사랑스러웠다.

처음 하는 육아에 기진맥진하여 체력까지 바닥을 드러낼 뻔했던 모브에게 스마라그디의 적응력은 이해의 범주를 벗어날 정도였다.

하지만 그것은 시작에 불과했다.

"라그~."

"라그~ 옛날얘기 해죠~."

"옛날얘기 해죠~."

아장아장 걷기 시작한 딸들이 혀짤배기소리로 말하기 시작하자 귀여움의 위력은 장난 아니었다.

"옛날이야기 말이니?"

"옛날얘기~."

"얘기~."

한목소리로 말하는 플라티나와 크리소스는 언제나 손을 잡고 있었다. 꼭 닮은 동작으로 아빠인 스마라그디를 올려다보았다.

「이 어린아이들은 아직 자신들이 개별적인 존재라는 확실한 자각조차 없는 거겠지.」 하고 생각하면서 스마라그디는 딸들의 사랑스러움에 웃음 지었다.

혼자도 충분히 귀여운 딸인데 그것이 둘이었다. 게다가 동조한 것처럼 똑같은 동작을 하기도 했다. 사랑스럽다고 느끼게 되는 것도 어쩔 수 없는 일이었다.

그는 자신이 딸바보라는 자각이 없었다.

왜냐하면 그에게 딸들이 사랑스러운 것은 진리였기 때문이다.

"그럼 오늘은 머나먼 나라의 영웅 이야기를 할까."

"해요~."

"라그~ 안아죠~."

의자에 앉아 미소 짓는 스마라그디의 무릎에 양손을 올리고 플라티나가 폴짝폴짝 뛰었다. 그의 무릎에 올라가고 싶지만 행동이 따라 주지 않는 모양이었다. 안아 달라고 조르는 회색 눈동자의 딸은 아무래도 엄마와 마찬가지로 상당히 어리광쟁이인 듯했다.

"리쏘도, 리쏘도~."

반쪽의 행동을 보고 금색 눈동자의 딸이 스마라그디가 앉은 의자의 등받이를 탁탁 때리며 자기주장했다.

"허둥대지 말렴, 리쏘. 그러네, 라티나만 안아 주는 건 치사하지."

쓰게 웃은 스마라그디는 딸들의 요망을 들어주어 두 사람 다 자신의 무릎 위에 올렸다.

"너희가 좀 더 크면 두 사람을 함께 안아 주는 건 어려워질지도 모르겠어."

"시러~."

"가치야~."

"그런가. 그럼 내가 힘내야겠네."

딸들의 항의하는 목소리에 스마라그디는 진지한 얼굴로 고개를 끄덕였다. 그것을 따라 하며 딸들도 작게 응응 소리를 냈다. 무심코 웃음을 터뜨릴 뻔했지만 참고, 스마라그디는 해야 할 이야기를 기억 속에서 꺼냈다. 그가 어린아이도 쉽게 이해할 수 있도록 우화처럼 이야기하는 것은 과거에 일어났던 역사의 한 장면이었다.

딸들은 어렵게 생각하지 않고 생글거리며 그의 이야기를 열심히 듣고 있었다. 부드럽고 온화한 스마라그디의 목소리는 듣고 있기만 해도 편안해지는 울림을 가지고 있었다.

신전의 살풍경한 실내에 그의 자상한 목소리가 울렸다. 평온한 분위기로 가득 차 있었다. 그것을 딸들도 느꼈는지 정말로 즐겁게, 둘이서 때때로 얼굴을 마주 보고 똑같이 웃었다.

"도사님."

그런 부녀의 공간에 다른 사람의 목소리가 울렸다.

마침 이야기가 일단락 지어지는 부분인 것을 볼 때, 목소리의 주

인인 제자는 모습을 살피고 있었던 모양이다.

"음? 오랜만이구나, 아스피타."

신전에서 근무하는 신관이기도 한 그는 스마라그디 부녀의 존재를 아는 얼마 없는 자였다.

아스피타는 스마라그디와 그에게 안긴 두 딸을 보았다.

"……완전히, 육아가 익숙해지신 것 같습니다……."

원래부터 솜씨가 좋아 뭐든 잘 소화하는 사람이라고 생각했지만, 하는 얼굴로 아스피타는 쓰게 웃었다. 마인족 남성이 육아에 관여하는 일은 기본적으로 거의 없었다.

"내 아이가 이렇게 귀여울 줄은 몰랐어."

"라써~?"

스마라그디의 어미를 크리소스가 흉내 내자 플라티나는 즐겁게 소리 내어 웃었다. 같이 장난치는 두 마리 새끼 고양이 같은 딸들의 모습에 스마라그디는 정말로 행복하다는 표정을 지은 채 두 사람을 바닥에 내렸다.

"라그?"

"응?"

"나는 조금 어려운 이야기를 할 테니까. 두 사람은 잠깐 놀고 있으렴."

플라티나는 고개를 갸웃했지만 크리소스가 손을 끌고 걷기 시작하자 의문은 금세 잊어버린 듯했다.

신전 안쪽에 숨겨져 있다고는 해도 방 하나에 갇혀서 지내고 있는 것은 아니었다. 이『보라의 신 대신전』은 작은 마을 같은 인상조차 들 만큼 광대한 시설이었다. 구획은 몇 겹으로 나뉘어 있으며, 안쪽으로 갈수록 경비는 엄중해졌다. 그런 깊숙한 곳 한편이 스마라그디가 모브와 딸들과 함께 사는 건물이 있는 구획이었다.

자유롭게 밖에 나갈 수는 없지만, 그런 부자유한 생활을 부자유라고 느끼지도 않고 어린 딸들은 건강하게 자라고 있었다.

특히 두 사람이 애용하는 놀이터는 햇빛 아래로 나갈 수 있는 안뜰이었다. 어린 자매는 손을 잡고 아장아장 걸어갔다.

그런 두 사람을 본 아스피타는 툭 중얼거렸다.

"……역시 공주무녀와 닮으셨으려나요."

두 사람의 모친인 모브는 원래 어릴 때부터 반듯한 얼굴이었지만, 성장하여 어른이 된 이후로는 거기에 침착함을 갖춘 행동거지가 더해져서 더욱 아름다워져 있었다. 신전이라는 속세와 떨어진 분위기도 그녀의 신비적인 인상을 강화했다.

스마라그디 입장에서는 그것도 세상모르는 천진한 아가씨가 되지만, 모브가 아름다운 것은 그도 인정하는 부분이었다.

두 사람의 딸들은 똑 닮은 얼굴로 모친의 인상을 물려받았다. 부친인 스마라그디의 얼굴은 굳이 따지자면 평범했다. 그런 그의 유전도 좋은 방향으로 딸들에게 계승된 것 같았다. 모브의 미모는 범접하기 어려운 분위기가 있는 데 반해, 두 딸에게는 다른 사람을 끌어당기는 살가운 귀여움이 더해져 있었다.

딸바보 필터가 없더라도 두 자매는 무척 사랑스러운 아이들이었다.

"아무리 저 애들이 사랑스러워도 부부 관계를 맺는 건 허락할 수 없어."

"아무리 그래도 그렇지, 아직 너무 어리지 않습니까."

아스피타의 반론은 타당했다.

하지만 아스피타는 그렇게 대답한 후, 스마라그디의 웃는 얼굴 안쪽에 뭔가 싸늘한 위압감이 숨겨져 있는 듯한 착각을 느꼈다.

등을 훑는 오싹한 한기에 몸이 떨렸다.

성장한 후에도 우리 딸은 누구에게도 안 준다며 아빠가 내뿜는 살기를, 자식이 없는 아스피타는 이해하지 못했다.

"무슨 일로 찾아온 거니?"

"실은……"

그래도 스마라그디가 온화하게 재촉하여서 아스피타는 마음을 바로잡았다. 내방한 목적인 최근 신전의 정세를 이야기했다.

모브가 최고위 신관 자리에 올랐다고는 하지만 그녀는 아직 젊었다.

그것을 이유로 그녀를 깔보는, 나이만 먹었지 사고는 꽉 막힌 이른바 노땅이라고 불러야 할 족속을 대처하는 것은 모브를 보좌하는 아스피타 같은 젊은 세대에겐 짐이 무거웠다.

입이 무겁고 모브에게도 『타인』은 아닌 스마라그디는 그런 젊은 이들의 상담 역할을 맡게 되었다.

예전에 모브를 노렸던 남성들을 제거한 것처럼, 스마라그디는 모브의 확고한 지위를 착착 다지고 있었다.

오랜 시간을 살아온 만큼 늙은이들은 성가셔서 그때만큼 쉽게

『말살』할 수 없는 것이 정말이지 아쉽다고 스마라그디가 검게 웃는 것을 봤을 때, 아스피타는 온 힘을 다해 못 본 것으로 쳤다.

스마라그디 본인으로서는 나이를 헛먹지 않았음을 나타내는 부분이지만, 그런 그의 가차 없는 수법에 제자들은 스승을 새롭게 존경하게 되었다.

"라그～."

"응? 왜 그러니?"

딸의 목소리를 듣고 제자와의 대화를 중단한 스마라그디는 몸을 돌렸다.

손잡은 채 쪼르르 뛰어온 크리소스와 플라티나는 자유로운 손에 각각 작은 꽃을 쥐고 있었다.

활짝 웃으며 플라티나가 그것을 스마라그디에게 내밀었다.

"꽃～."

"주께."

"주는 거니? 고마워, 예쁘구나."

스마라그디가 무릎을 굽혀 꽃을 받자 두 사람은 서로를 보며 방긋 웃었다.

"크리소스의 꽃을 어쩔 거니?"

"모브 꺼～."

"주꺼야."

"그렇구나. 모브가 기뻐하겠어. 시들지 않게 물에 넣어 둘까?"

"응."

"물~."

사랑하는 아빠에게 칭찬받고 더욱 기분이 좋아진 딸들을 보며 스마라그디도 더욱 행복한 표정이 되었다.

"생명을 기르는 근원이며 만물의 어머니인 물이여……."

긴 영창을 술술 자아내는 스마라그디의 모습을 딸들은 지그시 올려다보았다.

영창이 길어질수록 마법의 위력은 강해진다. 그와 동시에 제어 난이도와 소비하는 마력도 큰 부담이 되었다.

스마라그디가 타고난 마력은 그리 크지 않았다. 강력한 마법을 사용하면 마력 고갈로 졸도해도 이상하지 않았다.

하지만 그는 손끝 한 점에 마력을 모아 효과 범위를 최소로 한정하여 그것을 해냈다. 무척 어려운 마법 제어가 필요한 일이기도 했지만 그는 매우 쉽게 해내 보였다.

"《유수(癒水)》."

얕은 접시 안에 마법으로 불러낸 물이 가득 찼다.

스마라그디는 딸에게 받은 작은 꽃을 거기에 살며시 넣었다.

어린아이의 손에 잡혀 시들려던 꽃이 생기를 되찾았다.

아빠를 따라 크리소스도 자신이 들고 있던 꽃을 거기에 넣었다. 스마라그디는 잘했다고 칭찬하듯 크리소스의 머리를 쓰다듬었다.

아스피타만이 스승의 탁월한 마법 기량에 탄식했다.

원래대로라면 현현한 후 마법 현상으로 사라질 터인 치유 효과가 담긴 『물』을, 주문 일부를 고쳐서 정착시킨 것도 평범한 술자는 할 수 없는 일이었다.

어린 딸들은 아빠가 손쉽게 쓰는『마법』을 반짝반짝 호기심 가득한 눈으로 보고 있었다. 그것이 일반적으로『말도 안 되는 일』이라고는 조금도 생각하지 않는 것 같았다.

엄마인 공주무녀도 강대한 마력을 가지고 태어나 스마라그디의 가르침을 받은 재녀였다.

세상의 기준은 되지 못했다.

그러고 보니 스승이 딸들에게 이야기하던 것은 실제로 과거에 일어났던『우화』였다. 어린아이가 이해할 수 있게 다듬기는 했지만, 그것은 명군의 치세 내용이거나 어리석은 왕이 다스리던 시대의 혼란한 세상 내용이기도 했다. 내용만 따지자면 아스피타 같이 신전에서 정치에 관여하는 자가 연구회에서 검토하는 제재와 크게 다르지 않았다.

'도사님과 공주무녀의 아이는……『왕』이 되기 이전에 어떻게 자라게 되는 걸까…….'

딸들이 다시 안아 달라고 졸라서 웃음 짓고 있는 스승의 모습을 보며 아스피타는 재차 한숨을 쉬었다.

†

한정된 세계 속에서 지내는 두 딸을 생각할 때, 스마라그디와 모브는 이 아이들이 쌍둥이로 태어나 다행이라고 느꼈다.

바깥 세계를 모르는 아이들이기에 자신들이 지내는 환경이 특수하다는 것을 크리소스와 플라티나는 이해하지 못했다. 그것을 불행이라고 인식하지 않는 것 같았다.

부모가 가장 행운으로 느끼는 점은 함께 성장하고 다양한 것을 나눌 수 있는 자가 옆에 존재한다는 사실이었다. 마인족은 아이의 수가 상대적으로 매우 적었다. 게다가 이런 한정된 공간에 숨겨 기르는 아이라면 같이 놀 상대가 있을 거라고 장담할 수 없었다.

표정과 감수성이 풍부한 딸들로 성장한 것에는 명백하게 서로의 존재가 좋은 영향을 끼치고 있었다.

원래부터 마인족은 쌍둥이가 드물었다. 수명이 길기도 하여, 아주 약간의 차이로 누가 먼저 태어났는지는 두 사람뿐만 아니라 부모에게도 상관없어서 두 사람을 『언니』와 『동생』으로 구분하지는 않았다.

특히 두 사람은 거울을 볼 기회보다도 서로의 얼굴을 보는 시간이 더 길었다. 똑같은 모습을 한 자가 옆에 있었다. 그래서 어린 그녀들은 서로가 별개의 존재라는 자각조차 별로 없는 것이 아닐까 하는 인상마저 주었다.

갸웃 고개를 기울인 플라티나 맞은편에 앉은 크리소스가 잠시 후 똑같이 고개를 기울였다. 이번에는 반대로. 크리소스가 먼저 데굴 구르자 플라티나가 그것을 흉내 냈다. 서로가 서로를 흉내 내는 두 사람의 놀이는 이윽고 동시에 웃음을 터뜨리는 형태로 일단 종료를 맞이했다.

두 사람 말고는 뭐가 즐거운지 이해할 수 없는 놀이였다.

그래도 그것을 바라보는 스마라그디에게는 눈에 넣어도 아프지 않은 건 당연하다고 역설할 수 있을 만큼 사랑스러운 모습이었다.

"라그~?"

스마라그디가 훈훈함을 느끼고 있는 사이에 두 사람은 평소처럼 손을 맞잡고 옆에 서서 그를 올려다보았다.

크리소스와 플라티나는 둘 다 호기심이 왕성하여 누가 먼저 걸음을 떼는지는 정해져 있지 않은 것 같았다. 하지만 크리소스가 조금 신중하고 플라티나가 겁이 많은 것 같기도 했다.

장본인들도 깨닫지 못한 차이를 발견할 때마다 아빠 스마라그디의 자상한 표정이 더욱 부드럽게 풀렸다.

"왜 그러니?"

"뭐야~?"

"뭐야~?"

두 자매가 가리키며 고개를 갸웃한 것은 스마라그디가 일 때문에 펼쳐 둔 서류였다. 빈틈없이 정렬된 글자에서 스마라그디의 성격이 느껴졌다.

"너희에게는 아직 어려우려나."

"응?"

"응~?"

쓰게 웃은 스마라그디 앞에서 두 사람은 고개를 갸우뚱했다.

서류에 늘어선 글자는 복잡한 형상도 포함된 다양한 기호 같은 것이었다.

마인족의 문자는 매우 난해했다.

각각의 문자가 의미를 가졌고, 조합에 따라 다른 의미가 되었다. 표음 문자가 아니기에 각각의 문자가 지닌 뜻을 모르면 독해할 수 없었다.

마인족의 말은 마법을 행사할 때 자아내는 주문언어와 똑같았다. 다른 종족은 볼 일이 없는, 각각의 말이 가진 마력의 흔들림을 도형화한 것이라는 이야기도 있었다.

"너희가 좀 더 크면 가르쳐 줄게."

어느 정도 말뜻을 이해해야 문자를 배울 수 있었다.

그 결과, 대체로 마인족이 글자를 배우는 연령은 늦어졌다. 하지만 긴 수명을 가진 그들에게 그것은 그다지 문제가 될 일이 아니었다.

이 두 사람처럼 어린아이에게 글자를 가르치는 일은 없었다.

그래도 스마라그디는 두 사람 앞에서 하얀 종이에 두 『문자』를 적었다.

두 문자는 똑같은 형상을 포함하고 있었다.

눈앞에 있는 사랑스러운 아이들처럼 아주 닮았지만 다른 문자들이었다.

"이쪽은 『황금』, 이쪽은 『백금』…… 리쏘랑 라티나, 두 사람의 이름의 뜻을 가진 글자야."

풍부한 광맥 자원을 가진 바실리오에서도 진중히 여겨지는 귀금

속인 『황금』과 『백금』은 그 색 때문에 각각의 문자에 『태양』과 『달』
의 의미가 담겨 있었다.

"리쏘?"

"라티나?"

"그래. 너희 이름을 뜻해."

"모브는~?"

"라그는~?"

종이에 쓰인 글자를 지그시 들여다보던 딸들은 동시에 다른 이
름을 말했다. 흐뭇하기도 했고, 두 사람이 모두 엄마 이름을 꺼내
지 않았다는 것에 안도하기도 했다.

"내 이름은…… 이거. 모브의 이름은 이거란다."

스마라그디가 펜을 놀려 『취옥』과 『보라』라는 두 문자를 적었다.
그것을 본 두 딸은 동시에 불만스러운 얼굴이 되었다.

살짝 볼을 부풀리는 동작을 어린 자매가 동시에 하면, 그녀들에
게는 미안하지만 너무 귀여워서 표정이 흐물흐물 풀어지고 말았다.

"왜 그러니?"

"달라."

"시러."

"우리 이름이 너희와 비슷하지 않은 게 싫은 거구나."

딸들의 불만을 바로 이해하고 스마라그디는 쓰게 웃었다. 두 사
람의 머리를 살며시 쓰다듬었다.

"그건 말이지. 너희가 다른 누구와도 다른 특별한 관계기 때문이

야. ……너희는 똑 닮았지만 달라. 그리고 둘 다 우리에게는 소중한 아이들이란다."

아직 어린 그녀들은 스마라그디의 말을 이해할 수 없었던 모양이다. 그래도 아빠의 다정한 목소리가 자신들을 향한 애정으로 가득 차 있음을 감지하고 배시시 웃었다.

두 사람은 사랑하는 아빠에게 동시에 꼭 안겨 들었다.

일 따위 하고 있을 때가 아니라고 생각했다.

그래도 그녀들은 스마라그디를 방해하지 않고 그의 행동을 가만히 바라보며 즐거워했다.

스마라그디가 글자를 술술 적는 모습조차 그녀들의 호기심을 크게 만족시키는 모양이었다. 마치 거기 있는 것이 당연하다는 듯 빈틈없이 글자가 정렬되는 모습은 그녀들에게 『마법』과 비슷한 수준으로 신기한 광경이었다.

"대단해."

"예뻐."

두 사람은 각각 감상을 말하고 서로를 보며 미소 지었다.

딸들의 시선을 느낀 스마라그디는 평소보다 조금 더 긴장한 채로 서류에 펜을 놀렸다.

딸들이 이렇게나 관심을 보이고 있었다.

글자를 가르치기에는 이르지만 펜 다루는 법을 알려 주는 것은 괜찮을 거라며 스마라그디가 오늘 할 업무를 서둘러 끝낸 것은 어쩔 수 없는 일이었다.

자신의 무릎 위에 딸들을 앉히고 뒤에서 손을 받쳐 주며 펜을 쥐게 했다.

두 사람을 순서대로 가르치고, 필요 이상으로 간섭하지 않도록 한동안 떨어져 지켜보고 있으니 플라티나가 먼저 혼자서도 펜을 쥘 수 있게 되었다.

"잘하는구나, 플라티나."

스마라그디가 칭찬하자 플라티나는 득의양양한 표정을 지었다.

그 옆에서 몇 번이고 펜을 고쳐 쥐고 있던 크리소스가 살짝 뺨을 부풀렸다.

이 두 사람은 똑 닮았기 때문인지, 어느 한쪽이 먼저 무언가를 해내면 다른 한 사람도 분발해서 습득에 열을 올렸다.

지기 싫어하는 성격도 서로의 장점이 되면 괜찮다고 아빠는 살며시 미소 지으며 생각했다.

"리쏘도 조금만 더 하면 돼. ……지금 그대로…… 그래."

"됐다!"

"응. 리쏘도 잘하는구나."

무사히 해냈다는 성취감 가득한 표정으로, 펼쳐진 종이에 생각대로 펜을 놀리는 딸들은 어딘가 진지한 분위기를 휘감고 있었다.

아무래도 일하는 아빠 모습을 그녀들 나름대로 흉내 내고 있는 듯했다.

무척, 무척 사랑스러운 모습이었기에, 그 직후 잉크병을 엎어서 본인들도 블루블랙 색깔로 물들어 버린 것조차 어쩔 수 없다는 생각이 들 정도였다.

"으아아아아아아앙!"

"라그, 라그!"

패닉에 빠져 울기 시작한 딸들은 아빠의 도움을 구하며 의자에서 뛰어내려 달려왔다. 그러면서 잉크병이 바닥으로 떨어졌고, 그 소리에 두 사람은 동시에 펄쩍 뛰었다.

병에서 흘러나온 잉크는 테이블 위뿐만 아니라 바닥에도 번졌고, 그것을 밟은 두 딸의 발자국이 바닥 위에 점점이 찍혔다.

"두 사람 다 진정하렴. 괜찮으니까……."

스마라그디의 말은 패닉에 빠진 두 사람에게 전달되지 못했다. 안겨 들면서 아빠의 옷에 자기 손자국이 묻자 당황하여 다른 부분을 다시 쥐었다. 손자국 도장이 더 늘어났다.

잉크 묻은 손으로 만지면 자국이 남는 것은 당연했다. 하지만 어린 그녀들에게는 그것도 예측 범주를 벗어난 일인 모양이었다. 치덕치덕 늘어나는 딸들의 손자국을 보며 스마라그디는 어떻게 두 사람을 달랠지 생각했다.

"……그래서 이게 그 손자국이야. 정말로 귀여워서 이건 기념으로 남겨 두기로 했어."

그날 하루의 공무를 마친 모브에게 두 사람의 모습을 보고하는 것도 스마라그디의 중요한 일이었다.

밤도 깊어 새근새근 자는 두 사람의 딸들은 왠지 기운 빠지는 숨소리를 연주하고 있었다. 그런데도 두 사람이 똑같은 타이밍으로 호흡하고 뒤척여서 『쌍둥이』라는 사실이 더욱 실감 났다.

"음…… 원래대로라면 내가 키워야 하는데…… 전부 스마라그디에게 맡기고……."

"모브가 바쁘기에 이 역할이 내게 돌아온 건 행운이라고 생각해."

모브가 플라티나의 머리를 쓰다듬자 플라티나는 자면서도 흠냐흠냐 기쁘게 웃었다. 반쪽의 행복한 기분이 전달되었는지 옆에 있는 크리소스도 똑같이 웃기 시작했다.

모브는 그런 딸들을 보고 작게 미소 지으며 파랗게 물든 딸의 손끝을 콕 찔렀다.

"아직 잉크 색이 손끝에 조금 남아 있네."

"바로 시녀를 불러서 욕실에 보냈지만 물들어 버린 모양이야."

유일하게 스마라그디가 두 딸을 다른 사람에게 맡길 때가 입욕시였다. 아빠인 자신은 딸들과 그 부분에서 일선을 그어야 한다고 생각했다.

딸들이 아빠를 너무 좋아하기에, 이성과는 어느 정도 거리를 둬야 한다는 것을 가르쳐야 했다.

한없이 딸들에게 무른 것 같아도 스마라그디는 예절 교육에 관해서는 빈틈없이 엄격했다.

"이렇게 실패하는 것도 이 아이들에게는 중요한 일이야."

"음……."

딸들을 보는 모브의 눈빛에서는 엄마로서의 깊은 애정이 느껴졌다. 함께 보내는 시간이야 한정적이지만 그녀가 자신의 딸들을 깊이 사랑한다는 것은 스마라그디도 의심하지 않는 사실이었다.

스마라그디는 부드럽게 미소 지으며 손짓하여 모브를 불렀다.

살짝 뺨을 물들이는 모브의 모습은 신전에서 그녀를 공주무녀라고 부르며 공경하는 자들이 모르는, 젊은 여성에 걸맞은 모습이었다.

아이를 낳은 사이가 됐는데도 그녀의 동작에는 풋풋함이 남아 있었다.

스마라그디에게 끌어안긴 모브는 행복한 얼굴로 눈을 감았다.

"모브는 충분히 노력하고 있어. 나는 분명하게 그걸 알고 있으니까."

"……스마라그디는 정말로 응석을 잘 받아 줘. ……이 아이들이 어리광쟁이가 된다면 그 원인은 분명 스마라그디야."

"어리광쟁이더라도 나쁘진 않아. 이 아이들은 모브를 닮아 노력 가니까. 응석 부릴 필요도 있어."

딸들에게 항상 해 주는 것처럼 뿔 근처를 쓰다듬자 모브는 황홀한 표정으로 미소 지었다.

지금만큼은 전부 잊어버리고 평온하고 행복한 시간에 잠기자며 모브는 스마라그디의 가슴에 뺨을 댔다.

†

딸들은 하루하루 쑥쑥 성장했다.

단조롭고 똑같은 나날은 하루도 없었다. 태어나서 걸음마를 떼고 말하기 시작할 때까지도 순식간이었으나, 몇 년이 지나자 그녀들은 분명하게 자신의 의사를 가지고 개성을 발휘하는 존재가 되었다. 불과 몇 년 만에 이룬 극적인 변화였다. 직업상 비교적 어린아이와 접할 기회가 많은 스마라그디지만 그 성장을 이렇게 매일 옆에서 지켜보니 특별한 감개가 들었다.

사건이 전혀 일어나지 않았던 것은 아니다.

작은 사건은 매일 일어났고, 때로는 작지 않은 사건 속에서 두 자매는 성장해 갔다.

"왜 모브, 작아?"

그날의 사건은 플라티나의 악의 없는 한마디로 시작됐다.

딸의 발언 앞에서 엄마 모브는 생각했다.

딸에게 악의는 전혀 없을 것이다. 쌍둥이 딸들은 호기심이 강해 다양한 것에 관심을 보였다. 아빠가 박식하기도 해서, 세상 모든 것에는 이유가 있다는 것과 지적 호기심을 채우는 기쁨도 이 어린 나이에 이미 알고 있었다.

그것은 기뻐해야 할 일이었다.

주어진 것을 그저 받아들이는 데서 그치지 않고 의문을 가지며, 그 의문의 답을 얻으려는 자세는 바람직했다.

제 자식 중 누군가는 언젠가 바실리오를 짊어지는 왕이 된다. 그리고 선택되지 않은 다른 한 명도 큰 결단을 강요받을 때가 올 것이다.

스스로 생각하고 답을 찾는 것은 무척 중요한 자질이었다.

─뭐, 하지만 그건 그거였다.

어린아이에게 손찌검해선 안 된다고 스마라그디가 단단히 일렀기에 때리지는 않는다. 다만 『말해서는 안 되는 것』이 세상에 있음을 가르치는 것도 엄마인 자신의 일이리라.

모브는 그렇게 결론짓고, 순수한 호기심이 가득한 눈으로 자신을 올려다보는 플라티나를 마주 보았다.

말랑.

딸의 양 뺨을 잡았다.

딸의 뺨은 생각보다 더 말랑말랑 쫀득쫀득해서 그다지 힘을 주지 않아도 쭉 늘어났다.

"플라티나."

"으앙!"

평소 쓰는 애칭이 아니라 정식 이름으로 딸을 부르자 플라티나는 크게 움찔했다.

"세상에는 물어봐선 안 되는 것, 말해선 안 되는 것이 있어. 침묵이야말로 올바른 선택일 때도 있지."

"흐야……."

묘한 목소리를 내며 엄마를 올려다보는 플라티나는 양쪽 눈에 눈물이 맺혀서 바들바들 떨고 있었다.

볼을 더욱 쭉 당기자 눈물이 한층 더 차올랐다.

딸은 아마 그녀가 『엄마 말고 아는 여성』인 시녀들의 풍만하고 여성스러운 두 언덕이 엄마에게는 없는 것— 작은 것이 의문스러웠으리라고 모브는 추측했다.

플라티나는 단순히 이상하다고 생각했을 뿐, 악의는 없을 것이다.

하지만 **그곳**은 모브의 콤플렉스였다.

모브는 스마라그디를 연모하여 그를 원했다. 마음이야 통했지만, 그는 자신을 애타게 사랑하는 여성으로 택한 것이 아니었다. 그는 다정하니까 자신을 버릴 수 없었을 뿐이다.

그렇게 생각하고 마는 것은 모브가 지닌 마음의 빚 그 자체였다. 스마라그디가 자신을 소중히 여겨 주는 사람이기에 모브는 여성으로서 자신감을 가질 수 없었고, 자기 때문에 그를 파멸로 인도하고 만다는 후회도 있었다.

통치자로서의 능력은 노력하고 갈고닦으면 된다.

하지만 여성스러운 풍만한 실루엣을 얻으려면 어떻게 해야 하는지 알 수 없었다. 어릴 때부터 줄곧 깡마르고 평평한 몸매 그대로였다.

스마라그디는 좀 더 여성스러운 몸매를 좋아할지도 모른다. 연모하기에 모브는 그런 불안을 느끼고 있었다.

플라티나 입장에서는 고양이 앞에 쥐 상태로 기나긴 체감 시간이 흐른 뒤, 사태를 변환시킨 것은 그녀의 반쪽이었다.

"라그! 라그! 빨리, 빨리!"

"왜 그러니? 리쏘, 그렇게 다급하게."

크리소스가 울먹이며 스마라그디를 필사적으로 끌고 온 것이다.

크리소스는 모브가 볼 꼬집기 징계를 시작하자마자 바로 행동했다. 그녀의 세계 속에서 엄마를 말릴 수 있는 존재는 아빠밖에 없었다. 공포의 볼 꼬집기에서 자신의 반쪽을 구하기 위해 즉각 현장을 이탈하여 구조를 요청하러 달려갔다.

스마라그디는 전혀 사태를 파악하지 못했다. 울먹이는 크리소스는 설명도 하지 않고서 막무가내로 서두르라고만 했다.

그렇게 아무것도 모른 채 스마라그디가 본 것은 또 다른 딸의 볼을 좌우로 쭈욱 늘리고 있는 모브의 모습이었다. 플라티나의 뺨은 저렇게나 늘어나는 건가 하는 감상이 반사적으로 들었다. 그보다도 모브가 휘감은 분위기가, 복마전인 대신전 중추에서 자신보다 훨씬 많은 세월을 보낸 능구렁이 늙은이를 상대할 때처럼 패기 있고 위압적인 것에 식은땀이 났다.

무슨 일이 벌어졌는지는 알 수 없지만 아무튼 생각했다.

'이건 울겠어.'

어린아이를 상대하는 기백이 아니었다. 이래서야 딸들이 울어도 별수 없었다. 직접 모브의 분노에 노출된 플라티나뿐만 아니라 아빠에게 도움을 요청하려고 달렸던 크리소스도 울상이 되어 파들파들 떨고 있었다.

"모브, 그쯤 해 둬. 라티나뿐만 아니라 리쏘도 겁먹었어."

스마라그디가 조금 엄한 목소리로 모브를 질책했다. 그러자 딸들뿐만 아니라 모브까지 울상이 되어 쳐다보았다.

정말로 무슨 일이 벌어지고 있는지 알 수 없었다.

모브의 양손에서 해방된 플라티나의 뺨이 원래 형태로 탱글 돌아왔다. 플라티나는 자기 뺨을 누르고서 파들파들 떨며 스마라그디를 올려다보았다.

"라그, 라티나 뺨, 제대로 있어?"

"괜찮단다, 떨어지지 않았어."

아무래도 딸에게는 양 뺨이 떨어질 만한 공포였던 모양이다.

평소에는 쾌활한 플라티나가 비틀비틀 스마라그디에게 와서, 울먹이며 아빠에게 달라붙어 있던 크리소스 옆으로 갔다. 자기 반쪽과 손을 맞잡은 두 사람은 맛보았던 공포를 나누듯 꼭 끌어안았다.

무릎 꿇은 자세로 그런 두 사람을 껴안아 달래던 스마라그디는 모브가 보내는 원망스러운 시선을 알아차렸다.

바로 알았다.

토라졌다.

모브는 감정이 그다지 얼굴에 드러나지 않았다. 하지만 스마라그디는 그런 그녀의 감정을 확실하게 읽어 낼 수 있었다.

"……모브."

"……."

스마라그디가 부르자 그녀는 말없이 부루퉁한 얼굴로 보았다. 그런 얼굴을 하면 그도 쓰게 웃을 수밖에 없었다.

"……라티나가 괴롭힌 거야?"

스마라그디의 그 한마디에 모브에게서 험상궂은 기운이 옅어졌다.

딸이 그녀를 괴롭혔을 것이다. 그런데 딸들만 스마라그디에게 어리광 부리고 있는 것에 그녀는 적잖이 질투하고 있었다.

그것을 어른답지 못하다고 말하기에는, 연하인 그녀가 언제나 필요 이상으로 노력하고 있음을 스마라그디는 알고 있었다.

"이리 와."

딸들의 머리를 각각 한 번씩 쓰다듬고 스마라그디는 몸을 일으켜 모브를 향해 팔을 벌렸다.

스마라그디 곁으로 종종종 다가온 모브는 그대로 그의 가슴에 폭 안겼다. 말은 없었다. 그녀는 어리광쟁이면서 어리광 부리는 데 매우 서툴렀다. 그것도 알고 있다는 듯 스마라그디는 그녀의 반지르르한 보라색 머리카락을 손바닥으로 쓸어내렸다.

정신 차리고 보니 딸들은 어린아이 특유의 빠른 기분 전환으로 평상심을 되찾고서 태연한 얼굴로 놀고 있었다. 스마라그디는 딸들의 모습에 안도하여 숨을 내쉬고 다시 모브에게 얼굴을 돌렸다. 그녀의 손을 끌어 의자로 향하자 모브는 당연하다는 듯이 그의 무릎 위에 앉았다.

아무래도 본격적으로 어리광 부리기로 한 모양이었다.

"대체 무슨 일이 있었어? 라티나가 뭘 한 거야?"

스마라그디가 묻자 모브는 매우 불명료한 목소리로 소곤소곤 대답했다.

"……작다고."

"신경 쓸 필요 없다고 생각해."

"작은 걸 바라는 건 아닌데……."

그녀가 띄엄띄엄 꺼내는 단어를 통해 일어난 일을 추측하고 스마라그디는 쓰게 웃었다. 그녀가 그렇게 자기 체형을 신경 쓰고 있을 줄은 몰랐다.

"그런 열등감을 느끼는 귀여운 부분도 포함해서 모브의 개성이라고 생각해."

스마라그디는 식은땀 한 방울 흘리지 않고 시원스레 말했다.

"……좀 더, 여성스러운 사람이 좋다던가……."

"네가 바란 일이었지만, 그걸 받아들이고 모브와 함께 있기로 한 건 나 자신이야."

자신에게 안겨서 불안한 목소리를 내는 모브는 『모든 것을 내다보는 공주무녀』가 아니었다.

그런 당연한 사실을 보여 주기에 더더욱, 스마라그디는 그녀에게도 자상하고 물러져 버렸다.

"모브가 아닌 다른 사람이었다면 이렇게 귀여운 아이들과는 만나지 못했을 테고 말이지."

"스마라그디는 라티나와 리쏘 쪽이 소중한 것 같아……."

자신의 책임을 완수하고자 누구보다도 엄격하게 살고 있는 모브가 그렇게 자신에게만 투정을 부리는 것도 정말 귀엽다고 스마라그디는 생각했다.

결국 자신은 그렇게 어리광 부려 오는 것을 좋아하는 걸지도 모르겠다고, 그는 자신보다 훨씬 어린 그녀를 안은 팔에 힘을 주었다.

딸들이 아니라, 지금은 이대로 그녀의 어리광을 듬뿍 받아 주자고 결심했다.

"모브와의 사이에서 태어난 아이들이니까. 소중해."

싫어하는 상대라면, 아무리 자신을 원했더라도 이렇게 그 뒤로도 함께 있지는 않을 것이다.

의무나 보이지 않는 미래를 위해 목숨을 버린 것은 아니었다.

하물며 그저 정들었을 뿐이라고는 말할 수 없을 만큼의 시간을 이미 자신은 그녀와 함께 있었다.

어리광쟁이에 조금 자신감이 부족한 그녀에게 그 사실을 가르쳐 주고자 스마라그디는 더욱 말을 거듭했다.

스마라그디의 속삭임은 모브에게만 보내는 것이라 그녀에게만 전달되었다.

그래서 크리소스와 플라티나는 부모가 어떤 대화를 나누고 있는지 알지 못했다. 그래도 부모의 모습을 보고 자매는 서로를 향해 웃었다.

"모브, 라그랑 단짝?"

"단짝~!"

"그치~!"

사랑하는 아빠의 품은 엄마가 독점해 버렸지만 자신들은 서로가 있다는 듯 맞잡은 손에 힘을 주었다.

가슴속에 행복한 기분을 품은 채, 크리소스와 플라티나는 신전 안쪽의 한정된 곳 — 두 사람에게 있어 세계의 전부 — 을 산책하기 위해 걷기 시작했다.

그렇게 어린 시절을 아는 사람에게는 『공주무녀』라고 불리고, 신전 최고위 자리에 취임한 이후에는 대신관이라는 직책이나 『무녀공주』라는 경칭으로 불리게 된 모브는 주위의 기대에 십이분 부응했다.

아름다움은 본디 힘을 갖추고 있었다.

그녀는 반듯한 용모뿐만 아니라, 본래 사람이라는 종이 가지지 않는 선명한 색채도 지니고 있었다. 『보라의 신』을 섬기는 자에게 가장 귀한 색인 보라색을 발현한 그녀는 신전 입장에서도 상징으로 삼기 제격인 여성이었다.

아름답고 유능하며 신비로운 젊은 지도자.

대외적인 그녀의 평가는 그렇게 재녀라고 불릴 만한 것이었다.

스마라그디도 그것은 부정하지 않았다.

그녀의 유능함과 비범함은 그녀의 스승이기도 한 그도 잘 알았다.

하지만 그는 그뿐만이 아닌 그녀 본연의 모습도 잘 알고 있었다. 세상모르는 천진한 아가씨. 스마라그디의 그 평가에 걸맞은 행동은 그와 딸들만이 아는 그녀의 매우 무방비한 모습이라고도 할 수 있었다.

단적으로 말하자면 그렇게 모브는 때때로 천진하기에 사건을 일으켰다.

그날, 플라티나와 크리소스 두 사람은 사랑하는 아빠에게 옛날 이야기를 듣고 있었다. 스마라그디가 딸들에게 들려주는 이야기 속에는 영웅담도 적지 않았다. 마인족에게서 『용사』가 태어나는 일은 없다. 그래도 『마왕』에게 대적하는 존재인 그에 관한 설화나 전승은 바실리오에도 많이 전해져 있었다.

"마물?"

"마수?"

두 사람이 그때 의문스러워한 것은 영웅담 속에 등장한, 쓰러뜨려야 할 괴물에 관해서였다.

"영웅이라고 불리는 이상 『재앙의 마왕』을 토멸할 뿐만 아니라, 사람들을 위험에 빠뜨리는 마수와 마물을 잡는다는 이야기도 많은데……."

"마물? 마수?"

"달라?"

"그렇구나……. 본 적도 없는 너희에게는 조금 어렵겠네."

『마수』는 마력을 가진 생물 전반을 말했다. 짐승으로 한정된 것은 아니라서 새, 물고기, 곤충, 넓은 의미로는 『인족』이 아닌 인간형 생물 ─ 아인종 ─ 도 포함되었다.

한편 『마물』이라고 칭해지는 것은 비생물이었다.

골렘이나 가고일 같은 무생물에 마력이 깃든 마법 생물. 그것은 인공적으로 만들어지거나 혹은 우연이 거듭되어 자연 발생한 마도

구 같은 존재였다.

하지만 그보다도 많이 보이는 『마물』은 죽은 자의 혼이나 시체가 마력을 띠어 구현된 것. 즉 언데드 몬스터라고 불리는 것이 일반적이었다.

그러나 신전 안쪽에 숨겨져 평범한 짐승조차 만족스럽게 본 적이 없는 아이들에게 그 차이를 이해시키는 것은 대단히 어려웠다.

"……너희에게 어떻게 잘 알려 줄 수 있을지 생각해 볼게. 그러니 조금 기다려 주겠니?"

"응~?"

"응?"

스마라그디가 난처한 얼굴을 하자 크리소스와 플라티나는 고개를 갸웃했다. 지금까지 뭐든 알고 있던 아빠가 자신들의 의문에 대답해 주지 않는 일은 없었다.

어째서 가르쳐 주지 않는 걸까 생각했다.

손을 맞잡은 반쪽도 자신과 똑같이 생각에 잠겨 있음을 깨닫고 두 사람은 서로를 보며 고개를 끄덕였다.

—아빠가 곤란해한다면 또 다른 믿음직한 존재인 엄마에게 물어보자.

말을 나눌 필요도 없이 똑같은 결론에 이른 두 사람은 산뜻한 얼굴로 아빠를 올려다보았다.

딸들의 표정을 본 스마라그디는 착하게 알아들어 주었다며 안도했다. 딸들이 눈빛 교환만으로 향후 행동 방침을 결정했다는 것까지는 그도 눈치채지 못했다.

크리소스와 플라티나가 아빠 앞에서 한마디라도 그것을 전달했다면 이후의 참사는 저지되었을 터였다.

스마라그디는 용건 때문에 때때로 거리로 나갔다.

딸들이 한시도 눈을 뗄 수 없는 갓난아기였을 때는 거의 붙어 있었던 스마라그디지만, 지금의 크리소스와 플라티나는 속 썩이지 않고 말 잘 듣는 착한 아이로 자라기도 해서 다소 눈을 떼도 얌전히 집을 지켰다. 완전히 내버려 두지는 않았다. 시녀는 늘 대기하고 있었고, 엄마 모브가 두 사람 곁에 있을 때도 있었다.

이때는 후자라 크리소스와 플라티나는 엄마 곁으로 쪼르르 달려왔다.

"모브~!"

"모브, 가르쳐 줘!"

"가르쳐 줘!"

그런 딸들을 보고 모브는 조금 놀랐다.

딸들은 의문이 생기면 대체로 아빠에게 물었다. 그리고 스마라그디는 그에 답해줄 만한 지식을 가지고 있었다.

그래서 이렇게 딸들이 가르쳐 달라며 물어보는 것이 모브는 매우 희한하게 느껴졌다.

"뭐지?"

"있지, 있지."

"마수랑 마물이야."

"마수랑 마물?"

의문스러워하는 엄마에게 딸들은 전해야 할 말을 거듭해 갔다.

"라그가 옛날얘기 해 줬어."

"그치만 모르겠어."

"마수랑 마물, 뭐가 달라?"

"모르겠어."

번갈아 설명하는 크리소스와 라티나 앞에서 모브는 상황을 파악하기 위해 흠 하고 궁리했다.

"즉, 마수와 마물의 차이를 알 수 없다는 거군."

"마수는 조금 알아."

"위험한 동물이지?"

"동물로 한정된 건 아니지만. 그런 거지."

스마라그디가 이 자리에 있었다면, 모브도 신전에서 자라 세상물정을 모르기에, 여러 가지로 태클 걸고 싶어졌을 모녀의 모습이었다.

"그럼 무엇을 알고 싶은 거지?"

"마물이 뭐야?"

"잘 모르겠어."

"흠……."

딸들의 의문에 깊이 고개를 끄덕이고 그녀는 설명하기 위해 입을 열었다.

"마물이란 살아 있지 않은 것…… 언데드라고 불리는 불사자의 수가 가장 많아. 죽은 송장이나 그 혼이라고 불리는 잔류 사념이 마력으로 구현된 것인데……."

딸들이 고개를 갸웃하는 모습을 보고 모브가 내린 결론은 너무나도 단락적인 단순 명쾌한 것이었다.

"음. 말로만 설명을 듣는 것보다 직접 실물을 보고 체험하는 편이 좋겠지."

"응?"

"그래?"

모브는 황금색 눈동자로 어딘가 먼 곳을 보는 표정을 지었다. 보통 사람이 볼 수 없는, 그녀만이 볼 수 있는 가능성^{미래}을 내다보았다.

이윽고 모브는 자신이 내다본 것에 만족한 듯이 미소 지었다.

"자신이 모르는 것에 흥미를 가지고 배우려는 것은 좋은 자세야. 배우도록."

"응?"

"응?"

똑같은 동작으로 고개를 갸웃하는 두 딸 앞에서 모브는 홀로 만족스럽게 고개를 끄덕였다.

예전에 모브는 스마라그디 곁으로 가기 위해 신전에서 간단히 빠져나가 보였다. 그녀는 묘한 곳에서 행동력을 발휘하는 천진한 아가씨였다.

그녀의 능력을 사용하면 딸들의 안전을 확인한 뒤에 신전 안쪽에서 빠져나가는 것조차 가능했다.

그렇지만 이번에 모브는 딸들을 『외부』로 데리고 나간 것은 아니었다.

"모브?"

"여긴 뭐야~?"

모브가 딸들을 데리고 찾아온 석조 건물은 입구에 복잡한 부조가 새겨져 있을 만큼 훌륭했지만 내부는 간소하다고 해도 될 만큼 몹시 살풍경했다. 선뜩하게 느껴지는 공기는 지하에서 흘러나오고 있기 때문만은 아닌 차가운 것을 내포하고 있었다.

이미 해가 져서 어둑한 이 시각에 방에서 나오는 것 자체가 두 사람에게는 드문 일이었다. 그래도 등불을 들고 앞서 걷는 엄마를 놓치지 않도록 아장아장 걸었다.

"신전 안에서도 여기 오는 자는 거의 없어. 이곳은 역대 신관의 묘소야."

"묘소?"

"토지의 힘이 강하고 매장된 자의 힘이 강하기 때문인지 많은 유령^{고스트}이 출현하는 것으로 유명하지."

성큼성큼 걷는 모브의 발걸음에는 전혀 두려움이 없었다. 크리소스와 플라티나 두 사람은 상황을 이해하지 못했다. 처음 방문하는 장소에 흥미는 있었지만 이곳이 무슨 목적으로 지어진 장소인지도 잘 알 수 없었다.

"분명하게 호부를 지니고 있으면 위험은 없어."

"응?"

"호부? 이거?"

이 건물에 들어오기 직전에 엄마는 딸들의 목에 각각 호화로운
호부를 걸었다. 방호 마법이 걸려 있어 희미한 빛을 띠고 있었다.
크리소스가 들어 보이자 모브는 생긋 미소 지으며 수긍했다.

"그래, 그것. 떨어뜨리지 말아라."

그리고서 모브는 딸들을 앞으로 휙 보냈다.

미끌미끌한 돌바닥은 급하게 경사져 있어서 두 사람은 균형을 잃
고 미끄럼틀 요령으로 아래층으로 운반되었다.

"으앙?!"

"흐아?!"

"제대로 길을 따라 이동하면 여기까지 돌아올 수 있을 테니 열심
히 힘내거라."

적어도 스마라그디가 있었다면 왜 딸들만 보냈냐며 지적할 폭거
였다.

팔랑팔랑 손을 흔드는 엄마를 올려다보고 크리소스와 플라티나
는 일어난 사태를 파악할 틈도 없이 묘소 안쪽으로 미끄러져 내려
갔다.

그때까지 아빠라는 절대적인 수호자에게 사랑받으며 자란 두 사
람은 자신들에게 『악의』나 『나쁜 마음』을 예민하게 감지하는 능력
이 있다는 것을 몰랐다.

그것이 바로 언젠가 마왕이 된다는 예언이 내려진 두 사람이 받은 『운명에 보호받고 있다』는 능력의 싹이었지만 그것을 이해하는 자는 아무도 없었다.

 살아 있는 자를 향한 선망과 시기가 원념으로 변한 유령의 사념 한가운데에 던져진 플라티나가 먼저 패닉에 빠졌다.
 "으아아아아아아아아앙!!"
 크리소스는 엄마의 분부대로 호부를 꼭 움켜쥐고 약간 냉정한 상태였지만, 유령 무리를 보고 비명을 지른 플라티나의 목소리에 움찔했다.
 그것이 방아쇠가 되었다. 크리소스는 지금 이 순간까지 눈물을 꾹 참고 있었으나 겁쟁이 동생에게 이끌린 것처럼 울음을 터뜨렸다.
 "으아아아아아아아아앙!!"
 그 뒤로는 자매가 사이좋게 손잡고서 울며 전력 질주할 뿐이었다.
 다리가 풀린 채 망연자실하지 않은 것만으로도 이 자매의 담력은 세다고도 할 수 있었다.

 한편 모브는 멀리서 들려오는 두 사람분의 발소리를 알아차리고 만족스럽게 고개를 끄덕였다.
 "흠."
 딸들의 비명은 좁은 묘소 안에 메아리치고 있었지만, 저렇게 기운차다면 문제없을 것이라며 너무나 긍정적인 판정을 내렸다.

모브는 모브대로 딸들을 걱정하고 있었다.

제 자식들의 미래에는 많은 어려움이 기다리고 있었다. 그때 분명 자신은 딸들 곁에 없을 것이다. 그렇기에 어떤 어려움도 자기 힘으로 극복해야만 했다. 『재앙의 마왕』 옆에는 늘 죽음의 그림자가 짙게 따라다녔다.

불사자에 대한 내성을 길러 두는 것도 딸들이 자기 몸을 지키기위해 필요한 일이리라.

그런 생각을 하는 모브 자신도 어릴 적 『둘째 마왕』과 마주하여 적잖은 마음의 상처를 입었을 테지만, 그녀는 매우 강인한 정신력을 지닌 어른으로 성장해 있었다.

응석을 받아 주는 사랑하는 사람의 조력도 양식 삼아 트라우마와 정면으로 승부하여 극복해야 한다는, 너무 올곧아서 무서운 사고방식을 가지고 있었다.

천진하기에 지닌 무서움이었다.

"하늘의 빛이여, 내 이름하에 나의 바람을 이루어라, 길 잃은 자를 이끄는 길잡이가 되어라. 《사령정화》."

보라색 머리카락을 나부끼며 모브는 단숨에 정화 마법을 자아냈다. 선천적으로 강대한 마력을 가진 그녀는 단 한 번의 영창을 통해 발현한 마법으로, 딸들이 뒤에 달고 온 유령을 가차 없이 쓸어버렸다.

직후, 크리소스와 플라티나는 엄마 곁에 도달하여 꼭 안겼다.

"으아아앙!"

"모브!"

흐느끼는 딸들을 쓰다듬고서 모브는 근사하게 웃으며 단언했다.

"방금 그게 유령이야. 사령^{레이스}처럼 자아도 없고, 그다지 위험하지는 않은 존재지."

규격을 벗어난 정화 마법을 간단히 펼칠 수 있는 모브에게 확실히 유령 몇백 따위는 무서워할 필요도 없었다.

"그러나 언데드는 유령이 전부가 아니야."

딸들은 천진하고 맹한 마이페이스를 엄마에게 물려받기는 했으나 엄마의 웃음을 보고 불길한 예감을 느낄 수는 있었다.

하지만 한발 늦었다.

"더욱 배우도록."

모브는 자신의 등 뒤에 있던 문을 활짝 열어젖혔다. 일단 문에는 쉽사리 열리지 않도록 봉인 주술이 걸려 있었지만 그런 사소한 일은 신경도 쓰이지 않았다.

문 안쪽은 좁은 석실이었다.

어둠 속에서 덜그럭덜그럭하는 메마른 소리가 부자연스럽게 울렸다. 모브가 등불로 내부를 비추자 크리소스와 플라티나는 굳어 버렸다.

석실 안에 무수한 스켈레톤이 북적거리고 있었다.

"좀비는 겉모습뿐만 아니라 악취도 지독하지. 이 정도부터 익숙해지는 게 좋을 거야."

여전히 모브는 마이페이스로 웃고 있었다.

플라티나뿐만 아니라 크리소스도 이것은 처음부터 아웃이었다.

실체가 없는 유령과는 달리 실물이 눈앞에서 덜그럭덜그럭 흔들리고 있었다. 임팩트는 비교도 되지 않았다. 그저 둘이서 서로를 끌어안고 파들파들 떠는 것이 그녀들이 할 수 있는 유일한 행동이었다.

스마라그디가 도착한 것은 이 직후였다.

거리에서 돌아와 방에 모브와 딸들의 모습이 없음을 알아차린 스마라그디는 그 문제로 소란을 일으키지는 않았다. 숨겨 키우고 있는 딸들의 부재를 부주의하게 떠들 수는 없었다.

그는 우선 직접 딸들을 찾았다. 마구잡이로 찾아다니지 않고 정통한 탐색계 마법으로 수색했다.

하지만 현장에 도착할 때까지는 다른 어려움이 따랐다. 신관이 아닌 스마라그디는 묘소 출입을 제지당했다. 제지한 자는 자신의 직무에 충실했을 뿐이지만, 스마라그디에게 정신적으로 두들겨 맞고 물러난다는 여담을 남겼다.

날벼락이었다.

그리고 무엇보다 아버지는 강했다.

그런 스마라그디가 본 것은 이제 목소리도 내지 않고 꼭 붙어서 떨고 있는 딸들의 모습이었다.

아빠를 봐도 일어서지 못하고 둘이서 공포를 나누고 있었다.

"모브!"

스켈레톤조차 멈칫하게 만드는 스마라그디의 질책이 묘소 내부에 울려 퍼졌다.

스마라그디에게 질책받아도 모브는 태연하게 가슴을 쭉 폈다.

"저급령이 할 수 있는 일 따위 뻔해. 두 사람에게는 확실하게 호부를 주었으니 옆에 다가갈 수조차 없었겠지."

오히려 「제대로 했어, 칭찬해 줘!」라고 말하는 강아지 같은 얼굴로 스마라그디를 보았다.

"그보다 새로운 경험은 성장의 큰 양식이 될 거야. 필요 이상으로 불사자를 무서워하지 않고 대처할 수 있게 될 터······."

"이 아이들에게는 아직 자극이 너무 강해!"

딸들은 이제야 자기 일을 스스로 조금씩 할 수 있게 된 어린아이였다.

확실히 자기 몸을 지키기 위해서도, 싸우는 방법을 익히거나 마물 상대로도 기죽지 않는 마음가짐을 얻을 필요는 있을 것이다.

하지만 그것은 아무리 생각해도 이런 어린아이에게 할 교육은 아니었다. 스마라그디의 품속에는 울먹이며 파들파들 떠는 딸들이 있었다.

"무슨 일이든 시기와 단계가 있는 거니까······."

스마라그디의 설교는 그 뒤로도 당분간 이어졌다.

이리하여 크리소스와 플라티나는 보호되었지만, 한동안 두 사람은 어두운 곳에 갈 수 없어서 다시 이불에 오줌을 싸게 되었다.

엄마의 사랑의 매는 헛돌았고 원하는 결과는 나오지 않았다.

당연했다.

크리소스와 플라티나, 두 사람이 태어나고 여덟 번째로 맞는 가을. 초여름에 태어난 두 사람은 일곱 살이 되었다.

여전히 두 사람의 겉모습은 황금과 회색인 눈동자 색 말고는 판박이였다.

하지만 매일 두 사람을 보고 있는 부모에게는 두 사람의 성격 차이가 날이 갈수록 확실하게 분간되었다.

딸들에게 지지 않을 만큼 어리광쟁이인 모브와 함께 모형 정원처럼 좁은 세계에서 조용히 지내는 이 생활은 확실히 많이 부자유스러웠다. 신전 안쪽밖에 모르는 딸들에게 넓은 세계를 보여 주고 싶다는 마음도 있었다.

그래도 이대로 줄곧, 이렇게 따뜻하게 보내고 싶다고 바랄 정도로는 행복한 나날이었다.

가을을 맞이하자 바실리오의 거리는 화사하고 즐거운 분위기로 가득 찼다.

기후와 환경이 혹독한 바실리오에서 가을은 시원한 바람이 불게 되어 지내기 편해지는 계절이었고, 경작에 그다지 적합하지 않은

이 나라에서도 수확의 기쁨을 느끼는 계절이기도 했다.

"……『주황의 신』의 풍양제 철인가. 벌써 그런 계절이 됐구나……."

거리를 걷는 스마라그디는 주위 모습을 보고 그렇게 중얼거렸다.

바실리오에서 가장 큰 영향력을 지닌 것은 정치를 담당하는 『보라의 신』 신전이었다. 하지만 다른 신들에 대한 신앙을 부정하지는 않았다. 혹독한 환경하에 있는 바실리오는 얻을 수 있는 수확도 한정되어 있었다. 그렇기에 대지와 풍작을 관장하는 『주황의 신』의 제사를 소홀히 하지 않았다.

『주황의 신』에게 감사하고 수확을 축하하는 축제 준비로 거리는 들떠 있었다.

그런 거리 풍경을 보고 스마라그디는 문득 생각했다.

'크리소스와 플라티나에게도…… 보여 주고 싶네.'

그리고 그때는 모브가 옆에 있는 것도 당연하다고 몽상했다.

평소의 거리 모습도 모르는 모녀지만, 한층 더 화려한 축제 광경에 똑같이 표정을 반짝일 것이 틀림없다.

스마라그디도 그녀들이 그렇게 평범한 모녀처럼 자유롭게 행동할 수 없다는 것은 이해하고 있었다.

—그래서 스마라그디가 정말로 아무렇지도 않게 흘린 그 바람을 들은 모브는 어리둥절한 표정을 지었다.

"그냥 잡담으로 흘려들으면 돼. 왠지 말하고 싶었을 뿐이니까."

딸들이 잠들고 둘만의 시간.

대신관도 엄마도 아닌 자신의 표정을 보일 수 있는, 그런 한정된 시간에 스마라그디의 말을 들은 모브는 딸들의 버릇과 똑같은 각도로 고개를 갸웃했다.

"스마라그디가 아무 이유도 없이 즉흥적으로 생각을 말할 리 없어."

잘라 말하자 스마라그디도 쓰게 웃었다. 하지만 모브는 진지한 얼굴이었다.

"무슨 일 있었어?"

"모브는 알아 버리는구나."

생각해 보면 모브와 함께 지낸 시간은 스마라그디의 긴 삶 속에서도 결코 짧다고 할 수 없는 것이 되어 있었다. 단순한 시간의 길이뿐만 아니라, 행복으로 가득한 농밀한 시간이었다.

그래서 자신은 이런 생각을 하고 마는 것이리라.

"나는, 언젠가 아이들과 떨어지게 돼. ……그게 언제인지는 알 수 없지만…… 그때까지 아이들에게 추억을 남겨 두고 싶었거든. 결코 힘들고 괴로운 기억만이 아니었다고 생각할 수 있게."

언젠가 딸들을 위해 이 목숨을 쓴다.

그것은 오래전부터 스마라그디가 각오한 일이었다.

그리고 사랑스러운 딸들이 무엇과도 바꿀 수 없는 존재가 되면서 그것에 의문을 느낄 여지는 없어졌다. 모브의 예언이 없었더라도 아빠로서 자신은 이 한목숨 걸고 당연히 딸들을 지킬 것이다.

하지만 만약 그때가 왔을 때, 딸들이 자신의 죽음에 마음 아파 하며 상처 입더라도— 그것을 뛰어넘는 기억을 남겨 두고 싶었다. 행복했다고 확실하게 말할 수 있는 것을 남겨 두고 싶었다. 그렇게 바라고 말았다.

"딸들이 어른이 되는 모습을 나는 못 볼지도 몰라. 하지만 이 계절을 맞이할 때마다…… 이런 일도 있었다고 날 떠올리는 실마리가 될지도 모른다고, 생각해 버린 거야. ……가능하다면 그건 즐거운 기억이었으면 좋겠다고도."

조금 난처한 얼굴로 미소 짓는 스마라그디는 그것이 자기만족에 불과한 감정이라는 것도 이해하고 있었다.

우선해야 할 것은 딸들과 모브의 안전이었다. 그리고 그녀들의 존재 가치를 생각한다면 결코 실현할 리가 없었다.

그래도 누군가에게 속마음을 털어놓고 싶어서 모브에게 문득 생각을 말한 것이었다.

황금색 눈동자로 똑바로 바라보며 그의 말을 들은 모브의 악의라고는 조금도 없는 표정을 보고, 들어 준 것만으로도 만족이라고 생각했다.

스마라그디가 깜박한 것은 모브가 묘한 곳에서 강력한 행동력을 발휘하는 천진한 아가씨라는 점뿐이었다.

모브는 우선 무슨 연줄을 이용했는지 알 수 없지만 어디선가 두 명분의 아동용 외투를 손에 넣었다. 외투에 달린 후드는 뒤집어쓸 때 뿔 부분이 방해되지 않도록 고양이 귀처럼 솟아 있었다.

그리고 자신의 긴 보라색 머리를 염료에 담갔다.

과감한 것도 정도가 있는 행동이었다.

진갈색 머리가 된 모브의 모습을 본 스마라그디는 일단 말문이 막혔다. 『보라의 신』의 색깔인 귀한 색을 망쳐 버린 무녀공주의 이런 모습을 신전 사람이 본다면 졸도할지도 몰랐다.

"모…… 모브, 대체 무슨 짓을……?"

"얼룩덜룩해져 버렸지만 이 위에 뭔가를 쓰면 어두운 곳에서는 들키지 않을 거야."

스마라그디가 곤혹스러워하며 말하자 모브는 자신만만한 모습으로 가슴을 쭉 펴고 대답했다. 질문에 대답이 되지 않은 것은 그녀가 신경 쓸 일이 아니었다.

"저기…… 모브?"

"스마라그디가 안 된다고 한다면 내가 둘을 데리고 밖에 나가겠어."

"그건 대체 무슨 협박이야?"

세상 물정 모르는 천진한 아가씨들의 첫 외출. 사건이 연발할 것이라는 예측밖에 안 들었다.

그렇게 생각하고 최초의 충격에서 회복된 스마라그디는 모브가 아무래도 딸들을 데리고 외출할 심산인 모양이라는 데 생각이 미쳤다.

자신의 중얼거림을 실현하기 위해 그녀는 행동에 나선 것이다. 그 마음은 기뻤지만 실행시킬 수는 없었다.

그런 상식적인 사고 속에 있는 스마라그디를 보며 모브는 자신감 넘치는 표정을 무너뜨리지 않은 채 다시 입을 열었다.

"내 가호를 이용하면 스마라그디에게도 들키지 않고 나갈 수 있으니까."

2차 『묘소 사건』은 일으키지 말아 줬으면 좋겠다.

스마라그디가 반사적으로 그렇게 생각하는 것도 당연했다.

하지만 모브를 말리는 말을 하려던 스마라그디는 그녀의 모습에 입을 다물었다.

모브는 들뜬 모습으로 사로 만든 베일을 머리에 쓰고서 스마라그디를 보았다. 덥고 건조한 이 토지에서 강한 햇살을 피하기 위해 여성이 베일을 쓰는 것은 일반적인 패션이었다. 황금색 눈동자와 똑같이 빛나는 뿔도 어두운 사에 가려져 눈에 띄지 않았다. 얼핏 보고서 그녀가 귀한 색을 지닌 무녀공주임을 간파하는 자는 없을 것이다.

스마라그디의 바람과 딸들을 생각해서 행동하고 있는 것은 분명하리라. 하지만 모브의 표정에는 그뿐만이 아닌 흥분이 보였다. 그 사실을 깨닫고 만 스마라그디는 그녀를 말릴 말을 잃어버렸다.

신전 안쪽에 숨겨져 바깥 세계를 모르는 것은 딸들뿐만이 아니었다.

그녀 역시 바깥 세계에 흥미가 있어도 이상하지는 않았다.

"너랑 리쏘와 라티나에게 위험은 없는 거야?"

그렇다면 위험성을 검토하고 사태에 전력으로 임하면 된다. 각오가 서자 스마라그디는 평소의 침착함을 되찾고 미소 지었다. 딸들뿐만 아니라 연하의 반려인 모브에게도 스마라그디는 다분히 물렀다.

"위험이 전혀 없다고는 할 수 없어. 하지만 위험도가 오를 『가능성』을 최대한 낮춰서 무력화하는 선택이 가능해. 내 머리 색도 그 일환."

모브는 그렇게 대답하며, 준비한 아동용 외투를 들었다.

"뿔을 드러내는 형태의 후드가 아니라 숨기는 형태를 고른 것도 그 때문이야."

둥근 귀가 아니라 삼각 귀인 것도 큰 선택지를 취사 택일한 결과였다.

결코 귀엽기 때문은 아니었다.

"라티나, 리쏘, 이리 와."

"왜~?"

"왜~?"

하지만 엄마에게 불려 외투를 입고 후드를 쓴 플라티나와 크리소스 두 사람의 모습이 스마라그디가 예상했던 것보다 더 사랑스러웠던 것도 사실이었다.

낯선 옷에 신나서 폴짝폴짝 뛰어다니는 모습은 실제 새끼 고양이와 비교도 안 될 만큼 귀엽다고 단언할 수 있을 정도였다.

딸들의 준비를 마치고 모브는 당연하다는 듯이 방을 나섰다. 모브를 말리는 것을 단념한 스마라그디는 딸들의 손을 잡고 뒤를 따랐다.

그녀가 지닌 강대한 가호를,^힘 가지지 않은 스마라그디는 본질적으로 이해할 수 없었다. 자신의 간섭이 나쁜 방향으로 작용할지도 몰랐다. 그렇게 생각하자 그는 모브의 행동을 지켜볼 수밖에 없었다.

신전 구획을 안쪽과 나누는 문은 평소에 결코 나갈 수 없는 것이었다. 크리소스와 플라티나는 평소와 다르게 사태가 움직이고 있음을 헤아린 것 같았다. 똑똑한 딸들은 둘이서 얼굴을 마주 보고 입술을 꾹 다물었다.

자신만만한 발걸음으로 걷는 모브는 때로는 멈춰 서고 때로는 멀리 돌아가며 신전 안을 나아갔다. 그러는 동안 많이 있을 터인 신관과 한 명도 마주치지 않았다.

신탁에 모든 것을 맡기고 스스로 생각하기를 포기한 듯한 신전의 방식을 혐오하는 스마라그디가 그래도 신의 예지에 경외를 품는 것은 이런 때였다.

모브의 황금색 눈동자에는 모든 것을 내다보는 힘이 있었다. 그것을 속수무책으로 의식하게 되었다.

광대한 신전 부지를 빠져나가는 모브의 뒤를 스마라그디가 딸들을 데리고서 따랐다.

신전 바깥쪽을 경호하는 문지기는 귀한 색을 숨긴 모브가 무녀공주 본인임을 눈치채지 못했다. 존재조차 상층부 일부밖에 모르는 쌍둥이는 말할 것도 없었다. 신전에 참배하러 온 수많은 사람들 속에 섞여 거리로 나갔다.

그렇게 나가자 화려하게 꾸며진 거리가 나타났다.

거리 위에 펼쳐진 저녁 하늘은 노을빛에서 연보라색으로 변하는 그러데이션으로 물들어 있었다.

당연한 풍경인데도 신전 안쪽에서 벽으로 분단된 하늘밖에 못 본 딸들은 똑같이 입을 벌리고 위를 쳐다본 채 움직임을 멈췄다. 그것만으로도 밖에 데리고 나온 가치가 있다는 생각이 드는 모습이었다.

모브는 장난스럽게 스마라그디 쪽을 휙 돌아보고 미소 지었다.

말로 표현하지 않아도, 실행에 옮기길 잘하지 않았냐는 듯 득의양양한 표정이라 스마라그디는 희미하게 난처한 기색을 담으면서도 그녀에게 공범자의 미소를 돌려주었다.

바실리오의 거리는 도료를 칠하지 않은 말린 벽돌과 석조 건물이 늘어서 있어서 화려한 색채가 없었다. 주요한 길은 마른 흙이 날아오르지 않도록 돌바닥으로 포장되어 늘 청소되었다. 그런 인상 때문에 마치 거리 전체가 신전의 연장 같은 깨끗함을 유지하고 있었다.

거리 이곳저곳에는 인공적으로 만들어진 샘이 있었다. 자연스럽게 솟는 물이 아니라 업자가 마법으로 채우는 것이었다. 비가 적은

이 토지에서도 거리에 사는 사람들은 물을 둘러싸고 다툴 필요가 없었다.

차가운 물에 식혀진 바람이 부는 샘 근처는 휴식처가 되어 많은 사람이 발을 멈췄다. 낮의 더위를 피하는 의미도 포함하여 바실리오는 해 질 녘에 가장 북적였다.

지금 샘에는 평소보다 많은 사람이 발을 멈추고 있었다.

샘 수면에 순백의 꽃이 몇 개나 떠 있었다. 권능의 일부이며 그 은혜의 상징으로 여겨져서『주황의 신』에게 바쳐진 것이었다.

신전 안뜰에는 피지 않는 큼직하고 화려한 꽃을 보고 똑같은 후드를 쓴 크리소스와 플라티나가 깜짝 놀란 얼굴을 했다.

샘 근처로 달려가 둘이서 나란히 수면으로 손을 뻗었다. 떠 있는 꽃에 손이 닿을 듯 닿지 않았다. 그에 낙담하지 않고 찰박찰박 수면을 튀기며 놀기 시작했다. 물에 뜬 꽃잎이 흔들리는 모습조차 그녀들에게는 즐겁게 비치는 모양이었다. 두 사람이 함께 소리 내어 웃었다.

부모가 온화한 얼굴로 그런 자신들을 지켜보고 있음을 뒤돌아 확인했다. 스마라그디와 모브의 얼굴을 보고 더더욱 환하게 웃는 두 사람에게서는 처음으로 신전 밖에 나왔다는 불안을 찾아볼 수 없었다. 크리소스와 플라티나로서는 절대적으로 신뢰하는 부모가 옆에 있는데 불안해할 필요가 없었다.

선천적인 강한 호기심도 있어서, 모르는 것으로 넘쳐 나는 거리와 즐겁게 들뜬 분위기에 두 사람의 얼굴에서는 웃음이 가실 줄을 몰랐다.

스마라그디는 샘 옆에 바구니를 든 사람을 불러 돈을 주었다. 건네받은 네 송이 꽃은 샘 수면에 뜬 것과 똑같은 것으로, 겹겹의 꽃잎을 지닌 순백색 꽃이었다.

"일용할 양식에 대한 감사를 담아 샘에 넣는 거야."

딸들과 모브에게 각각 한 송이씩 주고서 스마라그디는 자신이 든 꽃을 샘에 살며시 띄웠다. 딸들은 얌전히 아빠를 흉내 내어 각자 진지한 얼굴로 수면에 꽃을 떨어뜨렸다.

모브가 따라 하지 않는 것이 이상하여 스마라그디는 그녀를 보았다. 모브는 조금 망설이며 꽃을 가슴에 품고 있었다.

"모브?"

"제사 의식이니까, 어쩔 수 없다는 건 알고 있어."

곤혹스러워하는 스마라그디의 목소리를 듣고 그녀는 샘에 꽃을 흘렸다. 잠시 후 스마라그디는 자신의 행동을 되짚어 보고서 납득했다.

"그러고 보니 네게 꽃 한 송이 선물한 적이 없었구나."

정곡을 찌른 모양이다. 모브가 어색하게 어린아이처럼 토라진 표정을 지었다. 스마라그디는 그런 그녀를 부정하지 않고 그저 끌어안았다.

"내가 잘못했어. 모브는 어떤 꽃을 좋아해? 물어본 적이 없었네."

"그 안에서는 그런 것과 접할 기회도 없으니까……."

"그런가. 그럼 어떤 꽃이 모브에게 어울릴지 생각해야겠네."

스마라그디는 웃으며, 모브의 허리에 감았던 팔을 그대로 그녀의 손으로 뻗었다.

"너도 거리는 잘 모르니까, 놓치지 않도록 잡고 있자."

모브는 희미하게 뺨을 물들이고서 그의 손을 단단히 쥐었다. 딸들에게는 자유로운 손을 내밀었다. 엄마와 아빠의 손을 각각 잡은 플라티나와 크리소스는 방긋 웃으며 부모를 올려다보았다.

오늘 거리는 길목 여기저기에 화환이 장식되어 화려한 분위기를 만들고 있었다. 석양빛을 받아 빨갛게 물든 벽에 드리워진 그림자조차 거리에 화사함을 더했다.

플라티나와 크리소스는 그 하나하나에 발을 멈췄다. 손으로 가리키며 부모에게 물었다. 자기 모습을 한 그림자 앞에서 양손을 올렸다 내리며 신기한 춤을 추었다. 그 모두가 사랑스럽다는 얼굴로 부모는 딸들을 지켜보았다. 어떤 작은 동작조차도 예뻤다.

이윽고 도착한 곳에는 『주황의 신』 신전이 있었다. 그녀들이 평소 지내는 『보라의 신』 대신전과는 비교도 되지 않을 만큼 검소한 신전이었다.

금속 장식이 건물을 꾸미고 있는 것도 특징적이었다. 그런 도안화된 여러 의장을 처음 본 아이들은 완전히 마음을 빼앗겨 버렸다.

"라그, 저게 뭐야?"

"아아, 저건 『주황의 신』의 은총을 의미하는 도안이야. ……이 나라에는 없는 식물도 잔뜩 그려져 있단다."

딸들의 반짝이는 눈동자에는 확연한 호기심이 담겨 있었다. 금속 부조에는 동서고금의 식물 의장이 세세하게 새겨져 있었다. 각각의 부조가 계절이나 지역을 나타낸다는 것을 아는 스마라그디는 그것이 식물도감 같은 역할을 한다는 것도 알고 있었다.

"좀 더 보고 싶어! 라그, 안아 줘, 안아 줘!"

"진정하렴, 리쏘. 아아, 라티나도 그런 얼굴로 보지 말고."

"라티나도, 라티나도 안아 줘!"

호리호리한 스마라그디는 동시에 안아 달라고 조르는 두 딸을 함께 안아 올리는 것이 나날이 힘들어지고 있었다. 그래도 이런 부탁을 거절하다니 가능할 리 없었다.

"굉장해."

"저쪽에도 있어! 라그, 저쪽!"

꺄꺄 떠드는 딸들을 안은 채 스마라그디는 천천히 걷기 시작했다. 모브는 그런 그의 옆에 다가붙어 걸었다. 스마라그디의 양쪽 손을 딸들이 모두 차지해 버린 만큼 평소보다 거리를 좁히기로 한 것이다.

너무 까불거리다가 벗겨질 뻔한 크리소스의 후드를 모브가 다정한 손길로 살며시 고쳐 씌웠다.

그녀는 어딜 어떻게 봐도 자상한 엄마의 모습을 하고 있었다.

건물 주위를 빙 걸었다. 평소에는 사람도 별로 없는 조용한 신전이지만 오늘은 축제라 많은 사람이 찾아와 있었다.

풍양제인 만큼 신전 단상에는 올해의 수확물이 쌓여 있었다.

환경이 혹독하여 채취할 수 있는 작물도 한정되어 있기에 신을 향한 감사의 마음이 순수한 신앙 형태가 된 제사 의식이었다.

"슬슬 시작되려나."

"응?"

"뭐가?"

스마라그디가 중얼거리자 딸들이 그의 팔에 안긴 채 고개를 갸웃했다. 모브도 의아한 표정을 지었다. 그녀들의 모습에 스마라그디는 미소 짓고 인파가 형성된 곳에서 조금 떨어진 위치로 모브를 불렀다.

"봉납무(捧納舞)가 시작될 거야. 여기서 나가 거리 이곳저곳을 돌며 춤을 피로하지. 아까 지났던 샘 같은 데서 말이야. 샘에서 추는 춤은 더 화려해 사람들이 모이니까 느긋하게 보려면 이쪽이 좋아."

스마라그디가 설명을 마치고 얼마 지나지 않아 신전 안에서 신관 몇 명이 모습을 나타냈다. 『보라의 신』 신전에서 듣는 것과 크게 다른, 타악기와 피리가 연주하는 요란한 음이 어스름을 걷어 낼 듯한 음량으로 주위를 제압했다.

큰 소리에 깜짝 놀라 아빠에게 안긴 쌍둥이 딸들도 화려한 옷차림의 무녀가 모습을 보이자 이끌린 듯 시선이 못 박혔다. 눈 깜박이는 것도 잊고서 무녀의 우아한 춤을 열심히 바라보았다.

스마라그디가 옆에 있는 모브를 보자 그녀는 춤보다도 춤에 푹 빠진 딸들을 즐기고 있는 것 같았다. 스마라그디의 시선을 알아차리고 그를 올려다보아 자상한 미소를 주고받았다.

연주에 지워져서 말을 나누기는 어려웠다.

그렇게 스마라그디가 생각했을 때, 모브는 그의 팔에 팔짱을 꼈다. 딸들을 안고 있는 스마라그디는 그녀에게 호응할 수 없었지만, 가까워진 거리에 조금 부끄러워하며 뺨을 물들이는 모브를 보았다.

"……너와 만나서 다행이야."

들리지 않아도 좋다고 생각하며 스마라그디가 중얼거리자 모브는 행복한 미소로 답했다.

"앞으로…… 무슨 일이 있더라도, 내 그 마음은 흔들리지 않아."

"……응."

눈을 감고 모브는 스마라그디의 어깨에 머리를 올렸다. 그녀의 온기가 희미한 무게와 함께 전해졌다.

"나도, 함께 있게 된 게 스마라그디라 정말로 다행이야."

딸들의 환성을 듣고 시선을 춤으로 되돌렸다.

신전에서 추는 춤은 클라이맥스에 이르러 있었다. 딱딱 똑같이 움직이던 무용수 몇 명이 움직임에 살짝 시차를 만들었다. 가느다란 금환을 찬 섬섬옥수가 물결치듯 뒤집혔고, 선명한 신의 색으로 물들인 똑같은 의상이 꽃처럼 펼쳐졌다.

타악기가 고막을 진동시킬 만한 음량으로 울렸다. 여운과 함께 신전에 고요함이 돌아왔을 때, 춤이 종료됨과 동시에 비일상이 일상으로 되돌아왔다.

정신 차리고 보니 석양은 이미 사막 너머 언덕 저편으로 사라진 상태였다. 하늘에는 노을빛이 흔적도 없이 사라지고 별빛이 일대에 펼쳐져 있었다.

조금 전까지 보고 있던 춤의 흥분이 가시질 않는지 딸들은 둘 다 걷는다기보다 뛰었다. 그런 딸들이 어둠 속에서 넘어지지 않도록 모브는 살며시 마법 불빛을 밝혔다.

즐거워 보이는 두 사람을 지켜보며 스마라그디와 모브는 손잡은 채 천천히 걸었다.

지금쯤 신전 안은 발칵 뒤집혔을 것이다. 그래도 조금이라도 이 시간이 길게 이어지기를 바라고 말았다.

신전에 돌아가는 것도 모브의 가호^힘 앞에서는 어렵지 않았다.

그녀는 나올 때와 마찬가지로 스마라그디와 딸들을 데리고서 간단히 신전 안쪽으로 돌아갔다. 주거구 어디에도 모브와 쌍둥이가 없는 사태에, 소란을 피울 수는 없지만 그래도 찾아다니던 시종들을 그녀의 능력은 깔끔하게 무시했다.

놀다 지친 쌍둥이들을 재울 때 발견된 모브는 표표하게 질책도 추궁도 제대로 상대해 주지 않았다.

†

그렇게 제한적이지만 행복한 나날은 어느 날 돌연 종언을 맞이했다.

최고위 신관으로서의 책무를 모브에게 양도했으나 여전히 큰 영향력을 가진 선대 대신관 에필로기가 신탁을 내린 것이 끝의 시작이었다.

"우리의 미래를 비추는 것은 태양의 빛."

시의 단편 같은 신의 말은 그래도 사람들이 알고 싶어 하는 미래를 보였다.

"달의 빛은 왕을 파멸로 이끌 것이다."

황금을 의미하는 문자에 포함되는 것은 태양.

그리고 백금을 의미하는 문자에 포함되는 것은— 달이었다.

신탁을 전해 들은 스마라그디의 표정은 딱딱해졌다.

그는 줄곧 걱정하고 있었다. 신전에 속한 자들이 맹목적으로 신의 말을 따르는 것을, 그는 모브와 함께 있는 지금까지 몇 번이나 통감했었다.

그에게 다행이었던 것은 현재 신전의 최고위 신관인 모브가 그의 직제자여서, 신전의 사고방식을 즉각 긍정하거나 부정하지 않고 스스로 옳고 그름을 생각할 수 있다는 점이었다.

그리고 오랫동안 신전 안에서 상담 역할을 맡았던 스마라그디 자신의 인망이 높다는 점이었다.

신관이 아닌 스마라그디에게 에필로기의 신탁 내용을 전한 것도 그런 스마라그디의 제자를 비롯한 면면이었다. 그들은 그 밖에도 신전의 상황을 스마라그디에게 알려 주었다. 모브는 대신관으로서

격동하는 신전 한복판에 있었다. 지금까지보다 다망해져서 가족끼리 보낼 수 있는 시간은 상당히 한정되어 버린 상태였다.

"그다지, 상황은 좋지 않을 겁니다. 공주무녀가 강경하게 반론하고 계시긴 합니다만……."

신전에서 열리고 있는 회의 모습을 아스피타에게 보고받고 스마라그디는 확실하게 불쾌한 표정을 지었다.

온화한 성격인 그가 이토록 노골적으로 불쾌감을 드러내는 일은 드물었다.

"어차피 그런 바보 같은 소리를 하고 있는 건 늙은이들이겠지. 에필로기 님 대에는 충신이었을지도 모르지만, 녹슨 머리로 생각하기를 포기한 족속 따위 냉큼 내쫓아야 했어."

"도사님……."

"네가 그 늙은이들을 나쁘게 말할 수 없는 입장이라는 건 알고 있단다. 이렇게 정세를 전해 주는 것만으로도 충분해. 고맙구나, 아스피타."

사랑하는 딸에게 향한 몰인정한 발언을 생각하면 스마라그디가 신랄하게 말하는 것도 어쩔 수 없는 일이었다.

신전 안에서도 보수적인 인물일수록 이번 에필로기의 신탁을 듣고 즉각 『죄인』의 죄를 심판해야 한다는 의향을 보였다.

스마라그디가 늙은이라고 부르며, 최고위 신관일 터인 모브의 발언을 깔보는 경향이 있는 족속. 사고가 꽉 막혔음에도 불구하고 지위만큼은 있기에 다루기 어려운 족속들이었다.

이 나라에서 『왕』은 군주인 『첫째 마왕』을 가리켰다. 선대를 잃고 후보자도 잃은 뒤, 이 나라는 줄곧 새로운 왕이 즉위하기를 애타게 기다리고 있었다.

백성 중 한 사람인 스마라그디나 모브도 그 생각에는 변함이 없었다.

그렇다고 아직 무엇 하나 죄를 범하지 않은 플라티나를 신탁으로 정해진 죄인으로 심판해야 한다는 부조리를 인정할 수 있을 리가 없었다.

스마라그디와 모브는 플라티나와 크리소스 두 사람을 방에서 나오지 못하게 했다.

지금까지는 한정된 구획이기는 하지만 어느 정도 자유를 딸들에게 허용했었다. 거기서 더욱 자유를 빼앗아 방 하나에 가두는 것은 마음 아픈 일이었다. 그러나 그럴 수밖에 없었다. 보수파 신관들이 언제 강경한 수단으로 나올지 알 수 없었다. 또한 신탁 이후로 플라티나에게 향하게 된, 공포와 혐오에서 기인한 주위의 악의로부터 두 사람을 숨긴다는 이유도 컸다.

다만 사람들이 그럴 만도 하다는 것은 스마라그디도 알고 있었다.

선대 대신관 에필로기의 말은 그만큼 존중되었고, 『파멸』이라는 미래를 확정하는 예언은 사람들의 불안을 크게 부채질했다.

크리소스와 플라티나 두 사람은 타자의 『나쁜 마음』에 민감했다.

신전 안에 소용돌이치는 자신들을 향한 감정을 감지한 플라티나는 떨었고, 그런 반쪽의 모습에 크리소스도 플라티나와 손을 맞잡고서 겁먹게 되었다.

긴장한 부모의 모습이 아이들을 더욱 불안하게 한다는 것을 알고는 있었지만 스마라그디도 모브도 긴장을 늦출 수는 없었다.

심야가 되어 겨우 방에 돌아온 모브는 지친 얼굴이었다.

스마라그디와 딸들의 모습을 봐도 표정은 밝아지지 않았다. 오늘도 상황은 좋지 않았음을 그녀의 모습을 보고 헤아린 스마라그디는 위로의 말을 자아냈다.

"괜찮아? 모브. 너무 무리는……."

"무리든 뭐든, 자식을 위해서라면 전력을 다해야지."

차단하듯 나온 그녀의 말에 스마라그디는 희미하게 쓴웃음 지었다.

"그러네. 하지만 플라티나를 지키기 위해서도. 네가 쓰러지기라도 하면 그 아이를 지킬 수 없게 되니까."

"알고 있어."

그녀의 보라색 머리카락을 손으로 빗으며 스마라그디는 물었다.

"모브, 에필로기 님의 예언이 빗나간 기록은 없을까?"

그것은 소망이라기보다, 더욱 올바른 추론을 구성하기 위한 전제 조건을 확인하는 차가운 어조의 목소리였다.

스마라그디도 분노와 조바심으로 마음은 몹시 어지러웠다. 하지만 그런 상태로는 아무것도 호전되지 않는다. 그것을 이해하고 있는 그는 감정을 드러내며 아우성치기보다 냉정하게 사고하여 최선을 다하는 것을 택했다.

모브 쪽이 동요와 초조를 얼굴에 드러내고 있었다.

그녀는 대신관으로서 정무를 볼 때, 결코 흔들리는 모습을 다른 자에게 보이지 않았다. 그런 그녀가 유일하게 약한 모습을 드러낼 수 있는 곳이 스마라그디 앞이었다. 스마라그디보다 훨씬 젊은 그녀는 그렇게 자신의 감정과 타협하고 있었다.

"내가 알기로 에필로기 님의 예언이 틀린 적은 없어."

잠긴 목소리로 모브가 대답하자 스마라그디는 조용히 생각에 빠졌다.

"예전에 모브가 받았던 신탁과 공석인 마왕의 자리…… 그리고 이번 신탁을 합치면 크리소스가 『첫째 마왕』이 될 거라고 추측해도 좋을 거야."

"스마라그디……."

"그렇다고 플라티나가 크리소스를 상처 입히길 원할 거라고는 생각할 수 없어. 만약 그렇게 된다면 그건……."

스마라그디는 그답지 않게 표정을 일그러뜨리고 내뱉었다.

"이런 바보 같은 악의에 노출되어 플라티나가 모든 것에 절망해 버렸기 때문이겠지."

지금은 사이좋은 자매지만 앞으로도 쭉 그럴 것이라고는 장담할 수 없었다. 그래도 이렇게 다정한 본성을 지닌 두 사람이 크게 비뚤어진다면, 그것은 그만큼 무언가로부터 큰 영향을 받은 뒤이리라.

그렇기에 두 사람을 모두 지켜야 한다고 생각했다.

모브도 불안을 억누르고 얼굴을 들었다.

"플라티나 자신의 뜻은 아니지만 크리소스를 해할 가능성이 있을지도 몰라."

"……그건, 그럴 수도 있겠네. 모브의 가호로 예지할 수 있을까?"

"가능성을 따지기 전에 해내 보이겠어……. 그렇지 않으면 가호를 가진 의미가 없어."

감정적으로 말하는 모브를 스마라그디는 자신의 격정을 억누른 얼굴로 끌어안았다. 그녀가 쌍둥이 딸들을 자신 못지않게 깊이 사랑한다는 것을 스마라그디는 잘 알고 있었다.

애정 때문이라고는 하지만 자기 딸들에게 공평한 판단을 내리지 못하고 있다고, 통치자로서는 실격이라고 질책해야 할지도 모른다.

"나도 같은 마음이야."

그래도 자신만큼은 결코 그런 그녀를 부정하지 않겠다고 스마라그디는 마음속으로 맹세했다.

"지금 내게는 이 나라와 저울질해도 딸들이 더 중요하니까."

명확한 답을 얻을 수 없더라도 저항할 의지만큼은 잃지 않겠다며 서로의 각오를 확인했다.

그런 부모의 가장 큰 버팀목이 되어 주고 있는 것은 소중하고 사랑스러운 딸들이었다.

두 사람은 원래부터 사이좋은 자매였지만 지금은 한시도 서로의 곁을 떠나려 하지 않았다. 지금도 같은 침대에서 바싹 붙어 몸을 말고 자고 있었다.

딸들은 자신들을 둘러싼 환경이 급격히 나쁘게 변화했음을 이해하고 있었다. 특히 플라티나는 그 『나쁜 것』이 자신에게 향하고 있음을 알고 있는 듯했다. 똑똑하다는 말만으로는 표현할 수 없는 통찰력이었다.

부모는 그녀들이 갖춘 『악의를 감지하는 능력』의 존재를 몰랐지만 제 자식의 이상을 눈치채지 못할 만큼 둔하지는 않았다. 사소한 변화도 놓치지 않도록 줄곧 사랑해 왔으니까.

두 사람 중에 늘 먼저 울음을 터뜨리는 쪽은 겁이 많고 울보인 플라티나였다.

그런데 최근 플라티나는 우는 법조차 잊어버린 것처럼 눈물을 흘릴 기미가 없었다.

"……크리소스가, 울어. 줄곧 플라티나의 손을 잡은 채. 울 수 없게 된 플라티나를 대신하는 것처럼 말이야."

딸들의 모습을 떠올린 스마라그디의 목소리에 비통함이 섞였다.

그토록 쾌활하고 활달했던 딸들인데 지금은 방에 갇힌 것에 불평하기는커녕 어두운 방구석에 숨어 웅크리고 있었다. 둘이서 끌어안고 공포를 서로 나누며 덜덜 떨었다. 특히 크리소스는 『나쁜 것』의 표적이 된 플라티나를 감싸듯 언제나 자신의 반쪽을 끌어안고 있었다. 그녀는 필사적으로 동생을 지키고 있었다.

"대신해 줄 수 없는 게 이렇게나 고통스러울 줄은 몰랐어."

그런 딸들의 모습을 계속 보고 있는 스마라그디가 안타까움과 분노를 느끼는 것도 당연했다. 『재앙』이라고 불리는 마왕이 모든 것을 멸망시키고 싶어 하는 마음의 일부조차 이해할 수 있을 것 같았다. 사랑하는 딸을 해하려는 모든 것을 없애 버리고 싶다는 마음마저 들었다.

"사람이 힘을 원하는 건 이럴 때일지도 모르겠어……."

스마라그디의 중얼거림을 들은 모브는 그의 등에 두른 팔에 살며시 힘을 주었다.

스마라그디는 모브 앞에서는 불온한 본심과 본연의 감정 일부를 표출했지만 딸들 앞에서는 그런 모습을 숨겼다.

적어도 이 이상 딸들을 겁주지 않도록. 다른 누구도 아닌 사랑하는 딸들을 위해 그는 자신의 마음을 억눌렀다.

"라티나…… 리쏘…… 소중한 우리 딸들."

정위치가 되고 있는 방구석에서 움직이지 않는 두 딸을 함께 껴안았다. 부드럽고 다정한 목소리가 되도록 의식하며 딸들의 이름을 불렀다.

"나도 모브도 너희를 사랑한단다. 그것만큼은 절대로 변하지 않아. 무슨 일이 있어도 우리는 너희 편이니까…… 기억해 두렴. 라티나, 리쏘……."

애정 가득한 말을 보냈다.

흔들리지 않을 진심에서 우러나온 말이었다. 그렇기에 이런 상태인 딸들에게 전해지도록, 전해져야만 한다며 생각을 말했다.

"라그……."

울 것 같은 목소리를 낸 사람은 크리소스뿐이었다. 훌쩍거리며 스마라그디의 가슴에 얼굴을 묻었다. 그러는 동안에도 크리소스는 플라티나의 손을 놓지 않았다.

반응이 희박한 플라티나는 창백한 얼굴로 아래를 보고서 말이 없었다. 그래도 스마라그디가 플라티나의 뿔 근처를 손바닥으로 감싸며 천천히 쓰다듬자 플라티나는 팔을 뻗어 그의 옷을 잡았다.

그런 연약한 동작이더라도 확실하게 자신을 의지하고 매달리는 것에 크게 안도했다.

이 딸을 지키기 위해 자신이 할 수 있는 일은 무엇일까. 이 딸을 위해 자신은 무엇을 할 수 있을까— 생각하며 스마라그디는 딸들을 안은 팔에 힘을 주었다.

에필로기의 신탁은 번복되지 않는다.

플라티나는 언젠가 『왕을 파멸로 이끈다』고 한다.

『왕을 파멸로 이끄는』 존재라면 마음 착한 플라티나보다도 그에 훨씬 적합한 존재가 있었다.

그 생각에 이르렀을 때, 모브는 잊어버렸던 공포를 떠올리게 되었다.

어렸던 **그날** 자신에게 보이는 세계를 전부 절망의 색으로 물들였던 존재. 피보라 속에서 보았던 웃음은 어린 티가 남은 소녀의 것이었기에 더욱 끔찍하게 비쳤다.

—『둘째 마왕』.

살육 그 자체를 목적으로 타자를 죽이는 존재. 그 마왕은 어린 모브 앞에서 선혈에 물든 칼을 흔들며 정말이지 즐겁게 웃고 있었다.

지금도 그 목소리가 분명하게 귀에 남아 있었다.

"간단히 죽여 버리는 것도 재미없지. 좀 더 클 때까지 기다려야 즐거운 장난감으로 자라려나⋯⋯. 너는 어떨까?"

속이 쓰릴 만큼 달콤한 목소리로 속삭이고서 마왕은 움직일 수도 없던 모브에게 가느다란 손가락을 뻗었다.

"무척 예쁜 황금색과 보라색이야. 이렇게 아름다운 색은 정말 보기 힘들어. 나는 희귀한 걸 아주아주 좋아해."

꺼림칙할 만큼 붉은 입술이 씨익 호를 그렸다.

"지금 죽이는 건 아까워. 내 수집물로 늘어놓기에도 좀 더 자라기를 기다리는 편이 좋겠어. ⋯⋯충분히 기다리는 편이 아주 즐거울 것 같으니까."

모브의 하얀 뺨에 마왕의 손가락 자국이 선혈로 찍혔다. 이 피는 아까까지 함께 이야기했던 그 아이의—.

거기서 회상을 중단하고 모브는 고개를 좌우로 흔들었다. 저도 모르는 사이에 떨리고 있던 손을 움켜쥐었다.

이런 공포심 정도로 주춤할 수는 없었다. 그 무렵의 자신과는 달랐다. 자신은 이제 보호받는 측 존재가 아니었다.

지키고 싶은 존재가 있었다. 상대가 마왕이더라도, 무슨 짓을 해서라도 지키고 싶은 것이.

"⋯⋯『둘째 마왕』⋯⋯. 크리소스가 『첫째 마왕』 후보자로 확정되어 버렸다면 그 아이는 언젠가 반드시 그『재앙』의 해의에 노출돼……."

언제까지고 숨길 수는 없을 것이다.

『새로운 왕이 결정되었다』는 예언은 경사이기에 사람들의 입에 오르내리기 쉬워진다. 모든 사람의 입을 막는 것은 불가능했다. 언젠가는 밝혀진다. 그리고 그때는 시시각각 다가오고 있었다.

이번에는 지켜 내겠다.

그 결의와 함께 모브는 자신의 가호(힘)를 행사했다. 복잡하게 뒤얽힌 사람의 가능성(운명)은 무수하게 가지를 뻗은 거목의 그림자와 비슷하여 읽어 내려고 해도 간단히 읽을 수 없었다.

그래도 모브는 그녀만이 볼 수 있는 그『가능성(운명)』을 응시했다. 사랑하는 딸이『파멸』이라고 불리는 미래에 이르는 단편을 더듬었다.

몇 개나, 몇 개나―.

그리고 그녀는 한 가지 결론에 이르렀다.

"『둘째 마왕』에게 플라티나를 들키는 것. 내가 본 미래 속에서 두 딸 모두를 지키려면 그것은 반드시 피해야만 하는 일이야."

모브의 말을 듣고 스마라그디는 살짝 눈썹을 모았다.

"전해 듣기로『둘째 마왕』은 마력 형질을 가진 자를 복종시킨다던데…… 플라티나에게 마력 형질은 없잖아?『둘째 마왕』이 종복으로 삼는 조건은 마력 형질만이 아닌 거야?"

"그 마왕은……『희귀한 것을 좋아한다』고 말했어."

모브의 대답에 스마라그디의 표정이 굳었다.

『첫째 마왕』 후보자인 크리소스가 『둘째 마왕』의 표적이 되는 것은 예측했던 일이다. 하지만 후보자에서 제외된 플라티나도 표적이 될 수 있다는 사실은 간과할 수 없었다.

마인족에게 『쌍둥이』라는 존재는 마력 형질보다 더 희귀한 현상이었다.

"『첫째 마왕』에게 쌍둥이 동생이 있다는 걸 알면……『둘째 마왕』은 확실하게 플라티나를 노리는 거구나……."

모브는 그 말을 부정하지 않았다.

무수한 가능성을 꿰뚫어 보는 모브에게 『확실』이라는 말은 무거운 의미를 가졌다. 그래도 그 가능성이 매우 크다는 것도 알기에 그녀는 부정할 말이 없었다.

"모브. 플라티나의 존재를…… 새로운 『첫째 마왕』에게 쌍둥이 동생이 있다는 걸 『둘째 마왕』에게 들키면 어떻게 될 거라고 봐?"

"……장난감이."

보았던 미래를 떠올리고 분노로 떨며 모브는 대답했다.

"플라티나는 납치되어 마음이 망가져 버리겠지. 그때는, 크리소스도……."

"……그런가. 그것도 확실히 『파멸』로 가는 한 가지 길이겠네."

그것은 분명 그저 살해당하는 것보다도 지독하고 참혹한 미래였다.

마음이 망가진 플라티나라니, 결코 보고 싶지 않은 슬픈 모습이었다. 그 반쪽과 마주하게 된 크리소스도 마음을 잃어버리게 되리

라. 그리고 분명 그것만으로는 끝나지 않을 것이다. ―그 마왕이 좋아하는 것은 살육과 학살. 목숨을 가지고 노는 것이야말로 지상의 기쁨. 마주하게 된 두 사람은 서로를 죽이도록 강요받을 것이다.

살아남는 쪽이 누구든 간에 거기에는 『파멸』이라고 불러야 할 미래만이 남는다.

"『신전』에서 지낸 시간이 길어지기는 했지만, 나는 그다지 신앙심이 깊지 않을지도 몰라……. 하지만."

스마라그디는 조용한 목소리로 말하고 미소 지었다.

"네 말은 믿고 있어. 네가 누구보다도 딸들을 사랑한다는 걸 알아."

그녀의 예언대로 두 사람을 지키기 위해서는 『둘째 마왕』에게 들키지 않는 것이 필수 조건이리라.

그렇다면 자신은 그걸 위한 최선책을 강구할 뿐이다.

"플라티나를, 이 나라에서 내보내자."

모브는 아마 스마라그디가 이 말을 꺼낼 것도 예지했을 것이다.

아무 말도 하지 않고 그저 괴로운 얼굴로 자신의 감정을 삼켰다.

"그 아이를 죄인이라고 단정하는 결정을, 받아들이자."

죄인이라고 불리며 강한 악의에 노출되더라도 딸들을 잃는 것보다는 훨씬 나았다.

신전의 관리하에 있는 플라티나를 데리고 도망친다면 추적자가 붙고 대죄인으로 주위에 알려지게 된다. 『합법적으로』 플라티나를 신전, 그리고 이 나라에서 내보내려면 중죄인 판정을 받고 추방형에 처해지는 것이 가장 합리적이었다.

그래서 스마라그디는 비정하다고 여겨질 만한 결단을 했다.

—그리고 그는 동시에 또 다른 결단도 내렸다.

"분명 그때가…… 이번 생의 이별이 되겠지."

모브는 말없이 스마라그디에게 안겼다. 잘게 떠는 그녀의 모습을 통해 마음속이 훤히 보여서 스마라그디는 몹시 안도했다.

헤어지기 힘든 것은 자신도 마찬가지였다.

하지만 분명 처음 만났을 때부터 정해져 있던 이별이 이제 온 것이다.

"어쩔 수 없어, 모브. 너는 크리소스를 지켜야 해. 나는 플라타나를 지킬게. 내가 할 수 있는 일은 한정되어 있지만, 가능한 모든 일을 하겠어."

"스마라그디……."

"리쏘를 잘 부탁해. 우리의 소중한 딸이며 마인족의 소중한 인도자를……. 그건 분명 모브만이 할 수 있는 일이니까."

결코 듣고 싶지 않았던 이별의 말인데, 이 순간에도 스마라그디의 목소리는 무척 자상하여 모브는 지금만큼은 참을 수 없게 된 눈물을 흘리기로 했다.

—그리고 그때가 왔다.

손을 떼어 놓자 크리소스가 아연실색한 표정을 지었다. 자신을 꽉 껴안은 엄마, 플라타나를 데려가는 아빠, 크리소스는 소리 없는 비명을 지른 것 같았다.

"라티나…… 리쏘에게, 작별 인사를."

아빠가 말하자 두 딸은 모두 이해할 수 없다는 얼굴을 했다.

"어째서……."

잔뜩 쉰 목소리를 낸 크리소스를 스마라그디는 지그시 바라보았다. 태어났을 때부터 지켜보았던 제 자식. 결코 손을 놓고 싶지는 않았다.

"리쏘, 모브 말 잘 들어야 해. 지금은 아무것도 이해할 수 없을지 모르지만, 너는 반드시 되찾을 만한 힘을 얻을 수 있어. ……반드시."

"……라그?"

"사랑한단다. 나의 소중한 리쏘. 부디, 행복해지기를. 내가 그렇게 바랐던 것은 잊지 말아 주겠니."

아빠의 말뜻을 크리소스는 이해할 수 없었다.

부모와 쌍둥이 반쪽이 함께 있는 일상만큼은 변함없이 반복될 것이라고 생각했다. 그것 외의 『당연』한 일은 몰랐다. 똑똑한 딸들이지만, 이토록 갑작스럽게 『당연』한 일이 『당연』하지 않게 되는 것 따위 몰랐다.

"싫어……."

떼어 놓아진 플라티나는 목소리조차 내지 못했다.

울먹이며 자신에게 손을 뻗는 크리소스를 향해 닿지 않는 손을 뻗는 것이 고작이었다.

"싫어, 싫어! 싫어!"

부정하는 것만이 어린 크리소스가 할 수 있는 유일한 반항이었다. 울면서 반쪽을 되찾고자 손을 뻗었다. 하지만 얼어 버린 몸은 엄마의 품속에서 벗어나기 위해 날뛸 만한 힘을 발휘하지 못했다.

"리쏘……."

미약한 목소리로 플라티나가 마지막으로 자신의 이름을 불렀다.

문이 닫히기 직전의 그 목소리가, 결코 닿지 않을 손을 뻗은 그 모습이, 크리소스가 반쪽을 본 최후의 모습이었다.

그리고 슬픈 얼굴로 자신의 반쪽을 안고 데려가는 아빠의 모습을 문 너머로 보낸 것이, 아빠와의— 영원한 이별이었다.

스마라그디는 마지막 순간까지 최대한 플라티나를 자신의 품에서 놓으려 하지 않았다.

그럼에도 비정한 손이 아빠에게서 어린 소녀를 떼어 놓았다.

죄인을 심판하기 위한 공간에는 나이 먹은 몇몇 고위 신관들이 늘어서 있었다. 모르는 사람의 모습과 이상한 공간에 플라티나의 두려움은 더더욱 심해졌다.

최후의 아군이었던 아빠에게서 떨어져 저주처럼 증오에 찬 말을 듣는 어린아이의 모습은 애처롭다는 말로 표현할 수 없을 정도였다.

말없이 덜덜 떠는 플라티나의 눈에 눈물은 없었다. 자신을 죄인이라고 욕하며 차가운 시선을 보내는 신관들을, 그다지 감정이 보이지 않는 얼굴로 커다란 회색 눈망울에 담고 있었다.

감정 풍부했던 딸이 저런 얼굴을 하다니, 스마라그디는 통곡을 억누르고 신음을 흘렸다. 피 토하는 듯한 심정을 삼키고서 그저 어린 플라티나가 매도당하는 모습을 지켜보았다.

저 아이를 구하기 위한 일이 아니었다면— 결코 견딜 수 없을 시간을 필사적으로 견뎌 냈다.

판결이 선고되었다.

스마라그디가 보기에는 바보 같다고 말할 수밖에 없는 논거로 어린아이는 중죄인이라고 단정 지어졌다.

그리고 아빠 앞에서 신관이, 아빠와 똑같은 색을 지닌 딸의 왼쪽 뿔로 손을 뻗었다.
<small>누군가</small>

그리하여 어린 소녀에게— 중죄인이라는 낙인이 찍혔다.

스마라그디의 품에 사랑하는 딸이 돌아왔을 때, 그녀는 더욱 지독한 상태가 되어 있었다.

어린아이를 이렇게나 몰아붙이고서, 그럼에도 중죄인에게는 깍듯한 대응이라는 얼굴인 신관들에게 스마라그디는 속으로 딸에게는 결코 들려줄 수 없는 저주를 퍼부었다.

추방형을 받은 딸과 함께 스마라그디는 이 나라를 나가겠다는 뜻을 보였다.

그러지 않으면 그녀를 다시 품에 안는 것조차 불가능했다.

새로운 왕으로 정해진 크리소스와 대신관인 모브는 불결한 중죄인이 된 플라티나와 만나는 것을 금지당했다. 딸을 홀로 두지 않기 위해, 부모는 딸들을 사랑하기에 이별을 선택했다.

줄곧 함께였던 반쪽을 잃어버린 불안은 플라티나를 더욱 괴롭히고 있는 모양이었다. 유일하게 자신에게 남은 것이라는 듯 갓난아기처럼 스마라그디에게 안겼다.

"라그……."

플라티나는 알아듣기도 어려울 만큼 희미한 목소리를 냈지만 스마라그디는 딸의 목소리를 놓치지 않았다.

"왜 그러니?"

"라티나, 나쁜 아이야? 라티나…… 예언된 나쁜 아이라서, 리쏘도 모브도 라티나를, 싫어하게 된 거야?"

딸이 이런 질문을 하게 만들었다는 것 자체에 스마라그디의 가슴속은 크게 울렁거렸다. 그 자리에 있던 모든 신관들을 향한, 증오라고 표현하기에도 부족한 감정이 들었다.

그래도 그는 딸을 위해 자신의 마음을 숨기고 자상한 목소리를 냈다.

"그렇지 않아, 라티나. 모브도 리쏘도 라티나를 사랑해. 소중하단다."

이 아이를 마지막까지 이끄는 것.

그것이 자신에게 부과된 역할이라며 자신을 타일렀다.

"네가 소중해. 네게 리쏘와 모브가 소중한 것과 마찬가지로, 두 사람에게도 네가 소중해."

"……그럼…… 어째서……?"

떨리는 목소리가 의도하는 것을 헤아리면서 스마라그디는 딸이 잃어버린 뿔 밑동을 만졌다.

"라티나를 지키기 위해서야. 그리고 리쏘를 지키기 위해서야."

소중한 두 딸을 지키기 위해, 자신들은 이 선택을 했다. 조금이라도 딸들이 행복해질 가능성을 고르기 위해 결정했다.

"절대 잊어버리지 말렴. 리쏘가 라티나를 정말 좋아한다는 것을. 그리고 모브와 내가 너희를 깊이 사랑한다는 것을."

스마라그디의 말에도 플라티나는 그다지 반응을 보이지 않았다. 그럴 만도 했다. 그녀가 받은 상처는 너무나 컸다.

아빠의 품에 안겨 움직이기는커녕 반응하지도 못하는 플라티나의 부러진 뿔을 다시 한번 쓰다듬고서 스마라그디는 걷기 시작했다.

언젠가 데리고 나가고 싶다고 생각했던 — 이런 형태가 아니라 좀 더 다른 형태로 — 신전 밖을 향해.

"도사님……."

신전 입구 부근에는 스마라그디를 존경하는 아스피타 등의 제자들이 있었다.

다들 한결같이 스마라그디와 그의 딸을 걱정하는 표정이었다. 마인족은 외뿔인 죄인의 모습을 혐오하는 경향이 있지만, 이토록 어린 플라티나에게 사라지지 않을 큰 상처를 입힌 행위에는 그들도 애처롭다는 얼굴이 되었다.

"역시 저희 중 몇 명을 데려가 주세요."

"도사님께서 혼자 짊어지실 일이 아닙니다."

"그러니……."

저마다 말하는 제자들을 보고 스마라그디의 표정이 희미하게 풀어졌다. 그들이 실권을 잡는 시대가 되면 이 나라와 신전도 조금은 달라질 것이다.

그러니 그들의 제안을 받아들일 수는 없었다.

"우리보다도 앞으로 크리소스와 모브를 도와줬으면 좋겠어."

지금 스마라그디가 품에 안은 아이와 마찬가지로 소중한 사람들이 앞으로 이 나라를 짊어지게 된다.

"모브와 크리소스에게는 신뢰할 수 있는 자가 한 명이라도 많이 필요해지겠지……. 이제 나는 그들의 힘이 될 수 없으니까. ……유언이라고 생각하고 들어주렴."

비겁한 표현이라고 자신도 생각했다.

제자들은 대답하기 곤란한 모습으로 고개를 숙였다.

그래도 앞으로 이 나라를 짊어질 모브의 — 그리고 언젠가 크리소스가 왕이 됐을 때 — 버팀목이 되어 이 나라를 새로운 방향으로 움직여 가길 원했다.

"너희 같은 제자를 두게 되어서…… 나는 교사 일을 해서 정말로 다행이라고 생각해."

스마라그디는 온화하게 미소 지으며 제자들을 둘러본 후, 신전에 등을 돌리고 천천히 걷기 시작했다.

제자들의 시선을 등으로 느끼면서도 스마라그디는 한 번도 돌아보지 않았다.

근소한 짐만을 챙긴 채 어린아이를 동반한 여행길이 무모하다는 것 정도는 뻔히 알고 있었다.

애초에 스마라그디 혼자 옮길 수 있는 짐은 한계가 명확했다. 충분한 장비도 식량도 없는 여로였다. 가혹한 토지인 바실리오에서는 공동체인 도시에서 추방되는 것 자체가 중죄인에게 가해지는 처벌이니 쉬울 턱이 없었다.

그래도 그는 딸의 손을 잡고 걸음을 옮겼다.

어린 플라티나와 다부진 체질이 아닌 스마라그디의 여행길은 생각대로 진행되지 않았다. 그래도 조금씩 앞으로 나아갔다.

스마라그디의 목적지는 인간족의 나라였다.

마인족의 나라에는 어디에 『둘째 마왕』의 권속이 섞여 있을지 알 수 없었다. 겉모습만으로는 알기 어려웠다. 도시 주위에 있는 마을이나 촌락에 숨어 살기를 택하지 않은 것은 그것이 큰 이유였다.

'그리고…… 소문으로는 들었어.'

쇄국 상태인 바실리오지만 치세의 중추와 가까운 곳에 있었기에 스마라그디는 타국의 정보를 조금이나마 얻을 수 있었다.

'이웃 나라인 라반드국에는 현재 마왕의 대존재인『용사』가 존재한다는 모양이야…….『둘째 마왕』에게서 이 아이를 지키기 위해 희미한 가능성에도 매달리고 싶어.'

『용사』가 타종족의 어린아이에게 구원의 손길을 내밀 이유 따위 없을 것이다. 스마라그디도 그렇게까지 낙관적이지는 않았다. 그래도, 사소한 것이라도 제 자식을 지키기 위한 수는 전부 쓸 생각이었다.

익숙지 않은 긴 여행 중에도 불만하거나 불평하지 않는 어린 딸을 위해 아빠로서 할 수 있는 일은 뭐든 할 생각이었다.

회복 마법을 플라티나에게 가르친 것도 그런 이유에서였다.

마력을 다루는 법이나 제어 방법은 원래부터 놀이의 일환으로 가르치고 있었다. 모든 사람이 마법을 다루는 마인족에게 그것들은 생활에 깊이 뿌리박혀 있었다.

그래도 아직 열 살도 안 된 어린아이에게 마법을 가르치는 일은 없었다.

하지만 언제 어느 때 무슨 일이 일어날지 알 수 없는 현재 상황에 그녀가 스스로 자기 몸을 지킬 수 있도록 스마라그디는 반복하여 영창 문구를 가르쳤다.

어떤 마법을 다룰 때도 기반이 되도록 간이식이 아니라 올바르고 아름다운 주문식을 알려 주었다. 공격 마법이나 방어 마법은 쓰기 어려웠다. 마력이 고갈되어 중요한 순간에 혼절하기라도 하면 더욱 위험해질 것이다.

웃는 일이 거의 없어졌던 라티나가 마법을 배울 때는 희미하게 표정이 밝아진 것도 컸다.

스마라그디의 무릎 위에 앉은 플라티나는 더듬거리면서도 아빠의 말을 복창하여 『하늘』 속성의 빛을 손안에 밝혔다.

선천적으로 호기심과 향상심이 강한 딸은 이런 상황 속에서도 새로운 것을 배우는 기쁨을 느끼고 있는 듯했다. 딸이 지닌 강한 살아가는 힘을 느끼고 스마라그디는 칭찬과 함께 그녀를 세게 끌어안았다.

"대단하구나, 라티나. 정말로 너는 대단한 아이야. 나의 자랑스러운 딸이야."

그녀의 『살아가는 힘』이라고 불러야 할 『능력』을 스마라그디는 조금씩 눈치채고 있었다.

이 아이는 『나쁜 마음』에 민감했다.

그것은 여행 중에도 발휘되어 여행에 익숙하지 않은 스마라그디를 도와주었다. 플라티나는 마수가 있는 곳을 감지했고 독이 있는 동식물을 분간했다. 그녀에게 다양한 것을 가르치며 키운 사람은 스마라그디 자신이었다. 그것이 신에게 받은 가호처럼 희귀하고 이질적인 능력임을 헤아릴 수 있었다.

"……그렇구나. 『왕이 된다』는 예언을 받고 태어난 건 크리소스뿐만이 아니었던 거야."

탄식과 함께 스마라그디는 깨달았다.

『첫째 마왕』은 아닐 것이다. 현재 다른 마왕의 자리가 전부 채워져 있다는 것도 알고 있었다.

그러나 분명 이 아이도 『마왕』이 되리라.

신이 보인 운명에 선택받아, 운명에 보호받는 마왕이라는 존재가.

그렇다면 자신은 남은 시간을 전부 이 아이를 이끄는 데 사용하자.

그다지 강한 체질이 아닌 스마라그디의 몸은 익숙하지 않은 긴 여행 중에 여기저기 상태가 나빠졌다.

그것이— 병을 불렀다.

병은 회복 마법으로 치유할 수 없다. 스마라그디는 그것도 알면서, 점차 정상적으로 활동하지 않는 자신의 몸을 마법으로 연명하기를 택했다.

근본적인 해결은 결코 되지 않았다. 그래도 마지막 순간까지 딸 곁에 있기 위해, 날이 갈수록 움직이지 않는 몸을 억지로 속였다.

그래서 끝이 다가왔을 때는 스마라그디 본인도 자신의 병이 무엇인지 알 수 없어진 상태였다.

"괜찮아. 라티나. 너는 반드시 행복해질 수 있어."

그러면서 딸에게는 절대 힘든 얼굴을 보이지 않았다.

"네가 태어난 날은 지금도 분명하게 기억나. 네가 태어났을 때,

하늘에는 무지개가…… 크고 아름다운 무지개가 걸려 있었단다."

축복의 말을 자아냈다.

기도의 말을 자아냈다.

"무지개는 신이 지상을 지켜보고 있을 때 뜬단다. 너는…… 너희
는 신들이 지켜보는 가운데 태어났어."

이 아이가 행복해질 수 있도록, 소원을 담아 말을 자아냈다.

절망한 끝에 모든 것을 증오하고 멸망시키길 바라는 『재앙』으로
변하지 않도록, 희망으로 연결되는 말을 자아냈다.

"그러니 괜찮아. 너는 행복해질 테니까. 행복해져도 되니까."

『도사(導師)』라고 불렸던 자신에게 살 길로 이끌 만한 힘이 있다
면, 하고 바랐다.

"괜찮아."

그래도, 좀 더 함께 있어 주고 싶었다.

어쩌지 못할 회한을, 괴로움을, 미소로 감췄다. 딸들도 모브도
자신의 온화한 웃음을 보고 평온한 심경이 된다는 것을 그는 잘
알고 있었다.

힘없이 올려다본 머리 위에는 깊은 숲이 펼쳐져 있었다. 그 나무
들 틈으로 하늘이 보였다.

"아아……."

탄식이 흘러나왔다.

그다지 신앙심이 깊지 않은 자신이지만, 이것은 신의 자비라고 여
겨졌다.

무지개가 보였다.

자신이 손을 놓는 이 순간에도, 신이 이 아이를 보호하고 있었다. 분명 구원받는다. 그렇게 믿었다.

"봐, 무지개가 떠 있어. 너는 운명이 지켜 주고 있어."

그러니 바라자.

무력한 자신이 할 수 있는 일은 그것뿐이지만, 이 아이의 행복을 기도하자.

"부디, 부디. 행복하길."

마지막 순간까지.

"나도, 앞으로는, 무지개 너머에서 지켜보고 있을 테니까."

†

움직이지 않게 된 아빠 앞에 주저앉아 어린 소녀는 막막해졌다.

어떻게 하면 좋을지 알 수 없었다.

자상한 부모님과 누구보다 가까운 쌍둥이 반쪽이 세상의 전부였던 소녀는 모든 것을 잃어버렸다.

우는 법조차 알 수 없었다. 울어 봤자, 달래 줄 상냥한 손은 어디에도 없었다.

이대로 아빠 옆에서 자신도 죽어 가는 것이 옳을지도 모른다고 생각했다.

이제 자신을 필요로 해 주는 존재 따위 없었다.

하지만—.

아빠의 마지막 바람은 자신이 행복해지는 것이었다.

어쩌면 좋을지 알 수 없었다. 행복해질 수 있을 것 같지 않았다. 하지만 그렇게 부정하는 것은 사랑하는 아빠의 마지막 바람을 부정하는 것이었다.

—그래서 소녀는 일어섰다.

아빠의 마지막 바람을 위해, 힘껏 노력하기로 했다.

그리고 홀로 계속 노력한 소녀는—.

그녀는 그와 만났다.

죄인의 낙인이 찍힌 어린 소녀는 모든 것의 시작이 될 만남을 이루게 된다.

이야기는 그렇게— 시작되었다.

✝

"당신은 『여덟째 마왕』의 권속이군요."

자신이 종언을 맞이할 땅이라고 보았던 그 장소에서 『백금의 용사』라는 이명을 지닌 청년과 만났을 때, 그녀의 마음은 무척 평온했다.

『보라의 무녀공주』라고 칭송받으며, 자기를 희생해서라도 나라와 왕을 위해 진력하는 성인처럼 여겨지는 것은 그녀의 본의가 아니었다.

과도한 기대는 무거운 짐일 뿐이었다. 자신은 그렇게까지 달관하지도 않았고 뛰어난 성인군자가 아니었다.

그래도 자기 자신을 건 것은, 모든 것을 걸어서라도 지켜야 할 제 자식에게 가장 좋은 가능성^{미래}을 고르기 위해서였다.

그리고 이미 없는 사랑하는 남자를 희생양 삼은 속죄를 위해서였다.

도중에 마음이 꺾여 버리면, 모든 것을 내던져 버리면, 그 사람과 낳은 사랑하는 딸을 잃게 된다.

분명 더는 이 세상 어디에도 없을, 가장 사랑하는 사람의 목숨을 헛되이 만들게 된다.

그것은 결코 허락할 수 없는 일이었다.

그래서 자신은 희대의 무녀공주가 아니라 그저 한 명의 엄마로서 제 자식을 지키고 싶었을 뿐이다.

모국과 거기 사는 백성을 위해 목숨을 버린다.

그것도 분명한 본심이었다. 그곳에는 사랑하는 딸이 있다. 백성을 이끄는 왕이 되기 위해 노력 중인 소중한 자식이 있었다. 옆에 있지 못한 자신이지만 그 아이를 위해, 그 아이가 다스릴 나라를 위해, 자신이 할 수 있는 일을 하기로 했다.

『백금』의 이명을 지닌 청년.

그와 이때 만난 것은 가장 좋은 가능성^{미래}에 이르는 길을 지금 자신이 나아가고 있음을 뜻했다. 그 아이들이 행복한 미래를 걸을 수 있음을 뜻했다.

자신과 그가 고른 모든 선택이 보답받음을 뜻했다.

『여덟째 마왕』이라는 섭리 밖에 있는 존재를 알았을 때, 제 자식이 받은 신탁의 진짜 의미를 이해했다.

자신의 딸들은 두 사람 모두 신탁대로 『왕』이 되었다.

그리고 『마왕』을 파멸로 이끌어 줄 것이다. 원수인 마왕을. 그 아이는 많은 사람의 비원을 들어주게 된다.

미래를 보는 가호를 가진 그녀에게 그것은 확신할 수 있는 미래였다.

가장 사랑하는 남성과는 두 번 다시 만날 수 없다는 것도 그녀는 알고 있었다.

그가 이미 이 세상 어디에도 없음을 깨닫고 있었다.

사랑하는 딸들과 한 번 더 만나고 싶었지만, 그것이 이루어지지 않을 것도 알고 있었다.

그래도 이 청년과 만나게 된 것은 행복한 기회였다.

어릴 적 헤어졌던 소중한 딸— 플라티나가 고른 남성. 그 아이가 확실하게 살아남아 건강하게 지냈다는 증거.

그리고 그런 그가 필사적으로 딸을 되찾으려 하는 모습. 자신의 딸은 이 청년에게도 소중히 여겨지고 있었다. 인간족 사이에 널리 퍼진 『백금의 용사와 요정 공주 이야기』를 듣고 자신이 얼마나 안도했는지 이 청년은 모를 것이다.

그 아이는 소중한 남성을 찾아내어 택했다. 분명 행복해지리라. 『보라의 신』의 가호를 지닌 신관으로서가 아니라, 그저 한 명의 엄마로서 제 자식의 행복을 바랐다.

그녀의 눈앞에서 청년이 왼손에 낀 장갑을 벗었다.

그것도 청년을 향한 딸의 신뢰가 나타난 것임을 『권속』인 그녀는 알고 있었다.

마왕이라는 주인의 지배하에 있는 증거이며 강제력의 상징인 『이름』을 마왕은 자신의 소유물인 『권속』의 급소와 가까운 곳에 새긴다. 자신처럼 목이거나 심장 위, 이마 등등 아무리 싫어도 버릴 수 없는 곳에 새겼다.

그런데 딸은 왼손이라는 신체 말단에 『이름』을 새겼다. 어느 마왕이든, 그 권속도, 두 사람이 깊은 신뢰 관계에 있음을 확실하게 알 수 있는 곳이었다.

그렇게 생각하면서도 거기 새겨진 『이름』을 보았을 때, 그녀는 적잖이 놀랐다.

의도하지 못한 곳에서 그리운 이름을 보고, 감정을 숨기는 데 익숙할 터인 그녀의 표정이 흔들렸다.

어쩔 수 없었다. 『그 사람』 앞에서만큼은 자신의 감정을 드러낼 수 있었다. 자기 자신으로 있을 수 있었다.

"당신은 제게 희망입니다. 당신이 나아가는 미래 끝에 제가 바라는 미래가 있었습니다. ……그리고 마지막 순간『당신』과 만났어요."

똑같은 이름을 가진 청년.

이제 다시는 만날 수 없는 사람과 똑같은 이름의, 청년.

정말로 기쁜 일이었다.

"저의 마지막『예언』입니다. 당신은 그 아가씨와 곧 만날 수 있어요."

행복하게 해 줬으면 좋겠다. 자신은 짧은 시간이었지만 정말로 행복했다.

그 아이를 부디 행복하게 해 주길. 그렇게 맡길 수 있는 것은 정말로 행복한 일이라고 여겨졌다.

온몸에서 힘이 빠짐과 동시에 몸을 지탱할 수도 없게 된 그녀를 청년은 순간적으로 안아 들었다.

든든한 팔의 감촉을 깨닫고 그녀는 조금 놀라면서도 이해하고 말아서 웃음을 흘렸다.

겉모습도, 가진 색채도, 종족조차 같지 않았다. 그의 팔은 이렇게 늠름하지 않았다.

그래도 이해하고 말았다. 자신의 딸은 자신이 택한 사람과 비슷한 남성에게 끌린 것이다.

다정한 사람이다.

누구보다 다정했던 그 사람처럼 이 청년도 다정한 사람이리라.

그 아이는 분명, 이제 괜찮다.

그리고 또 다른 딸도.

그 아이들은 태어났을 때부터 혼자가 아니었다. 무거운 짐도 괴로움도, 그 아이들이라면 분명 서로 나누고 서로 의지하며 걸어갈 수 있다. 혼자 태어나지 않은 것 자체가 분명 그 아이들에게 가장 큰 축복일 테니까.

그러니까—.

'이제, 됐으려나.'

열심히 했다. 자신은 정말로, 정말로 열심히 했다.

약한 소리를 들어 줄 당신이 없어진 이후로 많은 것은 삼키고서.

이름을 불러 주는 당신이 없어진 이후로『보라의 무녀공주』라는 기호로만 불리게 되었어도.

당신이 남긴, 지키고 싶은 딸들을 위해. 당신과 한 약속을 완수하기 위해, 힘껏 노력했다.

'칭찬해 주면, 좋겠어……'

그러니 어릴 때처럼, 끌어안고, 자상한 목소리로—.

—열심히 했구나, 모브.

들린 목소리가 환청이더라도, 그것만으로 모든 것이 보답받았다.

"……고마워요…… 스마라그디……."

그리고 그녀의 의식은 완전히 빛 속으로 녹았다.

✝

꼭 끌어안겨서 라티나는 당황한 목소리를 냈다.

"데일?"

"응…… 괴로운 일, 떠올리게 했네. 미안해."

사죄의 말이 자신을 위로하는 것임을 깨닫고 라티나는 부드럽게 미소 지었다.

새끼 고양이 같은 동작으로 데일에게 자신의 몸을 맡겼다.

"어릴 때는 무서움과 괴로움 쪽이 너무 커서 떠올릴 수도 없었어."

그렇게 말하며 라티나는 기도하듯 깍지 꼈다.

데일의 품속은 그녀가 가장 안심할 수 있는 곳이었다.

세상 모든 것에 부정당한 것 같았던 어린 자신을 강한 애정과 함께 감싸 주었던, 안전한 공간의 상징이었다.

그것은 지금도 변함없었다.

친부모에게 받았던 깊은 애정을 의심하지 않을 수 있었던 것도, 자신은 사랑받고 있었다고 긍정할 수 있었던 것도, 전부 이 확고한 『안전한 장소』가 있었기 때문이다.

라티나는 늘 말하는 것처럼 「그때 자신을 구해 준 사람이 데일인 것이 가장 큰 행운」이라고 생각했다.

부모님에게 받았던 것과는 조금 다르지만, 그에 못지않은 깊고 강한 애정을 주는 데일과 만났기에 지금 자신이 있는 것이라고— 행복한 것이라고 생각했다.

　그래서 그녀는 미소 지은 채 말했다.

　"지금이라면 분명하게 알 수 있어. 우리 부모님은 나를 소중히 여겨 주셨어. 내가…… 나랑 크리소스가 행복해지기를 진심으로 바라 주셨어……."

　지금도 라티나는 자신이 받은 『재앙을 가져온다』는 예언이 어떤 것이었는지 자세히는 몰랐다.

　죄인이 되어 고향에서 추방당한 이유가 그 예언 때문임은 알고 있었다.

　그래도.

　"나는 정말로 행복하니까. 지금, 정말로 행복하니까…… 부모님에 관해서도 제대로 떠올릴 수 있게 됐어. 『그 무렵』도 행복했다고 생각할 수 있게 됐어."

　소중하고 행복했기에 상실이 너무나 괴로웠다. 떠올리는 것이 너무나 괴로웠다. 그 기억조차도 지금 라티나는 긍정할 수 있게 되었다.

　흐르는 시간은 괴로운 기억을 희미하게 해 주지만, 잊어버리고 싶지 않을 터인 기억도 멀어지게 만든다.

　"잊어버리지 않도록…… 떠올릴 수 있어서 다행이야."

　시선을 올리자 상냥한 눈빛으로 자신을 보고 있는 데일과 눈이 마주쳤다. 라티나는 그것에 진심으로 기쁘게 미소 지으며 응했다.

"분명…… 분명 그게, 내가 라그와 모브에게 할 수 있는 최상의 효도니까."

기억 속 부모님은 행복한 추억 속에 있다. 그것을 잊어버리지 않는 것.

그리고 힘껏 행복해지는 것.

그것이 자신보다도 제 자식의 행복을 바랐던 부모의 마음에 부응하는 일이리라. 그렇게 생각하는 라티나를 데일은 다정하게 쓰다듬었다.

누구보다도 그 마음을 이해해 주길 원했던 소중한 데일이 제 생각을 긍정해 준 것처럼 느껴져서 라티나는 데일에게 기댄 채 부드러운 얼굴로 눈을 감았다.

꿈 속에서의 해후.
섣달그믐에 일어난 일과
번외편

그 본디 발단은 라티나가 크로이츠에 와서 처음으로 신년을 맞이하기 직전에 있었던 일이다.

크로이츠가 있는 라반드국뿐만 아니라, 많은 토지에서 섣달 그믐날 밤은 『성야(聖夜)』라고 불렸다.

『성야』에는 친한 사람이나 가족끼리 잔치를 열고 지나간 1년을 추억하며 집 안에서 새해를 맞이했다.

1년간 『착하게』 지낸 자에게는 빨간 옷을 입은 빨강의 신 사도가 찾아와 축복을 내려 준다고도 한다.

신전에서 받은 호부를 각 집의 문에 거는 것은 **나쁜 것**이 들어오지 않도록 하기 위해서였다. 식물을 묶어 둥글게 만든 그 호부도 처음에는 간소했다는 것 같지만, 해마다 장식성이 더해져서 지금은 연말연시를 장식하며 사람들을 들뜨게 했다.

그리고 동시에 성야에는 또 다른 이야기가 하나 더 있었다.

"성야에는 밖에 나가면 안 돼. 그날 밤에는 거리에도 마물이 나오거든."

"크로이츠에도 마물이 나와?"

어린 라티나는 깜짝 놀란 얼굴로 데일에게 그 이야기를 들었다.

"라티나네 고향에서는 안 나와? ……뭐, 우리 고향 같은 시골에서도 거의 안 나왔지만. 도시에서는 성야 때만 특별한 언데드 몬스터가 나와."

"언데드?"

"그래. 검은 옷을 입은 언데드가 밤에 노는 나쁜 아이나 부모님 말 안 듣는 아이를 덮치지……. 앗, 라티나, 그렇게 무서워하지 마!"

이야기를 이어가던 데일은, 얼굴이 새파래져서 목소리도 내지 못한 채 파들파들 떠는 라티나를 보고 안색을 바꾸었다.

「착하게 굴지 않으면 사도님이 안 오시고 마물에게 잡혀간다」고 아이들에게 훈계하는 것은 이 나라에서 너무나 전형적인 상용구였다. 이렇게 겁먹을 줄은 몰랐다.

물론 라티나가 이토록 무서워하는 것은 유년기의 트라우마 때문이었다.

친엄마에 의한 묘지 투척 사건은 그녀에게 너무나 생생한 기억이었다.

"괜찮아! 마물이 나오는 건 진짜지만 호부를 건 집에는 안 들어오니까, 성야에는 일찍 집에 돌아와서 얌전히 있으면 괜찮으니까!"

"라티나한테, 마물 안 와?"

"라티나처럼 착한 아이를 굳이 찾아온다면 크로이츠에 사는 아이들은 전멸이니까!"

데일의 이 말은 좋지 못했다.

그녀는 고향에서 『최악의 중죄인』이 되어 주위로부터 부정당한 경험을 가지고 있었다. 그래서 그녀는 더더욱 창백해졌다.

"크로이츠 아이들이 전부 습격받는 거야?!"

"그렇지 않아!"

그 결과 데일이 상정했던 것과는 다른 형태로 라티나는 성야를 무서운 날로 인식하게 되었다.

성야에만 나타나는 언데드 몬스터.

그 이름은 『헬블랙산타스』, 삶을 구가하는 자들에게 『멸하 라리얼 충』 『미 운리얼 충』이라는 **수수께끼**의 저주를 외치며 목표를 에워싸는 마물이었다.

정말이지 수수께끼의 저주였다.

원래는 대단한 일도 일으키지 못하는 무해한 잔류 사념인 유령이, 이 세계 어딘가에 존재하는 『킹』이라 불리는 존재와 접촉하여 새로운 가치관을 얻고 변질된 것이라는 이야기도 있었다.

1년에 한 번만 출현하는 것은 1년간 원념을 축적하기 때문이라고 여겨졌다. 그 힘을 사용해서 온 거리를 유린했다. 하지만 이 마물이 일으키는 피해는 어린아이에게 트라우마를 주어 울리는 것과 연인들의 밀회를 방해하는 것 정도였다. 가진 힘에 비해 압도적으로 시시했다.

직접적인 큰 피해는 나오지 않았다. 그래서 어느 도시든 많은 예

285

산을 들여 박멸하려고 하지 않았다. 박멸에 성공하더라도 몇 년 후에는 똑같이 발생했다.

그것들 전부를 고려한다면 호부를 건 집에서 하룻밤 얌전히 보내는 편이 훨씬 합리적이라고 도시의 상층부는 생각하고 있었다.

그렇게 누구보다도 귀신을 싫어하는 라티나지만, 그녀는 다음 해 『헬블랙산타스』에게 둘러싸이는 체험을 하게 되었다.

원인이 된 것은 그녀의 친구들이 세운 『대모험』 계획이었다.

―몰래 집을 나와 마물을 봐 보자.

아이들은 어른들이 『안 된다』고 하는 것에 반발하는 것을 자그마한 모험이라고 생각하는 시기가 있다. 그런 아이들은 이야기 속에 나오는 마물이라는 존재에도 저항할 수 없는 유혹 같은 것을 느끼고 말았다. 도시 밖이나 모르는 곳에 가는 것은 아니었다. 살짝 밖에 나가서 거리가 어떤 모습인지 볼 뿐이다. 어른들이 말하는 것처럼 위험하지는 않으리라.

어른이 듣는다면 구멍투성이라 틀림없이 말릴 계획이나 논리여도 아이들은 그것을 깨닫지 못했다. 그리고 그것은 어른들 대부분이 어린아이일 때 체험하는 일이기도 했다.

어린아이를 울리는 정도의 피해. 그렇게 인식되고 있다는 것은 해마다 우는 아이가 있다는 뜻이었다.

학교에서 그런 이야기를 하고 있는 친구들을 라티나는 말리려고

했다.

그녀는 데일이나 케니스의 말을 잘 듣는 아이였고, 못된 장난을 치거나 반발하지도 않는 성격이었다. 그리고 무엇보다 귀신이 무서웠다. 그래서 그녀는 친구들을 향해 목소리를 높였다.

"안 돼. 집 밖에 나가면 위험해."

"라티나, 귀신이 무서워?"

새파래진 라티나를 알아차린 클로에는 걱정스러워하는 목소리를 냈다. 그 사실에 라티나는 조금 안도했다. 절친은 자신에게 강요하지 않는다. 이것으로 생각을 바꿔 줄 것이다.

"무리하지 않아도 돼, 라티나."

"흐아?"

절친의 반응이 뭔가 상정했던 것과 다름을 깨달았다. 절친은 그녀다운 밝게 웃는 얼굴로 라티나를 보고서 다른 동료들 쪽으로 몸을 돌렸다.

"그럼 이번에 라티나는 안 가니까, 우리끼리만!"

"흐아아!"

말리지 못했다.

빙글빙글 도는 머리로 라티나는 열심히 생각했다. 자신이 동행하지 않아도 친구들은 성야의 거리를 탐험하러 나가 버린다. 자신이 모르는 곳에서 친구들이 마물과 조우하여 위험한 일을 겪는다면— 그것은 온몸의 피가 얼어붙는 듯한 상상이었다.

"라티나도 갈래!"

정신이 들었을 때는 그렇게 외치고 있었다.

"괜찮아? 라티나."

"괜찮을지 모르겠지만…… 라티나도 갈 거야!"

마법사인 자신은 친구들보다도 몸을 지킬 수단을 가지고 있었다. 자신이 모르는 곳에서 친구들이 위험한 일을 겪을 바에야, 유사시에는 자신이 모두의 방패가 되자. 그것이 라티나가 내린 결론이었다.

그리고 그 결과 둘러싸이게 되었다.

『헬블랙산타스』는 본래 거리 이곳저곳을 배회했다. 경우나 상황에 따라서는 조우하지 않기도 했다.

그들도 처음에는 『헬블랙산타스』와 만나지 않았다. 그렇기에 다 같이 거리를 이리저리 배회했는데 어느 모퉁이에서 최초의 한 마리와 딱 마주쳤다. 깜짝 놀라 도망친 것까지는 좋았으나 정신 차리고 보니 우글우글 늘어나 있었다. 한 마리 보면 서른 마리라고 어른들 사이에 나도는 집합 속도였지만 그것을 아이들은 몰랐다.

밝은 쪽으로 가지 못하게 앞을 막는 『산타스』 때문에 점점 어두운 골목으로 내몰렸다.

표정 따위 읽을 수 없는 언데드 몬스터인데도 겁먹은 아이들을 쫓는 모습은 어딘가 즐거워 보였다.

실제로 『산타스』는 이렇게 멋진 반응을 보여 주는 아이들을 아주 좋아했다. 그걸 위해 살아 있다고 해도 좋았다. 죽었지만.

그래서 『산타스』가 대량으로 모이는 것이지만, 그것을 아이들에게 말하는 것은 가혹했다.

그늘 속에서 겁먹은 채 선후지책을 강구하는 아이들은 이토록 많은 마물이 모일 것이라고 전혀 상상도 못 했었다.

"어떡해!"

비명 지른 마르셀의 입을 루디가 순간적으로 막았다.

"큰 소리 내지 마. 들키잖아!"

그렇게 말한 루디의 안색도 나빴다. 옆에 있는 안토니는 말없이 필사적으로 궁리하고 있었다.

라티나는 절친인 클로에의 손을 꼭 잡았다.

울상이 되어 파들파들 떨면서 라티나는 클로에를 똑바로 보았다.

"라티나가 시간 벌게……. 너희는 도망쳐."

"라티나?"

"라티나, 정화 마법은 못 쓰지만 조금은 아니까, 너희에게는 못 가게 할 테니까, 그사이에 『범고양이』에 가 줘."

결의가 담긴 표정으로 라티나는 그렇게 말하고서 친구들이 말릴 새도 없이 뛰쳐나갔다.

"「하늘의 빛이여, 바라옵나니. 길 잃은 영혼에게 편안한 안녕을 베푸소서. 하늘의 빛이여, 바라옵나니. 미혹된 영혼에게 편안한 안녕을 베푸소서.」"

라티나가 꺼낸 말은 정화 마법이 아니었다. 어린 그녀가 다룰 수 있는 마법은 회복 마법과 방벽 마법, 온도를 바꾸는 보조 마법, 공격 마법 한 종류로 한정되어 있었다.

라티나가 노래한 것은 고향에서 엄마가 『대신전』의 의식 때 당당히 읊었던 진혼가였다. 몰래 의식을 훔쳐봤다가 너무나 당당한 엄마가 멋있었기에, 쌍둥이 언니와 함께 반복하여 흉내 내며 완전히 외워 버린 노래였다.

그 진혼가를 필사적으로 소리 높여 노래했다.

『헬블랙산타스』의 발이 멈췄다. 강제로 정화할 정도의 힘은 없지만, 마인족의 노래는 주문과 똑같은 말이었다. 마력을 띠어 영적인 것을 밀어낼 만한 힘은 담겨 있었다.

『울 먹이는소 녀모 에.』

『예 스로리 타노터 치.』

저주와는 다른 환성으로도 들리는 목소리를 『산타스』가 낸 것 같기도 했지만, 필사적인 라티나에게는 들리지 않았다.

클로에는 그런 라티나를 본 후, 입술을 꾹 깨물고서 발길을 돌려 뛰기 시작했다.

"클로에?! 라티나 두고 가는 거야?!"

"라티나를 위해서도 도와줄 사람을 부르러 가야 해! 조금이라도 빨리!"

클로에는 그렇게 말하고 전속력으로 달려갔다.

라티나의 말대로 『춤추는 범고양이』라면 언데드 몬스터에 대항할 수 있는 사람도 잔뜩 있을 것이다.

혼나기는 싫었지만, 지금은 그럴 수밖에 없었다. 클로에는 그 마음 하나로 필사적으로 달렸다.

　그런 절친을 위해서도 라티나는 온 힘을 다했다.

　마물이라고 할까, 귀신을 싫어하는 라티나에게는 언데드가 주위를 에워싸고 있는 것만으로도 필설로 다 표현하기 힘든 공포 체험이었다.

　이렇게 마주하고만 있어도 다리가 후들거려서 제대로 움직일 수도 없을 듯했다.

　그래도 그 사실을 의식하지 않도록 다른 생각을 했다. 의식한다면 혀가 굳어서 『노래』를 자아낼 수 없게 될 것이다.

　그렇게 필사적으로 자신을 고무하여 힘내고 있는 라티나에게는 매우 유감스러운 이야기지만—.

　갸륵한 미소녀가 울먹이며 필사적으로 소리 높이고 있는 모습.

　공포로 사랑스러운 얼굴을 찡그리면서도 떨림을 억누르고 의연히 노래를 자아내는 모습.

　—그녀가 힘내면 힘낼수록 구경꾼이 모여들었다.

　하지만 그녀의 노력은 보답받았다.

　"너희가 라티나를 울린 건가……? 너희가 우리 애를 울린 건가……?"

　지옥 밑바닥에서 울린 듯한 낮은 목소리가 그녀의 등 뒤에서 들려온 것이 종료 신호였다.

　살기와 노기가 흘러넘치는 그 목소리에 라티나는 겁먹는 일 없이 안도하여 눈물을 뚝뚝 흘렸다.

"데일!"

"라티나……. 너희들, 무사하지 못할 줄 알아……."

울며 안기는 라티나를 달래는 손길은 자상했으나, 데일의 표정과 목소리는 언데드라는 마물들을 위압했다.

그는 완전히 화가 나 있었다.

위압되어 어딘가 겁먹은 모습인 『헬블랙산타스』에게 향하는 데일이 오히려 더 『지옥의 사자』 같았다.

언데드에 대항하는 수단은 기본적으로 마법이다. 심지어 『하늘』과 『어둠』 속성으로 한정되었다. 『가호』 중에도 대항 수단이 되는 것이 없지는 않지만 일반적이지는 않았다.

『하늘』 속성이 상대를 타이르고 길을 제시하여 미혹을 없애고 정화하는, 즉 『길 잃은 영혼을 구원하는』 면을 가진 것에 비해 『어둠』 속성은 전혀 다르게 접근했다.

사령술에도 쓰이는 『어둠』 속성으로 언데드를 물리치는 것은 힘으로 상대를 때려눕히는 행위와 같았다.

데일이 사용하는 마법 속성 중에 언데드에 대항할 수 있는 것은 원래부터 『어둠』 속성뿐이었지만, 만약 『하늘』 속성을 사용할 수 있었더라도 그는 똑같은 선택을 했으리라.

데일은 양쪽 주먹에 『어둠』 속성의 부여 마법을 사용했다.

즉 언데드를 글자 그대로 때려눕혔다.

수많은 『헬블랙산타스』를 붙잡고, 후려치고, 때려눕혔다.

마운트 자세로 언데드를 패는 그의 표정에는 자비 따위 조금도 없었다. 상대는 마물이었다. 자비 따위 원래부터 필요 없었다. 후일 그는 멋지게 웃으며 그리 말했다.

일정한 리듬으로 구타하는 둔탁한 소리가 밤의 크로이츠에 울려 퍼졌다.

잠시 후 몸을 휙 돌린 데일에게는 『산타스』에게 보냈던 험악함이라고는 조금도 없었다. 어깨를 떨며 주저앉은 라티나를 일으키려다가 그녀의 모습을 보고 곧장 안아 올리는 방향으로 방침을 변경했다.

"라티나, 괜찮아?"

데일의 목소리를 듣고 긴장의 끈이 완전히 끊어졌을 것이다. 라티나는 소리 높여 울기 시작했다. 데일은 당황하기보다, 그럴 만도 하다고 쓰게 웃고서 그녀를 단단히 끌어안았다.

데일이 라티나에게 도착할 수 있었던 것은 클로에의 수완이었다.

그녀는 친구들을 요소요소에 세웠다. 어둡고, 언제 마물이 덮칠지 몰라 무서웠지만 혼자 분투하는 라티나의 이름을 꺼내자 친구들도 고개를 끄덕일 수밖에 없었다. 그런 뒤에 라티나의 부재를 눈치채고 발칵 뒤집힌 『범고양이』에 단신으로 뛰어 들어갔다.

클로에에게 이야기를 전해 들은 데일은 뛰쳐나갔고, 도중에 남아 있던 그녀의 동료들에게 안내받아 라티나 곁에 도달했다.

지금쯤 라티나의 친구들은 케니스가 집에 데려다주고 있을 것이다. 각 가정에서 설교 들을 각오를 해야 하리라.

데일도 라티나에게 설교할 생각이었으나, 이런 상태인 라티나를 꾸짖을 수 있을 리가 없었다.

"잘못했어요, 잘못했어요……!"

꾸짖기 전부터 라티나는 자신의 잘못을 이해하고 사죄의 말을 되풀이하고 있었다. 게다가 이렇게 무서운 경험을 한 라티나를 앞에 둔 데일에게는 어르고 달래는 것 이외의 선택지 따위 존재하지 않았다.

"걱정했어. 라티나가 무사해서 정말로 다행이야. 이제 이런 짓은 하면 안 된다?"

"이제 안 할 거야……! 잘못했어, 데일. 잘못했어요!"

"……무서웠어? 늦게 와서 미안해."

"데일…… 라티나, 나쁜 아이라, 미안해……!"

"……나쁜 아이는 아니야……. 조금쯤 나쁜 아이여도 좋지만 말이지. 하지만 내가 걱정하는 건 라티나가 소중하기 때문이니까, 그건 기억해 줘."

그리고 데일은 살짝 투정 부리고 장난치게 된 지금 현재 라티나의 모습에 진심으로 안도하고 있었다. 그녀는 원래부터 『너무 착한 아이』였다.

데일을 필요 이상으로 배려하고, 숨죽인 채 자신이 있을 곳을 찾는 모습은 그가 바라는 것이 아니었다.

아무리 착한 아이여도 어른에게 혼날 만한 짓을 하며 성장해 가는 것이었다. 돌이킬 수 없는 실수가 아닌 이상, 그것을 허용하는 것도 『보호자』의 책무이리라. 실수했다면 다음에는 더 잘하면 된다.

"케니스가 성야제를 위해 케이크와 맛있는 음식을 준비했어. 라티나가 도와주러 안 오는 게 이상해서 찾고 있었어."

"……잘못했어요."

"그럼 내년에야말로 『사도』가 찾아오도록 힘내자."

그렇게 말하고 그녀를 안은 채 걸었던 것은 숨이 하얗게 일며 작은 눈 결정이 하늘하늘 흩날리는 밤이었다.

그랬던 것을 어느 해의 데일은 떠올렸다.

『범고양이』 앞문과 뒷문에 호부를 거는 것은 그 이후로 라티나의 역할이 되었다.

절대 집 안에 들이지 않겠다는 듯 그녀는 철저하고 꼼꼼하게 호부를 설치했다. 그러고서 라티나는 데일을 전에 없이 진지한 얼굴로 보았다.

"데일."

"왜?"

"오늘 밤, 밖에 나갈 생각이야."

"뭐?"

데일이 얼빠진 목소리를 낸 것은, 그 밤 이후로 라티나가 섣달그
믐엔 해가 지면 밖에 나가기는커녕 문 근처에도 다가가지 않았음을
알고 있기 때문이었다.

그랬는데 갑자기 무슨 심경의 변화일까.

"밖에는 왜……."

"무서우니까 극복하려고! ……크리소스도『정화』마법 능숙해졌
다고 했고!"

'……라티나만 그런 게 아니었구나.'

데일은 마음속으로 중얼거렸다.

라티나가 대(對)언데드 마법을 배우고, 무섭기에 대항법을 익히
겠다며 열을 올렸던 것은 알고 있었지만 그녀의 언니도 같은 상황
인 모양이었다. 언데드에 트라우마라도 있는 것처럼 무서워하는 것
은 자매 공통인 듯했다.

물론 크리소스가 언데드를 무서워한 것은 라티나와 마찬가지로
묘지 투척 공포 체험이 원인이었다.

「짐은『하늘』속성뿐만 아니라『어둠』속성 마법으로도 대언데드
마법을 통달했다.」라고 진지한 얼굴로 단언한 크리소스는 어떤 의
미에서 엄마의 가르침을 지켜, 트라우마를 정면으로 후려갈기는
방향으로 극복한 상태였다.

─극복이라기보다, 거의 무해한 저급령 상대로도 강력한 마법을
마구 쏘며 과잉 방위 수준으로 반응하지만, 그것은 건드려서는 안

될 사항이었다.

"나도 로제 님께 『정화』 마법을 배웠으니까 옛날처럼 되지는 않겠지만, 혼자서는 역시 불안해서……."

"그럼 굳이 그러지 않아도……."

"그치만 무슨 일 있을 때 사용하지 못하면 더 무서우니까, 연습해 두고 싶어."

발언이 그다지 적극적이지는 않았다.

아무래도 라티나가 언데드 혐오를 극복하기까지는 아직 갈 길이 먼 듯했다.

'하지만 확실히…….'

마법 연습을 위해 묘지나 지하 미궁 같은 장소에 굳이 가기는 힘들고, 겁 많은 라티나에게는 너무 힘겨울 것이다.

그리고 이번에는 혼자서 나가지 않고 분명하게 자신의 동행을 바라고 있었다. 자신이 같이 간다면 만에 하나라도 그녀를 위험에 빠뜨릴 일은 없다.

"만약 내가 없을 때 언데드와 맞닥뜨리기라도 하면…… 큰일이지……."

"제대로 주문을 영창할 수 있을지, 실제로 해 봐야 안심이 될 것 같아서."

"그런가."

으음 하고 생각하던 데일은 결론을 내렸다. 라티나가 언데드 때문에 무서운 경험을 하더라도, 그건 그것대로 라티나가 평소보다 자신에게 어리광을 부릴 테니 이득이었다. 결과적으로는 좋았다.

"무리는 하지 마."

"응."

그런 대화를 거쳐 두 사람은 그날 밤 산책에 나섰다.

열심히 하겠다고는 했지만 역시 공포심이 있는지 라티나는 소극적이었다. 데일의 손을 꼭 잡고 평소보다 가까이 붙어 나란히 거리를 걸었다.

겨울의 추위 따위 느껴지지 않는 그런 뜨거운 시간은 데일이 상정했던 것 이상의 『산타스』 무리와 조우하며 끝을 고했다. 끊임없이 저주를 늘어놓는 언데드를 보고 라티나는 울먹이며 데일 뒤에 숨었다. 저주의 목소리가 커졌다. 이해할 수 없었다.

라티나는 데일의 등에 숨기는 했지만 거기서 주문을 영창했다. 무사히 발동하자 『산타스』 몇 마리가 사라졌다. 그것에 안심하며 라티나는 앞으로 나왔다. 어째선지 『산타스』는 일정 거리 안으로는 다가오지 않았다. 라티나는 재차 마법을 쏘았다. 확실하게 『산타스』의 수가 줄어들어 갔다.

라티나는 『산타스』가 왜 그러는지 이유를 알 수 없었으나, 명백하게 그들은 데일이 흘리는 살기를 두려워하고 있었다. 최공의 용사이며 마왕의 권속인 그는 이미 상식의 범주 밖에 그 몸을 두고 있었다. 어떤 의미에서 마물 이상으로 질이 나쁜 존재였다.

"됐다……!"

"응. 열심히 했구나, 라티나."

끝까지 해낸 라티나의 머리를 데일은 어릴 때처럼 쓰다듬으며 건투를 칭찬했다.

『범고양이』근처기는 했지만 그녀가 마력 고갈로 혼절하면 큰일이었다. 데일은 그 점을 확인하고서 그녀를 재촉하여 『범고양이』로 돌아갔다.

'그러니까 이건 꿈이야.'

그 후 라티나와 함께 침대에 들어간 것도 분명하게 기억났다.

사랑은 나누지 않았다. 아직 공포심이 남은 라티나가 꼭 안겨 들어서 그것을 어릴 때처럼 어르는 사이에 기분이 『딸바보 모드』에 들어가고 말았다.

그래도 잠든 것은 기억났다.

그러니 틀림없이 **이 광경**은 꿈이다.

그렇게 결론지으며 데일은 재차 독백했다.

'라티나네 부모님께 인사하러 가는 상황이라니…… 가능할 턱이 없으니까!'

꿈이라는 것을 알아도 손에 땀이 찼다. 자신 옆에서 생긋 웃는 라티나는 꿈속에서도 역시 귀여웠다.

바실리오의 일반적인 생활 양식을 데일은 몰랐다. 그런데 라티나와 함께 그가 지금 걷고 있는 곳은 정연한 낯선 거리였다. 돌바닥이 깔린 길을 걸으며, 강한 햇살을 받아 하얗게 보이는 말린 벽돌로 만든 집들을 곁눈질로 보았다. 모퉁이 몇 개를 꺾자 서민 동네 분위기가 감도는 곳이 나왔다. 그중 한 채, 깔끔하고 소박한 말린 벽돌집 앞에서 라티나는 발을 멈췄다.

이 안에 라티나의 부모님이 계신다.

꿈속 특유의 상황을 확신하는 정신 상태로 데일은 줄줄 땀을 흘렸다.

'꿈이라는 걸 아는데도 이 긴장감은 뭐지……!'

온몸이 긴장되었다. 생각대로 움직이지 않았다.

어떻게 말하며 방문을 고해야 할지도 떠올리지 못하는 데일 앞에서 간소한 문이 예고도 없이 열렸다.

"호오. 그대도 긴장한다는 사람다운 모습을 보일 수 있는가."

건물에서 불쑥 얼굴을 내민 것은 크리소스였다. 데일의 모습을 보고 짓궂게 히죽 미소 지었다.

"여전히 나한테는 말이 심하네."

"자, 안으로 들어오도록. 라그도 모브도 기다리고 있어."

일국의 왕이 마중 나온다니 말도 안 되는 일임을 알면서도 데일은 이 상황을 받아들이고 안내를 따라 실내로 들어갔다.

응달에 들어서자 눈부심이 경감되어서인지 체감 온도가 조금 내려갔다. 마음도 진정시키려고 무의식중에 심호흡을 반복했다.

"으……"

"그렇게 긴장돼?"

"그야…… 그렇지."

라티나는 딱딱한 표정이 된 데일이 이상하다는 듯 고개를 갸웃하고서 그를 올려다보았다.

"라티나는…… 뭐, 그때는 이 상황과 다르지만……."

라티나가 데일의 고향을 방문했을 때 아직 그녀는 너무 어렸기에 결혼 이야기는 전혀 나오지 않았다. 데일 자신도 그 무렵에는 라티나를 그런 상대로 인식하지 않았으니 어쩔 수 없었다.

라티나는 데일을 사랑하는 상대로 보고 있었지만, 그의 가족과 인사하면서 그런 부담은 없었다. 역시 어려서 처음 방문하는 장소에 대한 긴장 말고는 느끼지 않았었다.

지금 데일처럼 가족에게 결혼을 보고하러— 라기보다 허락받으러 가는 것은 전혀 상황이 달랐다.

데일의 그런 망설임을 전혀 개의치 않고 크리소스는 더욱 안쪽 방을 가리켰다. 라티나는 조금 곤란한 얼굴로 미소 짓고서, 그래도 데일의 손을 끌고 방 안으로 들어갔다.

라티나랑 크리소스와 똑같은 백금색 머리카락을 지닌 남성의 모습을 보고 데일은 움찔 멈춰 섰다.

많은 마왕을 물리친 영웅이라고는 생각할 수 없는 소극적인 모습이었다.

그런 데일을 비웃지도 않고 그는 부드럽게 미소 지었다.

"처음 뵙겠습니다, 는 조금 이상하려나. 하지만 이렇게 만나는 건 처음이니까."

녹색 눈동자는 부드러운 새잎을 연상시켰고, 라티나의 머리에 나 있던 것과 똑같은 반들반들한 검은 귀석 같은 뿔을 지닌 남성이었다.

그 사람이 바로 스마라그디— 데일은 고인이 된 후에만 만났던, 라티나와 크리소스의 부친이었다.

'마왕과 마주했을 때보다 더 무서워……!'

그것이 현재 데일의 솔직한 심정이었다.

눈앞의 남성은 라티나와 크리소스의 부친인 것치고는 그다지 눈에 띄는 외모가 아니었다. 온화하고 이지적인 용모기는 하지만 미형이라는 인상은 아니었다.

데일이 『그』와 만난 것은 그가 고인이 되고 시간이 지나 생전의 모습을 잃은 후였다. 이렇게 얼굴을 보는 것은 처음이라고도 할 수 있었다.

지금 데일 앞에서 미소 짓는 그에게 험악함은 없었다.

그래도 데일은 부담감 때문인지 순순히 그것을 우호적인 태도로 받아들일 수가 없었다.

"웃…… 처음 뵙겠습니다. 저는……."

"라그!"

마음을 다잡고 인사하려 했을 때, 라티나가 웃으며 남성 곁으로 달려갔다. 그에게 꼭 안겨 행복한 얼굴로 눈을 감았다.

마인족은 청년기가 긴 종족이기에 라티나와 부친은 외관상으로 나이 차이를 느낄 수 없었다.

그래도 데일은 질투하지 않고 라티나가 그에게 어리광 부리는 모습을 보았다.

"호오. 동요하지 않는 건가."

"날 어떻게 생각하는 거야……."

히죽히죽 웃는 크리소스에게 데일은 한숨 섞인 목소리로 응수했다.

질투의 화신이라고 여겨질 만한 언동이 평소 모습이 된 데일이지만, 그는 라티나가 아빠를 깊이 사랑한다는 것을 잘 알았다. **이렇게** 다시 만나게 되었으니 어리광 부리는 것은 어쩔 수 없다고 받아들이고 있었다.

"라그, 나 행복해."

"그러네. 분명하게 웃고 있는 널 보니 진심으로 그렇게 말할 수 있는 것 같아. ……열심히 했구나, 라티나."

라티나는 눈물이 맺힌 눈가를 닦고 있었지만 아빠가 쓰다듬자 기쁘게 웃었다.

그런 라티나를 보는 스마라그디도 무척 행복한 표정이 되어 있었다. 데일은 스마라그디의 자상한 목소리와 미소를 보고 이 사람은 확실히 라티나의 아빠구나 하고 두 사람이 닮았음을 느꼈다.

"그것도 자네가 라티나를 사랑하며 지켜 주었기 때문이겠지. 내 딸을 구해 줘서 정말로 고마워."

부드러운 웃음과 함께 데일에게 보내진 것은 감사의 말이었다.

그것을 들은 순간, 데일은 긴장한 나머지 예의가 부족했던 자신이 부끄러워졌다. 즉각 표정과 자세를 바로잡고 스마라그디와 똑바로 마주했다.

"저야말로 인사가 늦어져서 대단히 죄송합니다. 데일 레키입니다. 처음 뵙겠습니다."

"나는 스마라그디……. 인간족은 소속을 나타내는 가문명을 가지던가. 마인족의 가문명과 비슷한 건 모친의 이름을 사용해 아무개의 아이라고 구별하는 거지만…… 인간족인 자네에게는 그다지 관계가 없으니까."

스마라그디의 매끄러운 언설과 산뜻한 모습에서는 그가 다른 사람을 잘 가르친다는 것이 엿보였다.

겉모습은 젊디젊지만, 고향에 있는 은사 앞에 있는 기분으로 데일은 올곧은 자세를 유지하게 되었다.

"그렇게 긴장하지 않아도 되는데……."

고개를 갸웃한 라티나는 선물로 지참한 구운 과자를 탁자 위에 늘어놓았다.

데일도 면식이 있는 긴 보라색 머리를 지닌 여성이 그런 라티나를 지그시 보고 있었다. 자신의 눈앞에 놓인 과자를 눈도 깜빡이지 않고 관찰했다. 잠시 후 만족했는지 천천히 집어서 귀퉁이를 깨물었다. 그대로 말없이 우물거렸다. 작은 동물 같은 동작이었다.

예전에 만났을 때는 의연하고 늠름한 여성이라는 인상이었지만 마들렌을 양손으로 잡고서 우물우물 먹는 모습은 라티나의 분위기와 아주 비슷했다. 느슨하게 묶어 올린 보라색 머리에 꽂힌 꽃 장식이 그 인상을 더욱 강화하고 있을지도 모른다.

첫 번째 과자를 다 먹은 그녀는 황금색 눈동자로 탁자 중앙에 놓인 과자 쟁반을 지그시 보았다. 쓰게 웃은 크리소스가 거기서 새로운 과자를 집어 엄마 앞에 놓았다.

그녀는 사양하지 않고 건네받은 과자를 양손으로 들고서 다시 우물우물 저작하기 시작했다.

일련의 행동을 보고 있던 데일은 크리소스 쪽으로 몸을 돌렸다.

"……저기, 크리소스."

"뭐지?"

"난 첫인상으로 라티나가 아빠를 닮았고 네가 엄마를 닮았다고 생각했는데…… 혹시 반대야?"

"플라티나는 늘 모브와 닮았다는 말을 들었지."

"그렇지…….'

라티나는 이상하다는 듯 고개를 기울인 채 언니와 데일의 대화를 듣고 있었다. 본인에게 자각은 없는 모양이었다.

'그건 그렇고…… 당연히 좀 더 적의를 드러내며 맞이하는 것도 각오하고 있었는데…….'

스마라그디가 풍기는 분위기는 생각보다 훨씬 우호적이고 온화했다.

'기껏해야 마왕 몇 명 잡았을 뿐인 용사에게 딸^{라티나}은 못 준다! ……

라는 말을 듣는 걸까 싶었고…… 나라면 말할 테고.'

과거 역사를 들춰 봐도 마왕을 거의 전부 죽인 것은 데일이 처음이었다. 그것은 세상의 기준이 되지 못했다.

데일은 그렇게 이것저것 생각했으나 입 밖으로는 내지 않았다. 하지만 스마라그디는 미소 지은 채 데일의 의문에 답하듯 입을 열었다.

"만약 자네가 어린 라티나에게 무리한 짓이나 좋지 않은 짓을 했다면…… 무슨 수단을 강구해서라도 황천^{이쪽}으로 끌어들였을 테지만 말이지."

웃는 얼굴로 시원스레 무서운 소리를 했다.

"자네가 라티나를 바라기 이전에 라티나가 자네를 원했으니까."

체감 온도가 내려가는 착각이 들었다. 웃는 얼굴도 목소리 톤도 변함없는데 역전의 용사인 데일이 압도되었다.

"우리 귀여운 플라티나가 홀대받다니 말도 안 되는 일이니까."

"그건 동감입니다."

데일은 즉각 응수했다.

그랬다. 데일 자신이 어떤지 따지기보다도, 이토록 예쁘고 누구보다도 소중히 여기고 싶은 라티나의 첫사랑이 열매를 맺지 못하는— 즉 실연하는 일이 일어나서야 되겠는가.

그런 고얀 놈은 지옥의 고통을 맛보아야 한다.

그렇게 모순된 생각을 할 정도로 데일의 사고 회로는 말기였다.

"앞으로 플라티나를 불행하게 만든다면 편안히 천수를 누릴 생
각은 안 하는 게 좋을 거야."

저주받을 거라고 반사적으로 데일은 생각했다.

『규격을 벗어난 용사』더라도 그런 식의 공격을 어떻게 막아야 하
는지는 전문이 아니었다. 데일은 일단 신관 지위를 가지고 있지만
『주황의 신』과 관련된 제사 의식이 불사자에게 강하지는 않았다.

그리고 그런 방해 따위 간단히 돌파하고서 저주하러 올 것 같다
고도 생각했다.

"……전력을 다하겠습니다."

"그래 주면 고맙겠어."

딱딱해진 데일의 표정을 보고 스마라그디는 미소 지으며 말했다.

"플라티나는 자네가 아니면 행복해질 수 없다고 말할 테니까. 그
아이는 부모를 닮아 고집스럽거든."

데일과 스마라그디가 그런 대화를 나누는 동안 줄곧 마들렌을
우물우물 먹고 있던 모브는 입안에 든 것을 꿀꺽 삼키고서 데일을
보았다.

"언젠가 태어날 아이가 남자인지 여자인지 알고 싶은가?"

아무런 맥락도 없이 나온 갑작스러운 발언이었다.

라티나의 뺨이 발그레 붉어졌다.

데일은 살짝 쓰게 웃고서 모브에게 대답했다.

"『언젠가 태어난다』, 그 『말』만으로도 충분합니다."

"그런가."

희대의 『보라의 신』의 예언자가 한 『말』에는 그것만으로도 황금보다 더한 가치가 있었다. 마인족은 아이를 가지기 어려운 종족이지만, 그 말이 있다면 몇 년이든 기다릴 수 있었다. 시간은 앞으로 얼마든지 있다.

데일의 대답에 미소 지은 모브는 라티나가 끓인 차를 매우 품위 있는 동작으로 마셨다. 조금 전까지의 아이 같은 동작과는 딴판이었다. 그런 양면성을 숨기려 하지도 않고 모브는 살며시 웃으며 스마라그디에게 다가붙었다.

스마라그디도 딸들에게 보내는 것과는 다른 다정한 얼굴로 모브를 보았다. 남성치고는 가느다란 손을 뻗어 그녀의 머리에 꽂힌 꽃이 삐뚤어진 것을 고쳐 주었다.

라티나는 이런 부모에게 사랑받으며 자랐음을 이해할 수 있을 것 같았다.

"라티나는 제가 지키겠습니다."

"……크리소스도 신경 써 준다면 고맙겠어. 그 아이도 야무지지만 역시 어딘가 엄마랑 닮은 구석이 있으니까."

또 다른 딸을 걱정하는 말과 함께 스마라그디는 조금 난처한 얼굴로 미소 지었다.

그것이 데일이 지각한 마지막 광경이었다.

✝

"아……."

아직 어두운 방 안에서 데일은 신음 같은 목소리를 냈다.

'도중부터 꿈이라는 의식이 없어졌네…….'

흔히 꿈은 그런 것이지만, 어쩐지 확실하게 『꿈』이라고 잘라 낼 수 없는 꿈이었다.

"……라티나 데리고 다음에 성묘하러 가자……."

그리고 이것은 크리소스의 의견도 듣고 싶은 문제지만, 그런 숲속이 아니라 시신만이라도 고향으로 돌려보내야 할지 이야기를 나누자 싶었다. 『둘째 마왕』관련 뒤처리를 떠넘긴 그레고르에게 연락하여 그녀의 모친의 시신을 함께 장사 지내야 한다고 생각한 것은 꿈속에서 봤던 두 사람이 무척 사이좋고 다정한 관계였기 때문이다.

"음……."

하지만 그런 것보다도, 하고 데일은 자신 옆에서 무탈하게 고른 숨소리를 내는 라티나를 품속에 넣었다. 스퓨스퓨 묘한 음정의 숨소리가 들려서 살며시 웃었다.

"잔뜩 행복하도록 노력할 테니까."

잠든 라티나에게 앞으로의 포부를 속삭이고 데일은 눈을 감았다.

잠시 후 깨어난 라티나가 꽉 끌어안긴 상태에서 일어나려고 꼼지락거리는 것을 즐기기 위한 자는 척이었다.

이것도 저것도, 누구보다 빨리 그녀와 새해 인사를 나누기 위해서이기도 했다.

「올해도 1년 동안 잘 부탁해.」라고 말하는 것을 기대하면서 데일은 사랑스러운 그녀의 온기를 느끼며 새해를 맞이했다.

■작가 후기

「예? 그게 정말인가요?」 「정말입니다.」 이런 대화가 최근 묘하게 늘어난 저입니다.

많은 분께는 안녕하세요, 혹시 어쩌면 처음 뵙겠습니다. CHIROLU 라고 합니다. 이번에 이렇게 졸작 『우리 딸을 위해서라면, 나는 마왕도 쓰러뜨릴 수 있을지 몰라.』6권을 구매해 주셔서 진심으로 감사합니다.

6권은 드라마 CD 포함 특별판이 동시 발매되는 권이 되었습니다. 만화판 2권도 동시 발매됩니다. 그렇게 드라마 CD나 코믹컬라이즈 이야기를 처음 들었을 때, 무엇보다 먼저 의심의 목소리를 낸 저입니다.

감사한 일이고 정말로 기쁘기도 하지만, 우선 의심하는 성질이 제게는 있는 모양입니다. 돌다리도 두드려 보고 건너는 신중함······과도 조금 다르다고 자기 분석합니다. 직감으로 사는 부분도 많기에.

외국어 번역도 여러 나라에서 전개되고 있어서, 이번 권 발매일에는 이국땅에 저자로 불리는 체험도 끝낸 뒤일 겁니다. 그것이 제게는 가장 「정말로 무슨 일이 일어난 거야······?」 하는 일일지도 모릅니다. 제 국내 지명도를 봤을 때 그런 일이 일어날 거라고는 전혀 상정하지 않았습니다. 인생은 무슨 일이 일어날지 모른다…… 하고 무심코 아득한 눈이 되려 하는 요즘입니다.

그건 그렇고 정말로 『우리 딸』이 이렇게나 크게 전개될 줄이야. 인터넷 한구석에서 살짝 쓰기 시작했던 그때는 전혀 상상도 못 했습니다. 여기까지 길게 이야기를 이어올 수 있었던 것도…… 하고 감사 인사로 정리하면 흡사 마지막 권이 되어 버리니 중간에 그만두겠습니다. 앞으로 조금만 더, 「이제 『딸』이 아니야.」라는 말씀 마시고 이야기에 어울려 주시기 바랍니다.

힘써 주신 관계자분들. 히로인 고정임에도 불구하고 매번 설정을 고쳐야 하는 『딸』을 그려 주시는 케이 님. 그리고 무엇보다도 수많은 작품 중에서 이 작품을 구매해 주신 여러분께 진심으로 감사드릴 따름입니다.

조금이나마 『우리 딸』을 보며 마음이 따뜻해지셨기를 바랍니다.

2017년 8월 CHIROLU

우리 딸을 위해서라면, 나는 마왕도 쓰러뜨릴 수 있을지 몰라. 6

1판 1쇄 발행 2017년 11월 20일
1판 4쇄 발행 2023년 1월 16일

지은이_ CHIROLU
일러스트_ Kei
옮긴이_ 송재희

발행인_ 신현호
편집장_ 김승신
편집진행_ 권세라 · 최혁수 · 김경민 · 최정민
편집디자인_ 양우연
관리 · 영업_ 김민원

펴낸곳_ (주)디앤씨미디어
등록_ 2002년 4월 25일 제20-260호
주소_ 서울시 구로구 디지털로 26길 111 JnK디지털타워 503호
전화_ 02-333-2513(대표)
팩시밀리_ 02-333-2514
이메일_ lnovellove@naver.com
ㄴ노벨 공식 카페_ http://cafe.naver.com/lnovel11

UCHINO KONO TAMENARABA, OREHA MOSHIKASHITARA MAOUMO TAOSERU
KAMOSHIRENAI. 6
©2017 CHIROLU
Originally published in Japan in 2017 by HOBBY JAPAN Co., Ltd.

ISBN 979-11-278-4306-9 04830
ISBN 979-11-278-2428-0 (세트)

값 9,800원

고블린 슬레이어 1~4권

카규 쿠모 지음 | 칸나츠키 노보루 일러스트 | 박경용 옮김

"나는 세상을 구하지 않아. 고블린을 죽일 뿐이다."
그 변경의 길드에는 고블린 토벌만 해서
은 등급까지 올라간 희귀한 모험가가 있다…….
모험가가 되어 처음 짠 파티가 괴멸하고 위기에 빠진 여신관.
그때 그녀를 구해준 자가 바로 고블린 슬레이어라 불리는 남자였다.
그는 수단을 가리지 않고, 수고도 마다치 않으며 고블린만을 퇴치한다.
그런 그에게 여신관은 휘둘려 다니고, 접수원 아가씨는 감사하며,
소꿉친구인 소치기 소녀는 기다린다.
그런 가운데 그의 소문을 듣고서 엘프 소녀가 의뢰를 하러 나타났다—.

압도적 인기의 Web 작품이 드디어 서적화!
카규 쿠모 × 칸나츠키 노보루가 선물하는 다크 판타지, 개막!

© Junpei Inuzuka 2017
Illustration Katsumi Enami

이세계 식당 1~4권

이누즈카 준페이 지음 | 에나미 카츠미 일러스트 | 박정원 옮김

직장가와 인접한 상점가 한구석.
문에 고양이가 그려진 가게 「양식당 네코야」.
그곳은 창업한 이래 50년간 직장인들의 배고픔을 달래 온 곳으로,
양식당이라지만 이외의 메뉴도 풍부하다는 점이 특징인 지극히 평범한 식당이다.
그러나 「어떤 세계」 사람들에게는 특별하고 유일무이한 공간으로 탈바꿈한다.
「네코야」에는 한 가지 비밀이 있다.
정기 휴일인 매주 토요일, 「네코야」는 「특별한 손님」들로 북적거린다.
딸랑딸랑 방울 소리와 함께 찾아오는, 출신, 배경, 종족조차도 제각각인 손님들.
그들이 원하는 것은 세상 어디에서도 찾아보기 힘든 신기하고 맛있는 음식들.
사실 직장인들에게는 자주 먹어 익숙한 메뉴지만
「토요일의 손님」 = 「어떤 세계 사람들」에게는 듣도 보도 못한 음식들뿐.
경이롭고 특별한 요리를 내놓는 「네코야」는 「어떤 세계」 사람들에게 이렇게 불린다.
―「이세계 식당」.

**그리고 딸랑딸랑 방울 소리는
이번 주에도 변함없이 울려 퍼진다.**

라이트노벨의 새로운 빛! L북스의 신간은 매월 20일에 발매됩니다. http://cafe.naver.com/lnovel11